Golven

Sharon Dogar

GOLVEN

Vertaald door Lidwien Biekmann

moon

*Voor de broer die ik nooit heb gehad, maar van wie ik altijd
heb gedroomd*

*Opgedragen aan Adder, voor alles, elke dag, en in het bijzonder
Jem, Xa en Ella, liefs X*

Oorspronkelijke titel *Waves*
© 2007 Sharon Dogar
Nederlandse vertaling © 2007 Lidwien Biekmann en Moon,
Amsterdam
Omslagbeeld © 2007 Georgina Hounsome
Omslagbelettering en zetwerk binnenwerk ZetSpiegel, Best
www.moonuitgevers.nl

ISBN 978 90 488 0002 5
NUR 284

Moon is een imprint van Dutch Media Uitgevers BV.

DEEL I

Het gezin

Proloog

Ons vakantiehuis is wit. Het is een huis aan zee, uit de jaren dertig, en het lijkt net een schip dat aan land verzeild is geraakt. Het staat vlak aan het strand, maar op een heuvel; als je naar beneden kijkt, heb je het gevoel dat de hele wereld aan je voeten ligt en wacht tot er iets gaat gebeuren. We gaan hier elke zomer naartoe. Het lijkt alsof we hier altijd al zijn geweest en altijd zullen blijven.

'Toen je nog in mijn buik zat,' antwoordt mijn moeder als ik vraag wanneer ik hier voor het eerst kwam.

'Ja, toen je nog op een koffieboon leek,' zegt mijn vader lachend.

Ik hoop dat ik hier ook nog met mijn kleinkinderen naartoe zal gaan, als ik tenminste oud genoeg word.

In de keuken hangen foto's van de hele familie Ditton: de moeder van mijn moeder, mijn vader, Charley, Sara en ik... En dat is alleen nog maar ons stukje van de muur. Overal in de keuken hangen de gezichten van alle familieleden die hier komen: neven, nichten, ooms, tantes. Er zijn er bij die ik niet eens ken, of herken.

Een van de rare dingen met zo'n huis is dat je denkt dat het van jou is, maar het is eigenlijk van niemand, of misschien wel van iedereen, dat weet ik niet precies.

Op de foto's zie je ons groter worden.

'Jullie haren worden korter en jullie benen langer,' zegt mijn moeder, en dan raakt ze ons even aan, ze geeft ons een zachte aai, alsof we van hout zijn waar je uit bijgeloof op moet afkloppen.

Soms zou ik willen dat die foto's er niet hingen. Dat is als ik mijn zus Charley aan de muur zie. Er zijn hartstikke veel foto's van Charley. De Charley die ik nooit heb gekend, toen ze één was. Mollig, met rood pluizig haar. Charley toen ze drie was: ze kijkt in de camera met ogen die sprekend op de mijne lijken. Ik sta er zelf ook op, maar ik heb daar nog van die baby-ogen. Charley lacht wel op de foto, maar je kunt zien dat ze met haar knuistje in mijn mollige babyarmpje knijpt; ik voel bijna hoe zeer dat doet. Volgens mij vond Charley het hele-maal niet leuk dat ik werd geboren. Op die foto heeft ze groe-ne ogen. Ze stralen. *'Kijk naar mij!'* roepen ze, *'kijk naar mij, niet naar dat mormel op de grond!'*

Daarnaast (hoe verrassend) hangt weer een foto van Char-ley; daarop is ze vier en staat ze in een poel tussen de rotsen. Er is trouwens toch wel iets verrassends aan die foto, want daarop zijn haar ogen niet groen, maar blauw. Zo blauw als de lucht waar ze naar kijkt.

'Kameleonogen,' zegt mijn moeder glimlachend, 'ze veran-deren van kleur met het weer.'

Dat is echt zo, haar ogen veranderen echt van kleur. Die van mij trouwens ook. Maar volgens mij zijn onze ogen van zich-zelf eigenlijk grijs, een niks-kleur. Een allemanskleur.

Onbestendig.

Op de foto's worden Charleys ogen steeds groter en haar li-chaam wordt dunner en langer, tot de laatste foto.

Ik kijk ernaar. Dat hoef ik niet eens te doen, want daarop staat het beeld van haar dat ik altijd in mijn hoofd heb, dat ik altijd voor me zie, die foto waarop onze ogen helemaal niet dezelfde kleur hebben.

Charley is op die foto mooi en ik kan je zeggen dat dat ook een verrassing was. De echte Charley was gewoon Charley: ir-ritant (vaak), lief (zelden), grappig (soms), en meestal alleen maar vervelend.

Maar de foto-Charley is mooi, net als de zonsondergang achter haar op het strand. Mijn vader heeft die laatste foto gemaakt. Dat weet ik nog goed. 'Moet je kijken hoe mooi het haar van dat kind is in de zon,' zei mijn moeder; we keken alle drie op en hoopten dat ze het over ons had, maar die keer bedoelde ze Charley. Het lijkt inderdaad alsof de zon in haar haar gevangen zit. De rode en gouden lokken vallen glinsterend om haar gezicht. Ze kijkt in de ijzeren emmer met de vangst van die dag.

'Kom mee, Charley,' zei mijn vader. 'Naar de rots.'

Mijn vader nam elk jaar een foto van ons; die van Charley nam hij vanaf haar vijfde jaar altijd op dezelfde rots. Een grote rots, die onder water ligt en alleen bij eb te zien is. Elk jaar klom ze een stukje hoger, tot dat ene jaar, vorig jaar, toen ze eindelijk op de top stond. 'Charley, vijftien jaar,' staat eronder.

Het lijkt alsof ze daar niet erg stevig staat, maar het is ook niet makkelijk om op die rots je evenwicht te bewaren. Ik kan het weten, want ik ben er de volgende dag 's ochtends vroeg opgeklommen, alsof ik haar vanaf dat punt zou kunnen zien, alsof ik haar ergens op het brede, lege strand in de vroege ochtend zou kunnen ontdekken, zoals mijn moeder nu nog steeds probeert.

Het is best lastig om op die rots te klimmen, maar het is haar gelukt; ze staat rechtop (typisch Charley), hoog in de lucht, en ze lacht. Met die Charley-lach van haar waarmee ze zegt: *'Het is me gelukt, kijk mij eens, het is me gelukt!'*

Ik had altijd zo de pest aan die lach. Ik kijk niet, ik kijk niet, dacht ik dan, ook al riep ze me: 'Hal, kijk mij eens, Hal!'

Ik deed alsof ik dat niet hoorde, maar ik keek natuurlijk toch, en dan stond ze daar, boven op die rots, precies waar ik ook zo graag wilde staan. Ze wachtte tot ik liet merken dat ik het leuk voor haar vond. Maar nu wacht ik op jou, Charley, nu wachten we allemaal op jou.

Die foto.

Haar haar heeft dezelfde rode en gouden tinten als de zon. Ze houdt haar hoofd een beetje schuin en het haar, dat langer is dan ooit, golft helemaal tot aan de elleboog van haar rechterarm. Het lijkt alsof het bijna loskomt van haar lichaam en weg zal vliegen, naar de ondergaande zon. De uiteinden van de opspringende lokken zijn goudkleurig, maar boven op haar hoofd zijn ze dieprood. Het vuur brandt van de foto.

Het doet pijn als ik ernaar kijk.

Soms, als ik alleen in de keuken ben met die foto van Charley, voel ik dat mijn hoofd er als vanzelf naartoe draait, dat het draait alsof het niet meer van mij is; dan sluit ik mijn ogen en wil ik Charley niet zien, maar ze is er toch, achter mijn oogleden. *'Hal, kijk eens naar mij, Hal!'* roept ze, en ze danst; een klein, zwart, duivels silhouet op die rots, omringd door rode lichtbollen.

En ze is levend, zó levend dat zelfs de zon een stukje van haar wil hebben. Dat doet nog het meeste pijn: dat iemand die zó levend is misschien zal doodgaan. Erger nog: dat als zij doodgaat, wij ook allemaal een beetje doodgaan, vooral mijn moeder.

Soms denk ik dat de zee, die haar bijna heeft gedood, zóveel van haar hield dat ze haar niet wilde teruggeven. Maar op andere momenten haat ik Charley en zou ik willen dat ze niet bestond.

Noord-Oxford. Nu.

'Dat kunnen we toch niet maken?'

Mijn moeders stem komt van beneden door het nachtverlichte raam, tot in mijn kamer. Zo eindigt het altijd, avond na avond, met dat wanhopige gejammer.

'Dat kunnen we toch niet máken?'

Mijn vader antwoordt met een zacht, laag, woordeloos gemompel. Pfff, wat is het warm. Ik stel me voor dat ik het raam opendoe en in Cornwall ben, de zee hoor, de koele bries voel die fris van de golven komt. Het is hier zo benauwd en heet. De muggen dansen om de vlam van de kaars op de tuintafel. Mijn vader en moeder houden plotseling op met praten en kijken omhoog.

'Het is al laat, Hal,' zegt mijn vader.

'Zeg dat wel!' roep ik terug.

Ze wuiven even en praten op gedempte toon verder. De lichtjes aan het einde van de tuin flakkeren en gaan uit. Ik kijk naar de bleke maan die aan de hemel verschijnt en op het donkere water van de rivier drijft. Mijn moeder blaast de kaarsen uit en de rokerige geur van kaarsvet kringelt naar mijn raam.

Het is bloedheet.

'Welterusten, Hal,' fluistert ze, en dan is alles rustig en stil in de tuin. Ik kijk omhoog; het is hier nooit helemaal donker. In Cornwall is de lucht zo diep en inktzwart dat je alle sterren ziet die erin gepropt zijn en om de maan heen jagen. Op sommige avonden zijn het er zóveel dat het lijkt alsof bepaalde sterren dichter bij de aarde staan dan andere.

3D-sterren.

'Hoe kunnen we dat nou doen, Jon?'

Nu komt haar stem door de vloer omhoog; ze klinkt zo wanhopig dat ik me afvraag waarom de maan niet een stukje naar beneden zakt om haar beter te kunnen horen, maar dat gebeurt niet. Ik vraag me af of ze er ooit nog over zullen ophouden. En of ze mij nog gaan vragen wat ik ervan vind. Ik vraag me af waar mijn zus Charley nu werkelijk is en of ze ooit nog wakker zal worden. Maar ik vraag me vooral af of we deze zomer nog naar Cornwall gaan.

'We moeten wel, Milly.' Mijn vader klinkt net zo resoluut als zij, en net zo wanhopig.

'Dat kunnen we niet maken... ik kan dat niet...'

Aan de lange stilte hoor ik dat ze zachtjes huilt, ze denkt dat ik dat niet hoor, dat ik dat niet zie, terwijl ik het altijd voor me zie, in mijn hoofd, waarin ze nooit lijkt op te houden met huilen.

'En Hal en Sara dan?' vraagt hij. 'Die kunnen toch niet de hele zomer in Oxford opgesloten zitten?'

Mijn moeder mompelt iets, volgens mij noemt ze mijn naam, daarna hoor ik niets meer. Alleen mijn bonzende hart. En dan mijn vader weer, hij klinkt vermoeid.

'Oké, dan ga ik met ze naar Cornwall en blijf jij hier bij Charley.'

Weer een stilte.

'Kun je dat wel aan, schat?' Zijn stem klinkt nog steeds rustig, maar ook verdrietig en zacht en beslist. Charley is half-dood en het is net alsof hun stemmen daardoor veranderd zijn, alsof ze nu meer manieren hebben om elkaar iets te vertellen, meer dan alleen met woorden.

Ik probeer te luisteren, ik probeer tussen de woorden door naar de stiltes te luisteren. Dat zijn er tegenwoordig zoveel, stiltes bedoel ik.

'Nee,' zegt mijn moeder traag, nadat het eindeloos lang stil is gebleven. 'Nee Jon, je hebt gelijk. We moeten... nee, zij moeten... weer doen... Maar ik kán het niet... ik wíl het ook niet... het is net alsof...'

12

'Alsof we proberen als gezin verder te leven zonder Charley?' maakt hij haar zin af. Hij vraagt het eigenlijk niet echt, hij weet al dat dat precies is wat ze bedoelt.

Ik luister ingespannen en ik kan haar bijna zien knikken, met een hoofd dat zo vol met gevoelens zit dat ze die niet onder woorden kan brengen.

'Hal en Sara hebben jou ook nodig, Milly. Zij moeten loskomen van alle... alle...' Hij fluistert bijna, alsof hij bang is dat alleen al het geluid van de woorden haar van gedachten zal doen veranderen.

'Dat weet ik,' zegt ze eindelijk. Mijn hart stroomt over van geluk en ik stomp in mijn kussen. We gaan naar Cornwall.

Als ik wakker word, schijnt de zon op het plafond en zijn de vogels opgehouden met fluiten.

Het is al laat, want ik hoor Sara in haar kamer tegen zichzelf kletsen.

'Kijk!' roept ze, 'het is niet donker meer, het is al ochtend. Hoogste tijd, stelletje luilakken, als jullie niet binnen vijf minuten beneden zijn, ga ik alleen. WAAR ZIJN JULLIE SCHOENEN?'

Ik moet erom glimlachen; ze klinkt precies als mijn moeder als we naar school moeten en heel laat zijn. Ik ga naar haar toe. Haar kamer ligt helemaal overhoop, er is nergens meer een stukje vloer te bekennen, alles ligt vol speelgoed en kleren.

Ze kijkt op, midden in die zooi, en zegt: 'Het is al ochtend, Hal, het zonnetje schijnt.'

'Hebben ze allemaal geslapen?' vraag ik. Ze knikt en kijkt weer naar haar poppen.

'Tijd om te gaan ontbijten, meisjes,' zegt ze. Ze zet twee van haar poppen aan een klein plastic tafeltje.

'Hebben jullie honger?' vraagt ze.

'Heb jíj geen honger, Sara?' vraag ik aan haar. Ze knikt en negeert me.

'O jee! Geen melk!' gaat ze verder. 'Papa en mama zijn veel te moe geworden van al dat geschreeuw om melk te kopen.'

Ik staar naar haar; ze werpt me van onder haar wimpers een snelle, vreemde blik toe en doet dan weer alsof ik er niet ben.

'Wat zei je, Sara?' vraag ik.

'Ik had het tegen mezélf, Hal,' antwoordt ze, alsof ik dat niet allang wist.

Ik krab op mijn hoofd en gaap. Wat zou er allemaal in dat hoofd van Sara omgaan? Wat begrijpt ze echt van Charley? Kan ze zich wel herinneren dat Charley nog echt leefde? Of is Charley voor haar iemand die alleen maar in een ziekenhuisbed ligt, in coma, en nooit iets terugzegt?

'Papa en mama zijn weg, héémaal weg,' zegt ze, en dan verandert er iets in haar stem waardoor ik opkijk. 'Weet je wat?' vraagt ze met een opgewonden, geheim stemmetje. 'Zullen we poppenzusjes spelen?'

Ik krijg kippenvel als ze dat zegt, het is net alsof ze mijn gedachten kan lezen of zo.

Ze leunt achterover en staart naar de twee poppenkinderen die aan het tafeltje zitten. Ze staren terug. Ze richt haar grote ogen op mij en inspecteert me traag en uitgebreid; dan wijst ze naar een lelijke trol van een pop met rood haar en besluit dat ik daar sprekend op lijk.

'Hal,' zegt ze, 'dat ben jij.'

'O bedankt, Sarz.'

Maar ze blijft me gewoon negeren en verwisselt een van de poppen aan het tafeltje met de pop die mij voorstelt.

'Hmm, even kijken, Sara.' Ze bekijkt de poppen op de grond en wijst dan snel op het kleinste, mooiste popje met donker haar, grist het weg en drukt het tegen haar borst alsof ze bang is dat iemand anders haar voor zal zijn.

'Dit ben ik!' zegt ze. Ik begin bijna te lachen: wie denkt ze nou dat dat popje zal pakken?

Charley? zegt een stem in mijn hoofd, maar die *delete* ik snel, want dat is een stom idee.

Het blijft stil terwijl Sara nog eens speurend naar de grond kijkt.

'En nu een Charley-pop,' zegt ze half fluisterend tegen zichzelf. Ze pakt een lange, dunne pop met donkerrood haar; ik kijk terwijl ze die optilt met een soort bange aai en haar op de derde stoel aan het zogenaamde tafeltje zet. Nu zitten er drie kinderen om de tafel, er is geen lege plek meer.

Het is zo'n fijn gezicht dat ik bijna moet huilen.

'Klaar!' zegt ze plotseling, snel, en ze veegt de poppen weg. Ze vallen op de grond, alsof ze ze zomaar kan laten verdwijnen. Niet alleen de poppen, maar de gevoelens ook.

'Hal?' vraagt ze.

'Ja?'

'Ik ben een lief meisje,' zegt ze met iets verwonderds, alsof ze het zelf eigenlijk niet kan geloven. Ik wou dat ik snapte wat ze bedoelt, waarom ze dat zegt, maar het is nog te vroeg om daar over na te denken.

'Tuurlijk,' zeg ik, 'en je hebt vast trek, hè? Kom, gaan we hap-hap doen.'

Ze kijkt me zo schuin aan zoals ze wel vaker doet, alsof ik iets niet helemaal snap, en meteen voel ik weer zo'n steek in mijn hart. Charley kon precies zo kijken, zo'n blik van ik-ben-een-meisje-en-jij-bent-een-jongen-en-je-snapt-toch-nooit-wat, maar Charley was ouder en Sarz is nog maar zo klein. Van wie heeft ze dat?

15

Dat zit in de genen, sukkel, hoor ik Charley zeggen. Ik hoor Charley de laatste tijd heel vaak. Alsof er een stukje uit haar ziekenhuisbed is gekropen en in mijn hoofd is gaan wonen. Ik *delete* weer.

Het is zo al moeilijk genoeg.

'Was je al lang wakker, Sarz?'

'Word wakker, het zonnetje is al op.'

Ze zingt de woorden terwijl we de trap af lopen, en ze wijst door het raam in de hal naar de zon.

'Wist je dat de zon eigenlijk een grote vuurbal is, Sara?'

Daar denkt ze over na terwijl ze de cornflakes in haar kom doet; dan begint ze erin te roeren en hardop te lachen om dat beláchelijke idee.

'Stuiterbal,' zegt ze, gierend van het lachen. Haar gezicht zit onder de cornflakes. Ineens zie ik weer voor me hoe klein ze was toen ze werd geboren. Toen had mijn moeder ook nooit tijd voor mij en Charley. Nu zijn Sarz en ik buitengesloten en zit mijn moeder opgesloten in het ziekenhuis met Charley, of als ze niet echt in het ziekenhuis is, dan zit ze wel opgesloten in haar hoofd en denkt aan Charley.

Het is een beetje alsof ik Sarz voor het eerst zie. Daar zit ze te ontbijten, ze kijkt weer zo naar me, ze kijkt alsof ze ergens een beslissing over neemt.

'We gaan naar Corn-wall,' zegt ze, en ze krijgt dat woord met moeite uit haar mond. 'Gaan we dan ook in zee zwemmen?'

'Sara mag wel met papa gaan zwemmen,' zeg ik beslist.

'Niet met papa, met jou,' pruilt ze.

'Hal gaat niet meer in zee zwemmen,' zeg ik tegen haar. Dat heb ik altijd bij haar: ineens praat ik over mezelf alsof ik haar versie van mezelf ben. Haar Hal, niet de mijne.

'Weet ik.' Ze blijft me maar aanstaren met haar grote, blauwe ogen. 'Waarom niet?' vraagt ze.

Goede vraag, Sarz, ik weet alleen geen antwoord. Ik denk dat ik de zee niet meer echt vertrouw, dat ik niet meer naar de zee kan kijken zonder eraan te denken hoe donker en diep en gevaarlijk het onder het wateroppervlak kan zijn.

'Zijn Sara's ogen net zo blauw als de zee?' vraag ik, maar voor de verandering laat ze zich niet afleiden.

'Hals ogen zijn als de zee,' zegt ze en dan zucht ze diep. 'En Charley is in de zee.'

Ik merk dat mijn mond openzakt, maar er komt geen geluid uit.

Sara gaat gewoon door met de papperige cornflakes naar binnen lepelen, alsof het heel gewoon is wat ze net zei, wat voor haar misschien ook wel zo is.

'Wie is er in de zee, Sara?' vraag ik, om zeker te weten dat ik haar goed heb verstaan. 'Charley ligt toch in het ziekenhuis, niet in zee.'

'Vissen en krabben en Ariel de zeemeermin en die grote dikke vrouw en al die kleine visjes en guppy's en papa en Sara, maar grote meisjes niet, grote meisjes kunnen niet in de zee. Daar zit een man in met een grote vork en die is heel kwaad... en zeebloemen... die je pakken!' En weg is ze, ze glipt haar eigen wereldje in en ik weet dat het geen zin heeft om te proberen haar daar achterna te gaan.

Dan komt mijn moeder binnen. 'Goeiemorgen allebei, zin in een kopje thee?'

Ze ziet er zoals altijd moe uit. Ze is niet meer zo bruin en ze ziet er niet meer zo jong uit. Ze heeft een rare, grauwe kleur, alsof ze in een grot onder de grond woont, of misschien kan ik beter zeggen alsof ze in het ziekenhuis woont. Ze doet de rolgordijntjes omhoog en het zonlicht stroomt naar binnen.

'Ik heb een verrassing,' zegt ze.

'Gaan we naar Corn-wall?' vraagt Sarz.

'Aha, de familietamtam,' zegt mijn moeder. Ze lacht, maar ze ziet er toch verdrietig uit.

'Hoi,' zeg ik.

'Hoi Hal-kerel, wat ga jij vandaag doen?'

'Kweenie, misschien fietsen? Varen? Vrienden?'

'Je gaat niet de rivier op als papa niet in de buurt is, oké?'

'Oké,' zeg ik zo luchtig en nonchalant mogelijk. 'Jij dan?'

'Gewoon. Charley. Boodschappen doen. Koken. En...' ze kijkt naar Sara, 'even knuffelen zou ook wel leuk zijn.' Sara omhelst haar, als op commando, en mijn moeder drukt haar gezicht tegen Sara's schouder. Ik kijk naar haar terwijl ze haar ogen sluit in de zon; het rare is dat Sara soms iets geheims lijkt te hebben dat mijn moeder zomaar kan opsnuiven, helemaal tot in haar ziel. Ze doet haar ogen weer open en ziet dat ik kijk. Ze geeft me een knipoog, ze betrekt me erbij, maar ik weet dat ik haar nooit zo'n goed gevoel kan geven als Sara.

'Tot straks,' zeg ik.

'Hal?'

'Ja?'

'Hal, ga je mee naar Charley? Even afscheid nemen?'

'Oké.'

'En Hal?'

'Ja?'

'Misschien weet je iets wat je bij haar achter kunt laten, iets waar de verpleegkundigen met haar over kunnen praten. Iets wat haar aan jou herinnert.'

'Oké.'

'En Hal?'

'Ja?'

'Ik hou van je, zoon-van-me.'

'Jaah. Ik ook van jou.'

Ik doe de keukendeur open. De zon is al heel warm. Ik pak

de hengels en de lijnen en de haakjes en installeer me met een boek onder de wilg aan de rivieroever, onder aan onze tuin. Eigenlijk wil ik niet mee naar Charley. Eigenlijk wil ik haar zelfs nooit meer zien. Ze is er toch niet echt meer, ze is met haar hoofd tegen een rots geslagen en ze kan niet bewegen, ze kan niet praten, ze kan niets zeggen, ze kan niet eens ademhalen zonder dat ze klinkt als een machine. Ze kunnen het een coma noemen, of pvs, ze kunnen het noemen wat ze willen, maar als je het mij vraagt is ze al dood, en het ergste is dat mijn ouders dat niet snappen.

Ik probeer te bedenken wat ik bij haar achter kan laten. Een nieuw stel hersens misschien?

Ik sjok door de warme, stoffige straten naar het ziekenhuis, maar mijn moeder is er al, ze zit naast Charleys bed. Ze praat. Ze praat alsof Charley alleen maar slaapt, niet alsof ze in coma ligt en zeker niet alsof ze dood is. Ze praat alsof de hele wereld op het puntje van zijn stoel zit te wachten, met ingehouden adem, tot Charley eindelijk gaat zitten en haar lange, rode haar uitschudt. Haar haar groeit gewoon door.

Is dat niet walgelijk?

In elk geval weet ik precies wat Charley zou doen als ze wakker werd. Ze zou zich uitrekken en gapen en iets zeggen. Ik probeer te bedenken wat ze zou zeggen. 'Sorry', dat is als je het mij vraagt wel een goeie. Sorry dat ik zo'n ontzettend egocentrische trut ben. Sorry dat ik zo ver de zee in ben gegaan en van een golf ben geflikkerd en nét niet helemaal dood ben gegaan. Maar sorry is niet echt iets voor Charley. Haar stijl is meer zo:

Locatie: een ziekenhuis. Een prachtig meisje doet knipperend haar ogen open.

'O, ik ben toch op zó'n gewéldige plek geweest,' zou ze zeg-

19

gen, waarna ze haar geheime lach lacht (*Kijk mij eens, Hal, kijk naar mij!*) en dan zou ze me recht aankijken en ik zou weten dat ze dingen heeft gezien die ik nooit zal zien, en op plekken is geweest waarvan ik niet eens kan dromen.

Maar dat is altijd nog beter dan naar haar te moeten kijken zoals ze er nu bij ligt. Nu wil ik niet naar haar kijken. Dat vind ik vreselijk. Ze lijkt niet eens op Charley. Ze lijkt op iemand die dood is. Haar mond zakt scheef. Ik zit op de gang op een zweterig plastic stoeltje en luister naar mijn moeder.

'De zon schijnt, lieverd,' zegt ze. Ja mam, sprankelende conversatie, daar wordt ze vast wakker van! 'En ik heb een bos prachtige leeuwenbekjes voor je meegenomen omdat ze zo lekker ruiken. Ik snap nooit waarom die gele zo flauw ruiken en de oranje en de rode zo sterk. Hier, probeer maar.'

Ik kijk om het hoekje: ja hoor, ze houdt de bloemen voor Charleys neus. Ik wacht af wat er gebeurt, maar er verandert niets aan Charleys ademhaling.

Geweldige reactie.

In. Uit. In. Uit.

Het klinkt niet normaal, haar ademhaling, maar dat komt doordat ze dat niet zelf doet, het is gewoon een apparaat dat haar ademhaling regelt.

'Weet je nog,' gaat mijn moeder verder, 'dat je altijd de bloemblaadjes indrukte om ze te laten praten, en dat je ze bijenhuisjes noemde, en dat ze zo lekker ruiken en van die mooie kleuren hebben? Ze bloeien altijd begin juni, vlak voor jouw verjaardag. Ik kan nog steeds geen leeuwenbek zien zonder aan jou te denken. Goh, wat was het warm dat jaar toen jij werd geboren...'

Ze houdt Charleys hand vast, die er dood uitziet, en streelt die, terwijl ze iets fluistert, waarschijnlijk haar naam. Dat doet ze altijd, steeds opnieuw, alsof ze haar tot leven kan wekken door haar naam te noemen. Als ik Charley was, zou ik liever meteen de pijp uit gaan als ik dat allemaal moest aanhoren.

'We gaan naar Cornwall, Charley, alleen papa en ik en Hal en Sara. We zullen je ontzettend missen, maar ik kom elke week terug en Sally en Jenna hebben gezegd dat ze bij je op bezoek zullen komen, en Hal en Sara moeten echt... ze moeten...' De rest blijft in de lucht hangen. Als ze weer verdergaat, heeft ze haar stem onder controle; hij klinkt weer vrolijk en opgewekt en leugenachtig.

'Je ligt in het ziekenhuis, Charley. Je bent hier al heel lang. Je bent met je hoofd tegen de rotsen geslagen, we denken tenminste dat het zo is gegaan, maar we kunnen het niet helemaal precies weten totdat jij het ons vertelt, hè lieverd? Hal heeft je gevonden, in de golven, op de rotsen...'

'Nietes!' zeg ik snel. 'Nietes!' En heel even werkt het en is dat woord sterker dan de herinnering, die daardoor vervaagt, maar dat duurt maar heel even. Ik zeg het nog een keer, alsof ik het waar kan laten worden door het te zeggen. 'Nietes,' maar het is al te laat, mijn herinnering is al wakker geschud. Ik zie het brede, gouden strand bij eb, vol ochtendleegte. Ik hoor mijn gejaagde ademhaling en ik voel mijn zoekende ogen. 'Nietes, nietes, nietes!' Ik zeg dat woord steeds opnieuw, maar het werkt niet omdat ik weet dat ik haar wel gevonden heb. Ik heb haar gevonden op een platte rots in de ondiepe golven, daar was haar lichaam terechtgekomen; het zag er helemaal kapot uit, het leek op een weggegooide pop die ze niet meer hoefde, op een... hou op!

'Wat deed je daar? Waarom ging je zoeken?' De vraag bespringt me voordat ik hem kan tegenhouden.

Ik haal diep adem. Ik hoef dit niet te doen, hou ik mezelf voor. Ik concentreer me op de muren. Wat een kotskleur. Ik voel de plastic stoel onder me, ik hou me vast aan de wereld om me heen, die stevig en echt en hier is. Ik hou me vast aan mijn moeders stem.

'Wat is dit toch een leuke kamer,' zegt ze. 'Je hebt hier elke middag zon. Hij is wel een beetje wit, maar het is natuurlijk een ziekenhuis. We zouden je liever thuis hebben.'

Zelfs mijn moeder kan de woorden niet nieuw en levendig laten klinken, want ze heeft ze al zo vaak gezegd. We hebben ze allemaal al zo vaak gezegd, maar Charley kan ons niet horen.

'O, Charley!' roept mijn moeder uit, en dan klinkt haar stem weer heel abrupt en nieuw en echt, en heel verdrietig. Het is alsof ze Charley voor altijd achterlaat. En dan snap ik het ineens, dan snap ik het eindelijk. Ik snap dat ze echt denkt dat Charley dood zal gaan als ze haar niet elke dag komt bezoeken.

Misschien gaat ze ook wel dood, denk ik. Misschien moet ze dat maar doen, denk ik niet. Ik sluip weg voordat mijn moeder me ziet, weg van de geur van bloemen in die doodswitte kamer, wit als gebleekte beenderen. Weg van dat ding dat ze nog steeds Charley noemen.

Daarna is mijn vader aan de beurt. Maar als ik afscheid neem van Charley wil ik alleen zijn. Als het dan echt moet, wil ik best afscheid gaan nemen, maar dan wel in mijn eentje, niet met een van hen erbij.

Ik zie de steen die hij voor Charley heeft meegebracht als 'herinnering'. Belachelijk. Hij ligt naast haar dood uitziende hand, op het bed. Hij is grijs. Echt een steen uit Brackinton, glad en schoongewassen door de zee, waar vreemd genoeg nog een paar korreltjes zand aan kleven. Als ik ernaar kijk, hoor ik de zee er al overheen spoelen. Een witte streep kwarts loopt als een cirkel over de steen en breekt het gladde grijs.

Die steen doet me aan zoveel dingen denken: aan de warme keien onder mijn voeten, aan steentjes keilen over het zeewater, maar nu zal hij me denk ik altijd aan mijn vaders hand doen denken.

'Hallo, Hal,' zegt hij. Ik ga weg voordat hij me zover probeert te krijgen dat ik tegen haar ga praten, maar ik zie hem nog wel door het vierkante raam. Ik kijk hoe hij de steen voorzichtig in haar handpalm legt, haar vingers erover vouwt en daarna haar hand vastpakt. Als mijn vader Charley vasthoudt, lijkt ze altijd weer zo klein. Het doet me denken aan bedtijd en prentenboeken.

Twee handjes op de tafel,
Twee handjes in de zij,
Twee handjes op je hoofdje,
Op je schouders allebei.

Hij houdt haar vingers om de steen en legt haar hand in de zijne.

'Dus als Charley niet naar het strand kan, dan moet het strand maar naar Charley komen. Herinner je je die stenen nog?' vraagt hij aan haar. 'En die rots waar we elk jaar een foto van jou maken?'

Zijn stem klinkt als de golven, hij stijgt en daalt, hij kabbelt. Als ik Charley was, zou ik nooit wakker willen worden, nooit meer, als ik dit hoorde. Dan zou ik lekker willen blijven slapen.

'Wij gaan terug, Charley, en jij zult bij ons zijn. We zullen voor jou naar de zonsondergang boven zee kijken, en voor jou boven op de rots klimmen.'

Zijn hand streelt zacht de hare terwijl hij praat, maar dan zwijgt hij, alsof hij bedenkt dat alleen haar hand vasthouden lang niet genoeg is; hij tilt haar in zijn armen en ze ploft als een grote, lelijke baby op zijn schoot; ik vraag me af hoe ze het kunnen, mijn ouders, ook al weet ik precies wat ze zouden zeggen als ik dat vroeg.

'We houden van haar, Hal, net zoals we van jou houden.'

Nou, ik hou ook van Charley, maar dat wil niet zeggen dat ze er niet afstotelijk uitziet.

Dat is echt zo.

Als ik mijn vader zo hoor, weet ik ineens precies wat ik voor haar mee had moeten nemen, ook al is dat belachelijk.

Hij legt haar hoofd onder zijn kin en wiegt haar. Haar blote voeten steken uit haar spijkerbroek en de tenen zien er blauw en koud uit. Ze kleden haar elke ochtend aan, alsof dat voor haar iets uitmaakt. Alsof ze erbíj is.

'Ik kan niet voor jou gaan surfen, schat.' Mijn vader zit nog steeds te praten en nu lacht hij even bij de gedachte dat hij op een surfplank staat. Ik moet er ook om glimlachen.

'Daarvoor moet je zelf maar meegaan om dat weer te doen. O, Charley...' En dan heeft hij geen tekst meer en zit hij daar alleen maar met haar op schoot. Hij wiegt en wiegt haar – en ergens, heel erg zacht, denk ik dat hij misschien haar naam noemt, als een toverspreuk. Alsof het een ketting is die haar aan hem bindt: alsof het alles is wat ze samen nog hebben.

Ik laat ze maar.

Oké, en dan ben ik eindelijk aan de beurt om afscheid te nemen, en daar zit ik dan, voor de poorten van de ziekenhuis-hel met een surfplank in mijn handen. Iedereen kijkt naar me. Nou en? Ik kijk gewoon terug. Wat kan mij dat nou sche-len? Niks toch? Ik heb een halfdood zusje. Dan hoef ik me er niks van aan te trekken dat de mensen naar me kijken. Ik sla hard met mijn hand op de deur en zet de plank tegen het bed.

'Hé, dikbil!' Volgens mij is Charley het spuugzat dat ieder-een zo aardig tegen haar doet. Ik heb ze allemaal tegen haar

24

horen zeggen waar ze is en hoeveel we van haar houden, maar volgens mij is er maar één ding, echt maar één ding dat Charley terug kan halen, en dat haar laten weten dat ik iets heb wat zij niet heeft.

Plezier.

'Hé kijk, ik heb dit voor je meegenomen.'

Ik zet de surfplank naast het bed. Ze beweegt niet. Haar lakens gaan omhoog en omlaag, omhoog en omlaag, op de plaats waar ze ademt.

'Kun je het zien?' vraag ik.

Omhoog. Omlaag. Omhoog. Omlaag.

Geen antwoord.

'Nou, dan niet, lafbek.' Nog steeds geen antwoord.

Ik pak haar hand en leg die op de rand van de plank. Ik vind het niet prettig om haar aan te raken, het voelt alsof je opgewarmde kliekjes proeft. Het ziet er zo achterlijk uit nu hij hier staat, die surfplank bedoel ik. Hij lijkt heel groot in de kleine kamer, en je kunt je bijna niet voorstellen dat de dood-uitziende Charley die in dat bed ligt, er ooit op heeft gestaan en ermee over de golven heeft gesurft.

'Je hebt er niet veel aan gehad, hè?'

Ze gaat gewoon door met ademhalen, maar dan voel ik plotseling dat ze er toch is. Ze is er wel, achter die rare ademhaling en die gesloten ogen, ze luistert en ze geniet ervan dat wij ons hier verdringen om afscheid te nemen en haar smeken om weer te leven.

Voordat ik het weet, ben ik vlakbij, vlak naast haar lege gezicht, en word ik kwaad, echt kwaad.

'Rotwijf!' hoor ik mezelf zeggen. Ik vind het afschuwelijk, maar ik kan er niet mee ophouden. 'Het kan je ook geen moer schelen, hè? Je denkt zeker helemaal niet aan ons, aan papa, mama, Sara en mij. Je ligt hier maar te ademen. Word toch eens wákker!' Net op het moment dat ik dat tegen haar roep, komt er een verpleegkundige langs, die door het raam kijkt en doorloopt.

Ik buig me weer over haar heen en fluister woedend: 'Wakker worden, Charley, en als je dat niet kunt, heb dan in elk geval het fatsoen om dood te gaan.'

Nu komt de verpleegkundige wel binnen. Ze controleert Charleys hartslag en kijkt achterdochtig naar me.

Rustig aan, zeg ik tegen mezelf.

'Gaat het?' vraagt ze. Ik glimlach en knik.

'Vind je het moeilijk, afscheid nemen van je zus?'

'Het is maar voor ongeveer een maand.'

'Voor je ouders is het wel moeilijk.'

'Jaah.' Ik ga staan.

'Ik moet weg. *Sayonara*, zussie,' zeg ik tegen Charley. 'Jammer dat je er dit jaar niet bij bent op de golven.'

De verpleegkundige kijkt me vreemd aan, maar dan ziet ze de surfplank, met Charleys hand die nog steeds doet alsof ze hem aanraakt, en ze kijkt vertederd naar me.

Ik weet precies wat ze ziet: ik kijk niet voor niks al het hele jaar in de spiegel om te zien wat bij mij hoort en wat bij Charley.

Haar: vuil en blond, helemaal van mij, terwijl Charleys haar schoon en rood-met-goudkleurig is.

Huid: olijfkleurig. Ik ben bruiner dan Charley. Zij was 's winters altijd bleek en koud en 's zomers was ze bruin met sproeten. Nu is ze helemaal wit, alsof het altijd winter is, en haar huid is net sneeuw en bedekt haar botten met stilte. Ik heb een 'gezonde kleur' zoals mijn vader het noemt, maar ik noem het persoonlijk liever 'olijfkleurig'.

Lengte: hé! Ik weet bijna zeker dat ik nu langer ben dan zij, maar dat kan ik moeilijk bepalen zonder naast haar te gaan liggen.

Nou, mij niet gezien.

Ogen: dezelfde vorm, dezelfde idioot lange meidenwimpers en dezelfde neiging de kleur van de omgeving aan te nemen. Als ik in haar ogen keek, leek het altijd alsof ik mijn eigen ogen zag. 'Jullie lijken wel een tweeling,' zei mijn moeder vroeger wel eens, en zo voelt het soms inderdaad, nu Charley weg is. Alsof ik de deur dicht heb moeten doen naar een stuk van mijn eigen ziel.

'Hé,' zegt de verpleegkundige. Ik kijk op en merk dat ik naar Charley heb zitten staren, dat ik zit te staren alsof ik alleen maar het beeld van vroeger naar haar toe hoef te slepen, over haar heen moet leggen als een deken, en dat ze dan weer tot leven zal komen, wakker zal worden, hier weer écht zal zijn.

'Veel plezier, hoor,' zegt de verpleegkundige, 'en maak je maar geen zorgen om Charley, we zullen heel goed voor haar zorgen.'

Ik kijk naar haar. Sodemieter jij maar op, denk ik, ik heb mijn buik vol van dat aardige medeleven, het komt me mijn strot uit. Want weet je? Het helpt niks. Er verandert geen zak door.

'Je bent zelf een dikbil!' Ik weet zeker dat ik dat Charley hoor zeggen, ik hoor het heel duidelijk en de verpleegkundige lijkt ook even op te schrikken. Maar als ik opkijk, ligt Charley daar gewoon te ademen, net als altijd, dus het zal wel verbeelding zijn geweest, of misschien wilde ik het gewoon graag horen.

Charley: Ziekenhuis, Nu.

'Hé, dikbil!'

Wie zei dat?

Ik zit in een kast. Een donkere kast, die te klein is voor mij. De muren drukken tegen mijn vel, ze houden me in bedwang, en mijn hoofd wordt ook ergens door vastgehouden, zó stevig dat ik mijn ogen niet eens kan bewegen om te kijken.

De kast komt in beweging, schudt heen en weer. O nee! Hij gaat vallen, ik voel om me heen dat hij valt, maar ik kan me niet bewegen.

Ik voel een steen op mijn maag.

'Hé, dikbil!'

De woorden raken los van elkaar en komen overeind, ze komen overeind uit de vage, zoemende geluiden.

De kast waarin ik zit wordt met een verpletterende klap op de grond gezet en door een kiertje in de deur meen ik stemmen te kunnen horen.

Zoveel stemmen.

'Help me!'

Hal. Nu.

Ik loop door de gangen van het ziekenhuis. Ik ben bezig met een ontsnappingsmissie: als ik het red tot de deur zonder te stoppen, is dit allemaal niet echt gebeurd. Maar net als ik de draaideur in wil gaan, zie ik Sara aankomen met mijn moeder. Ze heeft een plant bij zich. Er zit maar één bloem in, een vuurrode, dicht omgekrulde bloem. Hij doet me ergens aan denken, maar ik weet niet waaraan.

'Ik heb een bloem gekocht voor Charley.' Ze lacht naar me.

'Wil jij even met haar meegaan, Hal?' vraagt mijn moeder. 'Ik wil nog even met de verpleegkundigen overleggen voordat we gaan.'

'Mam, ik heb al afscheid genomen, ik...' Maar na één blik op haar gezicht slik ik de rest in. 'Kom mee, Sarz, opschieten.' Ik wil dat ze het snel doet, ik wil dat het vlug voorbij is, want ik hoor de zee al roepen.

Sara is supergoed in onzin uitkramen tegen iemand die je

niet eens kan horen. Ze kletst maar raak tegen Charley, blij dat ze voor de verandering eens kan praten zonder te worden onderbroken. Ze stelt nu ook helemaal geen moeilijke vragen, zoals: 'Waarom wordt Charley niet wakker?' of 'Mama, waarom is Charley zo moe?'

Ze zet de plant op de grond, en de bloem wiebelt op de dunne stengel heen en weer en dreigt af te knappen.

'Voor Charley,' zegt ze.

Sara gaat bij Charley zitten en houdt haar hand vast, precies zoals haar is geleerd.

'Charley,' begint ze, alsof ze een juf op een klein schooltje is, 'ik heb een bloem voor je meegenomen die mooier is dan in je mooiste dromen. Mama is met mij naar de bloemenwinkel gegaan, we hebben heel lang gezocht en toen hebben we deze bloem gekocht... kijk! Raak maar aan! Als je je ogen opendoet, kun je hem zien...'

Ik begin te dagdromen; Sarz kan zo wel uren doorgaan.

Helaas heeft Hal Ditton zijn ontsnappingsmissie niet tot een goed einde kunnen brengen; hij is gepakt en gearresteerd en zal de rest van zijn leven moeten opofferen aan de...

Het duurt een tijdje voordat ik de stilte opmerk. Sara kijkt naar Charley, ze kijkt echt naar haar, maar ze zegt helemaal niets.

'Wil je niet wakker worden en de bloem aanraken, Charley?' vraagt ze na een tijdje; ze kijkt me aan alsof ze iets heeft gedaan wat niet mag. Ze kijkt bang.

'Hé Sara, alles is o...' begin ik, want alles moet oké zijn voor Sara. Sara is degene die zorgt dat alles gewoon blijft, die eigenlijk niet weet hoe het is om géén halfdode zus te hebben. Sara zegt allerlei dingen die wij niet kunnen zeggen, met haar gekke, heldere stemmetje, alsof er eigenlijk niks aan de hand is.

'Is ze dood, Hal?' vraagt ze na een tijdje, en ze begint te bibberen, ook al is het nog steeds bloedheet.

'Dat weet ik niet. Dat weet niemand.'

Ze kijkt naar de mooie bloem die ze voor Charley heeft gekocht. *('Kun je haar op zijn minst niet even bedanken, trut.')*

'Ze heeft toch geen pijn, of wel, Hal?' vraagt ze.

'Nee hoor, Sara. Ze heeft geen pijn,' verzeker ik haar.

Dan komt er een andere verpleegkundige binnen. Ze doet heel vriendelijk en aardig tegen ons, maar tegen Charley praat ze alsof ze het tegen een pop heeft, of tegen een neppatiënt, en daar word ik tegelijk boos en verdrietig van.

'Dat is mijn zus,' zeg ik. Wat een sukkel ben ik, alsof zij dat niet weet.

'En mijnes ook,' zegt Sara, 'en ik heb een bloem gekocht en die gaat op haar passen als wij naar Corn-wall gaan.'

'Wij zullen voor haar zorgen, hoor. Wees maar niet bang.' De verpleegster voelt even aan Charleys voorhoofd, net zoals mijn moeder doet als we ziek zijn en koorts hebben.

Ik kijk naar de hand van de verpleegkundige, die er koel en zacht uitziet terwijl ze een losgeraakte lok haar achter Charleys oor doet. Ik kijk snel de andere kant op. *Missie afbreken! Missie afbreken! Wegwezen hier, Ditton!*

'Jullie allemaal een fijne vakantie en zorg goed voor jullie ouders.'

'Dat doen we al!' Sara is er weer helemaal bij.

'Kom mee, Sara, we gaan.'

De verpleegkundige kijkt plotseling op, met Charleys slappe pols nog in haar hand.

'Jullie hebben nog niet eens afscheid genomen.'

Sara pakt Charleys slappe hand vast en geeft er een kus op. Ik word misselijk.

De tijd is om, u hebt dertig seconden om de kamer te verlaten. Verlaat de kamer...

'Dag Charley, ik hou van jou,' roept ze.

30

'Sayonara, zussie, de golven wachten op me.'

'Ze zijn terug voordat je het weet,' zegt de verpleegkundige tegen het lege gezicht.

In. Uit. In. Uit, gaat haar adem.

'Niet als het aan mij ligt,' zeg ik lachend, maar de verpleegkundige lacht niet terug, ze kijkt me alleen aan met zo'n treurige blik, zo'n blik waarmee mensen je aankijken als je zo in de shit zit dat ze denken dat ze niet meer boos op je mogen zijn.

Charley: Ziekenhuis. Nu.

Al die stemmen... achter de deur... ze schreeuwen, breken... woorden die niet bij elkaar passen, onbegrijpelijk zijn.

Waarom is het zo donker?

Omdat ik mijn ogen dicht heb? Ik heb ze dicht, stijf dichtgeknepen. Ik probeer ze te openen.

Het lukt me niet.

Ik duw hard tegen de zijkanten van de kast om me heen, ik leun er met mijn volle gewicht tegenaan, maar er is geen beweging in te krijgen.

Beweeg ik of beeld ik me dat alleen maar in?

Het is alsof de aarde me naar beneden drukt, me stevig in de zwaartekracht heeft ingepakt.

De woorden zweven... net voorbij mijn herinnering.

'Sayonara, zussie,' zeggen ze.

'Sodemieter op, dikbil!' zegt een stem in mijn binnenste.

Ik voel een glimlach.

Een glimlach als de zon.

Warm.

Iemand huilt, ergens achter me.

Mam! Ik kan haar stem horen! Ze zegt mijn naam, steeds weer.

'Charley!'

'Charley!' Ik ben een klein meisje dat aan bloemen ruikt.

31

'Charley!' *Ik verstop me. Kan me niet vinden.*

'Charley!' *Ze wiegt me, ik slaap.*

Zoveel Charleys...

'Charlotte Mary Ditton, waar ben je?'

Mam!

Doe open! Doe alsjeblieft open! Ik duw keihard tegen de zijkanten, maar er beweegt niets, alleen in mijn binnenste.

'Charley!'

'Mam! antwoord ik, maar ze hoort me niet.

'O, Charley,' *fluistert ze, en mijn hart staat stil als ik iets in haar stem hoor. Ze maakt van mijn naam een lange, uitgerekte, wanhopige, eindeloze jammerkreet en ik kan hem zien. Achter mijn ogen zie ik mijn eigen naam, in letters tegen de lege hemel.*

'Charley!'

Ze roept mijn naam, waardoor die over de zee en door de nacht schiet. Een vallende ster, een lange schaduw die steeds verder reikt, totdat hij zo uitgerekt en dun is als een vislijn... die bijna breekt.

Nee!

'Mam!' roep ik terug, maar er komt geen geluid.

'Mam!'

Ergens buiten gaat een deur dicht...

Donker...

Mijn naam is stil, het licht ervan is uit.

Ze is weg.

'Help me!'

Hal. Nu.

'Help me!'

Ik hoor die woorden zo duidelijk als wat. We staan bij de ingang van het ziekenhuis op mijn moeder te wachten. De lucht lijkt te trillen en te bewegen door de zon en het stof, alsof de wereld niet vast meer is, maar voor mijn ogen wordt opgetild, alsof het immense grijze ziekenhuis dadelijk opzij zal schuiven en iets zal onthullen. Ik voel dat mijn keel dichtgeknepen wordt, ik snak naar adem. De hitte lijkt zo plotseling en zo echt, alsof mijn bewegingsvrijheid met opzet van me wordt afgetapt, en ik hoor dat mijn longen een grote, hijgende hap lucht nemen. Dan stroomt het bloed uit mijn hoofd en wordt alles heel klein, alsof ik door de verkeerde kant van een telescoop kijk.

'Nee,' fluister ik tegen dat gevoel, maar het is niet tegen te houden.

'*Charley!*' Haar naam komt in me op alsof ik een stomp in mijn maag krijg, net op het moment dat mijn moeder door de klapdeuren komt.

'Klaar,' zegt ze. Haar stem klinkt alsof er botten breken. We lopen naar de auto. Ik tril en houd Sara's hand stevig vast. Mijn moeder doet het portier open en ploft op de stoel. Het is alsof ze door een onzichtbare vuist is geraakt; ik zíé het leven gewoon uit haar wegtrekken. Het is angstaanjagend; het lijkt alsof zij ineens ook niet goed in leven kan blijven.

Misschien gaat het wel zo, hoor ik mezelf denken. Dat als er een kind doodgaat, de moeder ook sterft. Ze probeert weer tot leven te komen, voor Sara en mij, maar dat lukt haar niet.

'*Help me!*'

Dat is Charleys stem, beslist Charleys stem. Ik kijk om me heen alsof ik haar zal zien, naast me in de auto, met een chagrijnig gezicht.

'Is er iets?' vraagt mijn moeder.

'Nee, hoor.'

Ik kijk op mijn horloge. Ik luister naar het tikken. Ik concentreer me erop. Het horloge geeft aan dat het vrijdag is. Dat het 16.15 uur is. Er staat dat het juli is. Het is 15 juli, de dag waarop we altijd naar Cornwall gaan.

Maar nooit zonder Charley.

Charley: Ziekenhuis. Nu.

'Help me.'

Maar ze zijn weg.

'Deze gaat voorlopig nergens heen.' *De stem klinkt buiten de kast.*

Ik probeer eruit te komen, maar dat lukt niet. Ik zit stijf opgesloten. Zeer; stem heeft een harde, scherpe klank, scheurt. Doet mijn hoofd zeer van.

'Waar gaan ze ook alweer naartoe?' zegt de stem.

Waar ben ik?

Ik zit opgesloten in een kast.

Stijf opgesloten.

'Help me!'

'Naar Brackinton Haven of zoiets... Daar gaan ze blijkbaar elk jaar heen, al kan ik me dat niet voorstellen, elk jaar naar dezelfde plek...'

Brackinton Haven... Dat woord blijft hangen, het maakt verbinding met iets in mij... en...

Ineens ben ik in een keuken, een helderwitte keuken, de zon schijnt door de ramen naar binnen... Ik kijk naar twee mensen die met elkaar praten... ben ik een van hen?

Charley. Toen.

'We zien nog wel, Charley,' zegt mijn moeder.

'Mam! Kom op nou, zelfs Julie gaat dit jaar naar Griekenland.'

'Nee! Het kan me niet schelen wat Jenna of Sally of Julie gaan doen. Jij gaat mee naar Brackinton, jongedame.'

'Toe nou, alsjeblíéft! Dan zal ik een heel jaar afwassen.'

Mijn moeder begint te lachen en ze houdt het glas dat ze aan het afwassen is, tegen het licht om te kijken of het schoon is.

'Nee lieverd, het is en blijft nee. Jij gaat niet met Jenna naar

Italië, je gaat met ons naar Brackinton. Misschien volgend jaar.'

'Volgend jaar, volgend jaar duurt nog zo lang... Volgend jaar ben ik misschien wel dóód.'

'Charley!'

Charley: Ziekenhuis. Nu.

Ben ik dood?

Is dat een kast waarin ik opgesloten zit? Of is het...

'Mam!'

Maar ik ben te laat, haar gezicht lost op in het zonlicht. Nieuwe gezichten trillen in het donker, ze trillen en krijgen gestalte...

Jenna, en Sal, en ik...

Het zonlicht valt op ons... we zitten onder een boom in een groot, groen veld. Ergens onder ons schittert een rivier.

Charley. Toen.

'Misschien volgend jaar, zei ze. Volgend jaar! Dat is toch niet te gelóven?'

'Je moet niet klagen,' zegt Jenna. 'Denk eens aan al die surfers!' En ze doet alsof ze siddert van plezier, ze rolt met haar ogen en slaat haar knieën tegen elkaar.

'Ja, voor jou wel, Jenna!' Want Jenna ziet eruit als Marilyn Monroe, maar dan niet blond.

'Kweenie,' zegt ze, 'volgens mij houden ze meer van dun. Wees maar blij dat je in Cornwall zit. Heb jij wel eens Italiaanse jongens gezien op het strand?'

'Nee, helaas niet, en die zal ik ook wel nooit zien dankzij mijn middeleeuwse moeder.'

'Charley,' zegt Jenna, 'ik weet niet of je het weet, maar Italiaanse jongens interesseren zich vooral voor hun eigen kontjes, niet voor die van de vrouwen.'

'En hoe ziet zo'n kontje er dan uit?' vraagt Sal. Jenna begint te giechelen, en dan krijgen we allemaal de slappe lach, we kunnen er gewoon niet meer mee ophouden. Het is net als met de bubbeltjes in de Italiaanse prosecco die zij drinkt – onweerstaanbaar!

'Weet je wat?' vraagt ze. 'Ik maak aantekeningen en dan gaan we vergelijken. "Een vergelijkend onderzoek naar de derrière in drie landen: Engeland, Frankrijk en Italië." Kunnen we daar geen werkstuk over schrijven voor juf Shirley-Browne?'

'Als we maar grondig onderzoek doen, vindt ze het vast wel goed,' zeg ik.

Sal laat haar hoofd zakken.

'O, sorry sorry, ik was even vergeten dat je smoor bent op die ouwe s-b.'

'Wel sms'en, hoor. Beloof dat je zult sms'en.'

'Doe ik.'

Charley: Ziekenhuis. Nu.

... en ze vervagen, ze verdwijnen in het donker, ze glippen door mijn bewusteloze vingers... nee... nee... alsjeblieft... wacht...

Dan hoor ik het geluid van een motor, een andere versnelling; de auto rijdt knarsend een heuvel op. Ik houd me vast aan dat geluid en langzaam, heel langzaam komt het beeld... Brackinton.

Charley. Toen.

We zijn de heuvel over en ik kan de zee zien, de helderblauwe zee. De zon danst op de witte schuimkoppen en mijn hart maakt een sprongetje; ik kan er niks aan doen, maar ik ben blij dat ik toch meegegaan ben. Ik ben gek op Brackinton en dit jaar zal ik goed naar het advies van Sal en Jenna luisteren.

Ze hebben hélemaal gelijk. Oké, mijn ouders willen een maand lang geen mensen zien, maar dat betekent niet dat ík ook geen mensen kan zien. Ik ga niet weer de hele zomer vanaf het terras over het dal uitkijken, ik ga me niet weer opsluiten in de tuin en alleen met Hal dansen, ik ga niet alleen maar naar de kampvuren op het strand kijken – ik wil erbij zijn!

Wel eng.

'Ik blijf niet de hele vakantie binnen, hoor,' zeg ik tegen mijn moeder.

'Groot gelijk,' stemt ze in. 'Het is ook goed als je meer met anderen omgaat.' Dat neemt mij al een beetje wind uit de zeilen.

'Misschien eens naar het kampeerterrein, nieuwe mensen leren kennen,' zeg ik voorzichtig.

'Ja. Zeg Charley, je bent ook ineens al zo groot geworden, dat hadden wij misschien niet zo goed in de gaten.'

'Ja, dat kun je wel zeggen.'

'En we willen heus niet dat jij de hele zomer onderduikt.'

'Ben ik ook echt niet van plan.'

'Ik wil alleen graag dat je ook een beetje aan Hal denkt.'

'Ja duh, het is echt niet cool om je kleine broertje vierentwintig uur per dag achter je aan te hebben.'

Mijn moeder kijkt me aan zoals ze me altijd aankijkt als ik zo praat.

'Je klinkt zelf anders wel érg cool,' zegt ze, en haar stem is ook cool, zo koel als ijs. 'Volgens mij vergeet jij wel eens dat je eigenlijk heel erg blij bent met die heldenverering van Hal.'

'Goed, mam. Maar één ding. Alsjeblieft niet het kasteel van Blauwbaard dit jaar.'

Want elk jaar als mijn moeder de keuken van Brackinton binnenkomt, zegt ze: 'Welk een genot, geen vrienden en geen vreemden.'

Ze is niet echt verschrikkelijk, maar thuis is alles zo druk-

druk-druk en Brackinton is alleen voor hun tweetjes en voor ons als gezin.

Mijn vader en moeder zijn écht dol op elkaar. Ik bedoel écht, ze vinden het leuk om tot 's avonds laat op te blijven en te zitten kletsen en lachen, ook al zijn ze zowat bejaard. Mijn eerste herinneringen aan Brackington zijn het geluid van de zee en hun stemmen 's avonds laat, en dat allemaal vermengd met de golven die over de stenen stromen.

Charley: Ziekenhuis. Nu.

Papa... Papa...

Ik hoor zijn stem, hij noemt mijn naam... hij wiegt me terwijl ik slaap. Hij legt mijn hand op een steen, met gladde randen... nog zand eraan. Ik raak hem aan en dan komt langzaam het geluid van de zee die op het strand slaat.

Ik heb een steen vast.

De golven zwellen aan en slaan stuk, en het ruikt naar schone vis en zout, er ontbreekt alleen iets, er ontbreekt iets in de lucht... dat is... Ik reik naar het geluid, en dan komt het langzaam naar boven. Een hoog geroep in de lucht, een eenzaam geweeklaag over het water, en nog meer, nog meer. Vleugels fladderen in mijn oren en er valt een woord uit de lucht: 'Meeuwen.'

Zodra ik dat heb opgevangen, hoor ik zijn stem.

'Van mij mogen ze die agressieve krengen afschieten.'

'Pap?'

Baard tegen mijn gezicht, alsof ik me in warm, warm zand druk, mijn wang zakt weg in dat zachte geprikkel.

Stromen de tranen die ik in mijn binnenste voel echt, stromen ze en word ik nat?

Nee, het is de steen die valt, uit mijn hand, en met een snelle zwiep van een vissenstaart zijn de woorden en de herinneringen weg.

Donker.
'Waar zijn jullie allemaal?'
'Ik ben alleen.'

Hal: Brackinton. Nu.

'Ik ben alleen.'

Die woorden komen in me naar boven op het moment waarop we de top van de heuvel bereiken en ik de uitgestrekte zee zie. Door die plotselinge aanblik krijg ik even geen adem en kan ik me niet bewegen. Ik kijk ernaar: ik denk eraan dat Charley en ik altijd als eerste de zee wilden zien. Dan dringt het tot me door: alles ziet er precies hetzelfde uit, alles: de kliffen, de zee, het strand. Alleen Charley is er niet. Niemand die voor me uit kan rennen om er als eerste te zijn.

'Ik ben alleen.'

Ik kijk naar de meeuwen die opvliegen en wegzweven uit de tuin, zoals ze altijd doen als we eraan komen.

'Van mij mogen ze ze afschieten,' zegt mijn vader. Wordt hij nou nooit eens moe van steeds weer dezelfde grapjes?

Het huis staat stil en leeg te wachten op het klif en we kijken er allemaal naar omhoog, alsof we eigenlijk niet kunnen geloven dat het er nog steeds staat.

'Kom op, Hal, sta daar niet te staan, pak een tas, vooruit met de geit.'

We beklimmen de tweeëndertig steile treden het klif op, steeds weer opnieuw, tot de auto eindelijk leeg is en we staan te trillen op onze benen.

'Zo, daar zijn we dan!' zegt mijn vader, en hij haalt de oude sleutel uit het blikje bij de deur en steekt die in het slot. Sara staat te springen en vraagt of zij in de blauwe kamer mag slapen.

'Ssst, Sara,' zegt mijn moeder ineens, en ze draait zich om en kijkt langs me heen. Ik vraag me even af wat zij ziet, want ik voel iets. Iets achter mijn schouder, alsof Charley achter me staat, vlak achter me, en iets in mijn oor fluistert.

'*Schiet eens op, pap, jemig,*' zegt ze.

'Charley?' Ik draai me om, maar er is niets, niets dan leegte. Heb ik nou hardop gepraat?

Mijn vader draait de sleutel om en doet de zware, eikenhouten deur open.

'Hallo. Hallo, we zijn er, we zijn er, huis!' roept Sara, en ze verdwijnt meteen naar boven.

Het zonlicht valt het huis binnen en verlicht de houten hal. Thuis.

Ik kan me niet bewegen.

Ik sta op het terras met de zee in mijn oren en de zon op mijn gezicht. Ergens ver weg, voorbij het geluid van de zee en voorbij de warmte van de zon, meen ik Charleys ademhaling te horen, haar ziekenhuisadem, die in golven over me heen valt.

In. Uit. In. Uit.

Het geluid blokkeert het huis, de deur, de zee en het zand. Het vaagt alles om me heen weg.

'Hal?' vraagt mijn moeder onderzoekend. Ik glimlach naar haar terwijl ze in de hal staat met de zon als een halo om haar heen, maar ik kan geen antwoord geven. Ik hoor alleen maar die mechanische, robotachtige ademhaling, en het onhoorbare gezoem daaromheen. Ik merk dat mijn benen niet meer trillen: ze doen het nu helemaal niet meer.

Ik kan me niet bewegen.

Het lijkt of de hele wereld een stukje naar achteren is opgeschoven en ik hier ben gestrand.

De wereld draait nog wel, maar ergens anders, hij draait door zonder mij.

'*Ik ben alleen.*' Dat gevoel overspoelt me, echoot door de hal en door mijn binnenste.

'Hal!' roept mijn moeder geïrriteerd. 'Blijf daar niet als een zandzak staan!' Het voelt alsof ze een sleutel omdraait: op de een of andere manier heeft ze me bevrijd.

'Hé!' Ik grinnik naar haar, want de motor doet het weer en mijn benen komen in beweging.

'O, jij bent soms zo... zo... puberááál!' weet ze eindelijk uit te brengen.

'Effe dimmen, mam!' Ik grinnik weer en ze lacht terug.

'Zet jij dit even in de koelkast en ga daarna je spullen uitpakken.'

'Oké.'

En we doen allebei alsof we niet merken dat haar gezicht even van pijn vertrekt bij de aanblik van al die foto's van Charley die hier nog aan de muur hangen.

Charley: Ziekenhuis. Nu.

'Ik ben alleen.'

Ik zie ze allemaal, maar ik ben er niet bij.

Mijn vader steekt de oude, roestige sleutel in het slot. 'Zo, daar zijn we dan!' zegt hij.

'Schiet eens op, pap, jemig,' zeg ik kortaf tegen hem, maar hij geeft geen antwoord, hij gaat gewoon door alsof ik er niet ben. Alleen Hal draait zich om, hij draait zich om en kijkt naar me, hij kijkt in de leegte alsof hij me heeft gezien.

'Charley?' fluistert hij, alsof ik geheim ben.

En dan gaat hij het huis binnen en zijn ze weer weg.

Donker.

Ineens lig ik op mijn rug in het warme zand. De lucht boven me is blauw, zo blauw... Mijn lichaam zinkt dieper en dieper in het warme zand, tot ik elk afzonderlijk zandkorreltje voel, dat me omhoogtilt zodat ik de lucht kan zien.

Opstaan, zegt een ruwe stem in mijn binnenste, opstaan, nu!

41

'Dat kan ik niet!' roep ik terug, en zodra die woorden komen, weet ik dat dat waar is.

Ik kan me niet bewegen. Ik kan me niet bewegen. Ik kan me niet bewegen.

'Ik kan me niet bewegen.'

Er is geen kast... ik zit niet opgesloten... het komt alleen door mij, ik kan me niet bewegen.

Ik gil, maar er komt geen geluid uit me, ik zie alleen maar een eindeloze, freewheelende meeuwloze lucht boven me.

'Hal!' Ik zie dat hij me aanstaart.

Onze ogen, zo veranderlijk als het weer.

Ik houd zijn blik vast.

'O, Hal! Waar ben ik? Help me!'

Hal: Brackinton. Nu.

Ik kan niet slapen. Onze kamer is nog precies hetzelfde. Dezelfde bedden, dezelfde dekbedden, hetzelfde raam dat uitkijkt op zee, maar Charley is er niet. Buiten staan de sterren aan de hemel en de zee is hoog en woest; volgens mij kan ik boven het geluid van de golven uit haar stem horen, vermengd met de wind en de branding en de donkere, voortjagende wolken.

'Hal! Waar ben ik? Help me!'

Als het eindelijk ochtend wordt, kan ik bijna niet geloven dat dit dezelfde zee is als gisteravond en dat ik hier echt ben. Ik doe het raam open en snuif alles op, ik voel me fris en wakker. Die scherpe, zilte geur is zo anders dan de bedompte lucht in Oxford.

'Hier, Hal,' fluistert het in mijn hoofd. *'Kijk hierheen.'*

'Nee,' zeg ik ferm. Ik wil niet naar de rotsen kijken waar ik Charley heb gevonden. Ik wil er niet aan terugdenken. Ik kijk weg van de rotsen en het zand, weg van de herinneringen die hier gewoon nog blijken te zijn, die hier op me hebben gewacht. In plaats daarvan kijk ik naar het dorp.

De surfers chillen in het Cabin Café, na de vloed van de vroege ochtend, en nemen zo'n megaontbijt van Brooke. Ik kijk, en even lijkt het alsof Charley naast me staat. *'Hé Hal, zes uur,'* hoor ik haar zeggen. Ik kijk. Recht voor me staat een surfgod.

'Ik ben pas een lekker ding.' Die woorden komen zomaar in mijn hoofd op, maar ik weet zeker dat ze niet van mij komen, maar van Charley. Ze zegt het precies zoals het is. Die vent denkt dat hij lekkerder is dan een stevig, warm ontbijt.

Ik kijk de andere kant op.

Mijn moeder staat op het terras en kijkt uit over zee. Ik zie dat ze op het lage muurtje gaat staan en haar hand boven haar ogen houdt tegen de ochtendzon. Ze kijkt uit over zee, ze staat alleen afgetekend tegen de lucht, en tuurt in de verte als een matroos in een kraaiennest. Het verbaast me dat ze er ineens zo mager uitziet, omringd door al dat blauw. Het lijkt alsof een miniem briesje haar zou kunnen optillen en meevoeren, ver weg over zee. Ik zie dat ze haar hoofd draait, haar arm optilt en wuift. Ze heeft gevonden waar ze naar zocht: Sara en mijn vader in zee. Ze lacht opgelucht. Ze let voortdurend op ons, ze telt ons en houdt ons bijeen alsof we schaapjes zijn, alsof ons daardoor niets kan overkomen.

'Stomme Charley. Dat komt allemaal door jou.'

Die gedachte komt de laatste tijd vaak in mijn hoofd op. Ik vind het afschuwelijk wat zij ons allemaal heeft aangedaan. We zitten vast in een soort half-leven, op een of andere nucleaire vuilnisbelt, en het duurt nog miljoenen jaren voordat het gif zichzelf heeft verbrand. En dan weet ik wat ik mijn moeder graag zou willen horen zeggen: 'Ze is dood, Hal, ze is er niet meer.'

Maar dat zegt ze niet, ze ziet me voor het raam staan en wuift; dan draait ze zich weer om, alsof ze me kan vergeten nu ze me heeft gevangen, opgeprikt en genummerd. Ze staat in zichzelf te praten: 'Ik vraag me af... en als... ach, ik weet het niet!' besluit ze met een zucht.

De halve woorden zweven naar me omhoog en ik vraag me af waar ze het in vredesnaam over heeft. Welk besluit zouden wij nou kunnen nemen waardoor er iets zou veranderen? Wat, hoor ik me mezelf ineens afvragen, wat doen we hier eigenlijk?

Mijn vader en Sara komen aangerend, gillend van de kou en de zee.

'Kom eens naar buiten, slaapkop!' roept mijn vader naar boven.

Ik ga naar beneden. De temperatuur stijgt al, het belooft een warme dag te worden. Sara kruipt bij me op schoot, ze stopt haar koude, natte hoofd onder mijn kin en kruipt lekker tegen me aan. Haar haar valt heel glad over haar hoofd, zo glad en nat als het vel van een zeehond.

'We hadden in zee gezwemd, Hal.'

'Ja, ik weet het.'

Mijn vader lacht naar ons beiden, het lijkt wel alsof zijn gezicht van plezier doormidden breekt.

'Volgens mij wordt het vandaag heel warm,' zegt hij. We kijken allemaal op en de zon kijkt terug, en dan is er even zo'n moment, zo'n moment waarop we allemaal stil zijn en alles volmaakt lijkt; de heerlijk warme zon, het schoonspoelende zingen van de branding, de lucht die zo kalm is, zo stil.

Dan is het voorbij, maar we zwijgen, geen van ons zegt wat we allemaal weten: dat het nooit meer volmaakt kan zijn, nooit meer, dat mijn moeder nooit meer zo'n zucht kan slaken als vroeger, helemaal voldaan en gelukkig, gewoon omdat de zon schijnt.

'Ben je boos, pluk een joos!' zegt Sara. Ze klinkt een beetje bezorgd.

'Een joos? Waar kun je die dan plukken?' vraagt mijn vader. Iedereen moet lachen.

'Een rrrrroos.' Ze trilt met haar tong tegen haar verhemelte en ze rolt het moment bij ons vandaan, maar niet voordat mijn moeder het heeft vastgepakt.

'Nee Sara, lieverd,' zegt ze ineens, 'we zijn niet boos, maar wel heel verdrietig.'

We verstijven en kijken mijn moeder aan. Sara gaat bij haar op schoot zitten en probeert haar armpjes helemaal om haar middel te slaan.

'Stil maar,' zegt ze. 'Wat is er dan?'

'We missen Charley,' zegt mijn moeder. Ze staat op. 'Wie wil er thee?'

Dan komen de woorden weer mijn hoofd in, alsof er een luik opengaat.

'Waar ben ik, Hal? Ik ben alleen!'

'Wij zijn ook alleen, Charley,' fluister ik, en dat is waar. Sara kijkt naar mijn moeders rug, mijn vader kijkt uit over zee, knipperend tegen de zon, en ik merk dat mijn handen ineens heel leeg en nutteloos lijken.

Ik pak de verrekijker; heel even heb ik het idiote idee dat ik Charley daar misschien mee kan zien. Ik vraag me af of haar ogen mij leiden terwijl ik naar zee kijk, over het kampeerterrein, weg van mijn ouders en Sara.

Vanaf onze kant van het dal zie je de tenten in lange rijen in allerlei kleuren op de heuvel staan. De patronen veranderen steeds: sommige tenten staan er maar een nacht, maar andere zijn complete vestingen. Er staan fietsen, windschermen, keukentjes en kindertenten naast de grote tenten, zelfs waslijnen. Die mensen zijn hier de hele zomer, net als wij.

Ik zoom in op een tent die hier al jaren staat, net zo lang als wij hier komen. Het is eigenlijk geen echte tent, maar een joert, een ronde tent met een pijp die in het midden door het dak steekt. Daardoor viel hij ons ook op, jaren geleden, toen we op een ochtend rook uit de metalen pijp zagen komen.

'Cool!' weet ik nog dat Charley toen zei.

'Help me! Hal, laat me niet alleen!'

Ik schud mijn hoofd en kijk naar de tent, maar het vreemde gevoel bekruipt me dat Charley bij me is en met me mee kijkt. Ze kijkt als een havik die heel hoog in de lucht zweeft en wacht tot ze kan duiken. Ik schud mijn hoofd weer en stel de verrekijker scherp.

De tent is van een gezin met twee kinderen, een jongen die ouder is dan ik, en een meisje; ik weet niet precies hoe oud zij is. Daar heb je haar! Ze komt naar buiten en kijkt om zich heen. Ze lacht. Dan kijkt ze omhoog naar ons huis, draait zich om en zegt iets tegen iemand in de tent. Ze is lang en mager en ze heeft een kettinkje om haar enkel. Het is alsof ze voelt dat er iemand naar haar kijkt, want ze draait zich weer om en kijkt me recht aan. Ik draai aan de verrekijker en dan vult haar gezicht bijna de hele cirkel.

Wauw! Wat een sproeten, haar hele neus zit onder. Ze kijkt over de heuvel, alsof ze iets zoekt. Ik kijk naar haar terwijl zij haar blik richt op de lucht achter me, en haar mond zakt open.

Ik draai me om: wat is daar te zien? Een buizerd? Een adelaar? Charley? Maar als ik kijk, is de lucht achter me leeg. Ik houd de verrekijker weer voor mijn ogen, ik richt op haar, en dan zie ik haar van dichtbij: ze lacht.

'Gefopt!' zegt ze, of iets dergelijks, en ze zwaait vriendelijk naar me. Ik zwaai terug, maar ik voel dat mijn gezicht knalrood wordt. Sukkel! Ik hoor Charleys stem weer.

'Hoe vaak moet ik dat nog zeggen, leeghoofd? Zorg altijd dat je de zon in de rug hebt voordat je de verrekijker gebruikt.'

'Heb je iets moois gezien, Hal?' Mijn moeder komt binnen met de thee en ze grijnst als een idioot naar me.

'Nou, je bent in elk geval blij,' mompel ik in mezelf. Ze steekt haar hand uit naar de verrekijker, houdt hem voor haar ogen en doet alsof ze naar het kampeerterrein wil kijken.

'Maham!' jammer ik; ze begint te lachen en geeft de verrekijker terug.

'Alsof ik dat zou doen. Als ze maar goed genoeg voor je is, Hal.'

'Waarom denk je meteen dat ik naar een meisje keek?'

'Misschien omdat ik haar naar je zag zwaaien?' Ze begint te lachen.

'Ik ben blij dat je het zo grappig vindt, mam.' Maar dan lacht ze zo irritant naar me, alsof ze het eigenlijk helemaal niet zo grappig vindt, helemaal niet, maar ze allerlei andere dingen voelt die ik me absoluut niet kan voorstellen omdat ik nog maar een kind ben.

Later zie ik het meisje nog eens, aan het begin van de avond, als de rotsen lange schaduwen op het strand werpen en de gouden kleur verandert in bruin. De dagjesmensen zijn weg en de wind is gaan liggen, opgelucht, alsof het eindelijk is gelukt ze allemaal weg te blazen.

De oudere kinderen van het kampeerterrein gaan op de rotsen, onder het klif, barbecuen en muziek maken. Het meisje loopt naar het strand. Ze heeft haar wetsuit om haar middel geknoopt en haar huid is goudbruin van de zon. Ik vraag me af of ze ook sproeten op haar schouders heeft.

'Hé, Jack!' roept iemand. Ze zwaait.

'Ik kom zo!' roept ze terug. Het geluid van haar stem klinkt boven de zacht ruisende branding uit en draagt door de stille lucht helemaal tot het terras. Ze kijkt weer omhoog naar ons huis, maar ik heb mijn hoofd de andere kant op gedraaid. Ik kijk vanuit mijn ooghoeken naar haar. Ik volg haar terwijl ze over de weg loopt, helemaal langs de aanlegsteigers, tot ze verdwijnt in de richting van de rook en de houtskoolgeur en wordt opgeslokt door het geluid van de golven en de muziek.

Wauw! Ik wou dat ik bij haar was; ik zou overal wel willen zijn behalve hier.

'Wil je iets drinken, Milly?' vraagt mijn vader aan mijn moeder terwijl hij de worstjes op de barbecue omdraait. Dan pakt hij Sara vast en gooit haar hoog de lucht in. Als ik hem soms zo zie, denk ik wel eens: wat zou je doen, pap, als wij allemaal zouden verdwijnen en je niemand meer had om voor te zorgen?

Als ik daaraan denk, pakt hij net een vork om in een worstje te prikken; als ik voor me zie dat hij daar met die lege vork in de hand staat, terwijl hij om zich heen kijkt en zich afvraagt waar zijn gezin en die worstjes gebleven zijn, moet ik hardop lachen, en voel ik me ineens onmisbaar. Hij kijkt op en lacht naar me.

'Waar denk je aan, Hal?' vraagt hij, zoals altijd.

'Zou je wel willen weten, hè,' zeg ik terug, zoals altijd.

'Ga jij maar, schat,' zegt hij tegen mijn moeder. 'Ik hou hier de boel wel in de gaten.'

Ze kijkt naar mijn vader, die de worstjes omharkt, en ze begint ook te lachen. Ik kijk op, want dat was een echte lach, een onvervalste mama-grinnik. Hij klonk niet hard, meer alsof iets in haar binnenste even moest lachen om iets anders in haar binnenste, iets wat verder niemand kon zien.

'Weet je, Jon, ik heb eigenlijk niet zo'n zin om vanavond een strandwandeling te maken. Ik blijf liever hier.'

Daardoor krijg ik het gevoel dat ik ook hier moet blijven, ook al zou ik liever op het strand zijn, bij dat meisje en de muziek die heel vaag vanuit de verte klinkt, maar misschien is het voor één keer, alleen vanavond, wel leuk als er niet nog een kind ontbreekt.

Op dat moment zie ik dat er een jongen de weg onder het huis oversteekt. Hij blijft staan en kijkt omhoog; ik vraag me af wat hij wil, want hij heeft een heel vreemde blik in zijn ogen. Ik sta op het punt om te vragen 'Hé, wat is er?', maar iets weerhoudt me daarvan. Het is een ongelofelijke spetter van een jongen, dat kan ik zelfs zien, en hij kijkt me met een bizarre blik aan. Ik doe mijn mond open om iets te zeggen, maar er komen geen woorden uit, ik krijg alleen tot mijn verbazing plotseling het gevoel dat mijn bloeddruk wegvalt, alsof er een golf onder mijn voeten komt die me meesleurt naar zee. Ik ben duizelig, mijn hoofd voelt gebarsten, en ik zie alles door een miniem speldenprikje licht. Ik hoor Charleys rare adem: In. Uit. In. Uit.

Als ik weer opkijk, is hij verdwenen.

'Hal?' vraagt mijn moeder. 'Gaat het?' Want ik ben blijkbaar plotseling in het gras gaan zitten, ook al kan ik me daar helemaal niets van herinneren.

'Prima,' zeg ik tegen hen.

'Groeistuipen!'

Ze zeggen het precies tegelijk; ik wil zeggen: 'Jullie mogen een wens doen', maar dat kan ik nog net inhouden. We kijken elkaar alleen maar aan en glimlachen naar Sara.

Met een verdrietige glimlach.

Ze plukt een paar grassprietjes en bekijkt ze uitgebreid, en stopt de mooiste in haar broekzak. Dan kijkt ze op en ziet dat we allemaal glimlachend naar haar kijken.

'Ik ook!' zegt ze; mijn ouders beginnen te lachen en een fractie van een seconde lijkt het alsof we weer een compleet gezin zijn.

Hal. De volgende dag.

De zeebries laat de dunne gordijnen voor het raam opwaaien en door de zilte geur weet ik weer dat ik hier ben, in Cornwall, in Charleys bed. Ik word zwetend en hijgend en naar adem happend wakker en de laatste restjes van mijn droom vervagen. Ik achtervolg... ik achtervolg Charley, maar ik kan haar niet te pakken krijgen. Verderop ligt een rivier, en ze duikt in het water met een boog die zo strak en zelfverzekerd is dat er zelfs geen rimpeling te zien is.

Ik zit op de oever en zoek het snelstromende water af, maar het stroomt verder, alsof er niets is gebeurd en zij er niet onder is verdwenen. Ik wil mijn schoenen uittrekken, maar ik kan mijn handen niet besturen, ik kan ze niet laten opschieten.

Ik duik het water in, op de plaats waar ze volgens mij is ondergegaan. Ik zie niks; de modder kolkt om me heen en verbergt haar. Ik raak in paniek: ik kan haar niet vinden, ze gaat dood en dat is mijn schuld. Op dat moment zie ik het: haar vlecht zweeft door het water, vlak voor me, die mooie, rode vlecht van haar. Ik grijp hem vast en trek eraan, wat is ze gemakkelijk door het water te trekken, ze is heel licht, net zo licht als mijn hart voelt nu ik haar gevonden heb. Samen duiken we op uit de rivier, snakkend naar adem, lachend.

Ik roep hard haar naam tussen de regendruppels van zonverlicht water.

'Charley!' Ik kijk opzij naar haar gezicht. Daar zal ik haar groene ogen zien, sprankelend en groot en dansend van plezier.

'Hebbes!' zal ze roepen, en dan beginnen we weer van voren af aan, zoals we altijd deden. Charley en ik. Maar als ik opkijk, zie ik dat ik alleen maar haar vlecht vasthoud; Charley is er helemaal niet, alleen haar mooie, lange rode vlecht, die slap in mijn hand ligt als een dode vis.

Ze is weg.

'*Hal! Help me! Ga me zoeken!*' De woorden klinken door mijn hoofd, met haar stem, maar ik duw haar weg. Ik voel me net als Sara. 'Ik ook!' wil ik zeggen. 'Ikke ook alleen!'

Ik kijk uit het raam.

Diep in mijn hart geloof ik nog steeds dat ik haar misschien op het strand zal zien, dat ik haar naar de golven zal zien rennen, met haar surfplank onder haar arm en het bungelende zwarte touw van de plank om haar enkel. Ergens diep in mijn hart heb ik het gevoel dat het mijn schuld is dat ze in het ziekenhuis ligt, dat er nu pap in haar hoofd zit in plaats van hersens.

Mijn ogen glijden over het lege strand alsof ik haar weer tot leven kan wekken, haar op een of andere manier wakker kan maken, als ik maar hard genoeg nadenk – heel goed kijk, knip en plak, de juiste schakelaar omzet.

En dan is er iets, iets wat bijna in me opkomt. Het strand is leeg, maar er klopt iets niet helemaal in het beeld; ik krijg hetzelfde gevoel dat je hebt wanneer je weet dat je een seconde geleden nog iets in je hand hield wat er nu ineens niet meer is, en je je niet meer kunt herinneren waar je dat hebt gelaten, soms zelfs niet meer wat het was.

Ik hoor niet dat mijn moeder binnenkomt en naast me komt staan; ik voel alleen plotseling haar hand op mijn schouder. Ik schrik me rot.

'Hé joh, rustig!' zegt ze. 'Ik ben het maar.'

'Ik... ik... ik...' stamel ik; ik kan niets zeggen, want héél even had ik echt het idiote idee dat het Charley was, en dan buitelen de woorden eruit, voordat ik ze kan tegenhouden om mijn moeder te beschermen.

'Ik heb over haar gedroomd, mam, maar toen ik wakker werd was ze nog steeds weg.'

Ik kijk terwijl die woorden tot haar doordringen. Woorden

zijn soms net kogels. *Bam, bambambam*, en haar gezicht verkrampt. *Boem!* Ze wordt vanbinnen aan flarden geschoten en dan is ze weg. Zo gaat dat. Daarom hou ik meestal mijn mond. Maar nu gaat het anders. Nu zucht ze en gaat op het bed zitten.

'Sorry mam, het was niet mijn bedoeling...'

Ze pakt me bij mij schouders en draait me naar zich toe, zoals ze vroeger deed toen ik nog klein was; ze schudt me even door elkaar. Wat staan haar ogen verdrietig.

'Jij hoeft geen sorry te zeggen, Hal, dat zou ik moeten doen.' Ze slaat haar armen om me heen. 'Wil je ontbijten?' vraagt ze dan, maar ik schud mijn hoofd, ik heb nu geen trek; ik wil alleen zijn, ik wil naar het klif, waar de wind de herinnering aan Charley hopelijk zal wegblazen. Dan gaat ze weg, haastig, in de hoop dat ik niet merk dat de tranen haar in de ogen springen.

Ik kijk opnieuw uit het raam. Het getij keert, het wordt vloed, de zee jaagt over het strand en bedekt de rotsen. Die gedachte komt weer in me op, veel sterker dan eerst, maar nog steeds net buiten mijn bereik. Er ontbreekt iets, maar wat?

'Hal!'

Dat is niet mijn stem. Hij klinkt dringend, wanhopig. Een fractie van een seconde lijkt het alsof ík Charley ben, alsof ik zelf mijn eigen naam roep en mezelf iets probeer te vertellen. Ik moet vaker de deur uit, zeg ik tegen mezelf; ik trek mijn Quiksilvers aan en ga naar het klif voordat er nog meer rare dingen gebeuren.

De surfers staan alweer op het water. Vanaf hier lijken het wel zeehonden die ontspannen op de golven dobberen. Opnieuw komt iets wat bijna een herinnering is in mijn hoofd op en vervaagt dan weer; te veel surfers, denk ik, maar het zijn er maar twee of drie.

Ik kijk over de top van het klif. Ik kijk naar de dorpjes, die als Lego in het landschap liggen. Ik kijk naar de koeien, die zo hoog in de heuvels staan dat de horizon ze in tweeën snijdt. Ik kijk naar de zee in de diepte. Ik kijk zelfs naar de koeienvlaaien en probeer te bepalen op welke je de beste glijer kunt maken: die een korst bovenop hebben, maar daaronder nog zacht zijn.

Ik kijk overal naar, alles is beter dan dat misselijkmakende schuldgevoel en het verdriet als ik denk aan die rode vlecht in mijn hand, zonder Charley eraan. Het draait maar rond in mijn kop, als een draaimolen, maar dan met beelden en herinneringen in plaats van paarden en muziek; ergens daaronder zit de herinnering aan Charley, alsof zij degene is die alles in beweging houdt. Ik voel haar, als een geest op mijn schouder, alsof ze met me meegaat in de lege ruimte die ik naast me voel sinds we haar in Oxford hebben achtergelaten en hierheen zijn teruggekeerd, een lege ruimte die op een of andere manier gevuld wordt met haar stem.

'Help me.'

'Wat wil je dan?'

Ik vraag me af of zij me hier misschien naartoe heeft geleid. De rillingen lopen me over de rug; stel dat ze me hier opwacht, dat ze zich verborgen houdt tussen de grafstenen van St. Juliot?

Als ik van het klif naar beneden loop, gaat de wind liggen. Grote, donkergroene taxusbomen hangen over het kerkhofportaal. Het graspad naar de kleine kerk dempt mijn voetstappen. Het kerkhof is verlaten en stil. Ik kijk om me heen. De oude grafstenen leunen naar elkaar toe, verweerd door de jaren en bedekt met korstmos dat ze bekruipt, zo traag als de tijd. Was er maar iemand bij me, wie of wat dan ook, behalve de herinnering aan Charley.

'Hoor je die stemmen?' fluisterde ze, als ze me op dat ge-
luiddempende gras besloop, en ik haar als de stem van een onzichtbare in mijn oor hoorde. Nu hoor ik haar weer; ik draai
me om, doodsbang dat ik haar duistere gestalte achter me zal
zien staan, maar het is alleen maar de herinnering, alleen
maar weer zo'n Charley-spelletje.

Ik verlies mezelf in de herinneringen aan haar, en dan sta
ik ineens voor haar lievelingssteen en vraag ik me af hoe ik
daar terecht ben gekomen.

Ik kijk naar de gladde, grijze leisteen die in de gestapelde
keienmuur is gemetseld. Er is een afbeelding in uitgebeiteld,
een stok waar een slang omheen kronkelt.

dr Tregothick
1876

Ik staar naar de steen. Ik zie nog voor me hoe Charley hem
aanraakte, hoe ze met haar vingers over de kronkels van de
slang gleed alsof ze die recht kon strijken, tot leven kon
wekken zodat hij kon wegkruipen. En ik hoor weer haar
stem.

'Volgens het verhaal,' kreunt ze, met een stem waar ik zó
bang van word dat ik haar alleen maar aan kan staren en kan
wachten op wat er gaat komen, wanhopig verlangend naar de
afloop die me zal bevrijden.

'Ik hoor hem door de steen heen... de stem!' zegt ze, en dan
zwijgt ze en kijkt me aan.

'Aha! Wacht even, ik heb het bijna, ja... dokter Tregothick...
kunt u me horen, dokter Tregothick?' Ze knikt in zichzelf,
alsof ze heel ingespannen luistert; dan steekt ze haar hand op
alsof ze een onzichtbare stem even wil laten stoppen omdat ze
de woorden voor me wil vertalen.

'Dokter Tregothick... u bent een... u was... een... een *vróúw!*' gilt ze. Ik begin keihard te lachen om deze anticlimax; Charley lacht ook.

'Dokter Tregothick...' gaat ze verder, 'was een... hele díkke vrouw!'

We komen niet meer bij, zonder dat we snappen waarom, maar we rollen over het gras van het lachen, we houden elkaar vast, en we horen niet eens dat mijn ouders zeggen dat we eerbied moeten hebben voor de doden en stil moeten zijn.

Ik steek mijn hand uit en raak de steen nu zelf aan. Ik voel de warme kromming van de rug van de slang die in de leisteen is uitgebeiteld. Wat zou ik graag willen dat Charley hier was en dat we allebei niet zo alleen waren. Was ze hier maar bij me, kon ze maar dezelfde dingen zien als ik.

'Waar ben je, Charley?' vraag ik aan de stille lucht en de herinneringen, maar het enige wat ik hoor is haar afschuwelijke ademhaling in mijn oor.

In. Uit. In. Uit.

Het geluid klinkt in mijn hoofd tot er geen ruimte meer overblijft voor iets anders, tot alleen Charley en ik er nog zijn, helemaal aan het eind van een lange, bochtige tunnel, waar mijn eigen hand een stuk gladde, grijze steen aanraakt met een gebeitelde stok en slang.

'Charley!' hoor ik mezelf roepen. 'Waar ben je?' hoor ik mezelf vragen.

Want dat is wat niemand mij kan vertellen.

Charley: Ziekenhuis. Nu.

'Charley!'

Ik hoor zijn stem. Ik hoor zijn stem door het donker racen en ik hoor de angst die mij strak en stil houdt.

'Waar ben je?'

'Ik zit gevangen, Hal! In het donker, ergens waar niemand me kan vinden. Ik kan niks zien.'

Eenzaam... ik ben eenzaam... maar er is iemand in de buurt, iemand die altijd ademhaalt.

Wie is dat dan?

In. Uit. In. Uit.

'Kun jij dat zien, Hal? Ben je daar?'

'Waar ben je, Charley?' Zijn stem echoot.

'Dat weet ik niet! Ik weet het niet. Ik weet alleen dat ik hier opgesloten zit, met die ademhaling die klinkt als de golven.'

In. Uit. In. Uit.

In het donker.

'Charley!'

Zijn stem doorboort het donker als een lichtstraal – hij roept mijn naam weer tot leven, en door dat geluid vormt zich een beeld: een beeld van een grafsteen, een slang, een gestapeld muurtje. Ik hou dat geluid van hem dicht bij me, ik wieg het in mijn stijve, koude handen, ik blaas erop vol hoop, tot het gaat groeien... en hij hier is... tot ik hem zie in mijn hoofd...

'Hal!'

Hij blijft staan en kijkt. Ik zie hem heel duidelijk, zijn ene hand plat tegen de warme steen waar hij met een vertrokken gezicht naar kijkt. Hij ziet er nu bijna net zo oud uit als ik en zijn haar is een beetje donkerder geworden, een beetje goudbruin, het raakt net zijn schouders en het krult aan de uiteinden op. Ik kan mijn ogen niet van hem afhouden. Hij ziet er zo verdrietig uit met die grote grijze ogen, net zo verdrietig en grijs als de steen waarnaar hij staart.

'Hal.'

Ik fluister zijn naam en ik steek mijn hand uit naar zijn schouder, maar mijn handen voelen niets, ze zijn leeg. Ik probeer de rondingen te voelen, ik probeer de warmte te voelen van de slang die om de stok kronkelt, maar het is alsof ik door lucht strijk, alsof *mijn hand zich die vormen alleen maar kan voorstellen. Ik voel niets, behalve misschien... een verlangen, een verlangen dat hij zich omdraait en mij ziet.*

    'Hal! Kijk naar mij, Hal!'

    Dat zei ik vroeger ook altijd!

    O, alsjeblieft.

Het verlangen brandt, de eenzaamheid strekt zich uit over de lege, pijnlijke afstand die tussen ons ligt, en hoewel mijn lichaam gevangen zit, in de aarde is geworteld en zich daar krampachtig aan vasthoudt zonder los te kunnen laten, is er toch iets van mij, een schim van mezelf, van mijn eenzaamheid en angst en verlangen om gezien te worden, dat opstijgt en hem aanraakt.

    'Hal?'

Hal: Kerkhof. Nu.

'Hal?'

'Charley!' fluister ik terug. Ik lijk wel gek: ik sta hier op een dorpskerkhof tegen mijn halfdode zus te fluisteren, maar alleen al het horen van haar naam brengt haar op de een of andere manier tot leven, geeft het gevoel dat ze weer echt is. Als ik heel stil sta, kan ik haar echt horen.

    'Hal!'

Dat is precies zoals ze het altijd zei, ongeduldig, dwingend: luister naar me, Hal. Luister.

    'Hé, Hal,' zegt ze weer, maar deze keer klinkt het anders, het klinkt alsof ze echt blij is om me te zien.

Charley: Ziekenhuis. Nu.

'Hé, Hal.' Ik zie dat hij zich langzaam omdraait naar de lege plek achter zijn rug.

    Hij kan me horen!

    'Ik ben het, Hal, hé Hal, kijk eens naar me, Hal. Hé, Hal!' Maar

*hij staat daar alleen maar, hij staart voor zich uit zonder het echt
te geloven.*

'Kun je me niet zien? Kan iemand me alsjeblieft zien?'

Hal: Kerkhof. Nu.

*Ik voel haar, achter mijn schouder. Ik draai me langzaam om, vol
angst en verlangen. Het zijn haar ogen die ik me voorstel, achter
me in de lucht; zwevend, kijkend. Maar als ik me omdraai, is er
niets, niets dan lege ruimte.*

*'Charley!!!' Ik roep haar naam tot die weerklinkt over de velden
en terugkaatst tegen de grafstenen. Heel even lijkt het zo simpel: ik
wil gewoon dat ze antwoordt, meer niet. Ik wil dat haar antwoord
de lucht vult zodat er geen leegte meer is waar haar plek was, maar
dat is zinloos. Ik weet dat de leegte die zij heeft achtergelaten niet
alleen maar naast me is; die zit ook in me, en dat is voor altijd.*

*Voordat ik het weet, branden de tranen niet meer alleen achter
mijn ogen, zoals ze al maanden doen; ze dreigen niet langer over
mijn wangen te stromen, maar doen dat nu ook echt; ze stromen
over mijn gezicht als regendruppels en spetteren op het gras.*

Charley: Ziekenhuis. Nu.

Hij kan me niet zien!

'Hal, Hal, ik ben hier. Kijk nou naar me, Hal. Kijk naar me.'

O, toe nou.

*Hij draait zich met opengesperde ogen om en ik zie dat ze leeg
worden... alsof ik mezelf zie doodgaan in die ogen, tot ze alleen nog
een koud, leeg grijs zijn en hij ze sluit, omdat hij het niet kan verdragen.*

Ik draai me om. Ik kan niet naar hem kijken.

Ik ben weer alleen.

Gevangen.

Donker.

'Nee! Hal! Laat me niet alleen! Help me! Waarom heb je me niet geholpen?'

'Hoezo?' hoor ik mezelf vragen, en voordat ik het kan tegenhouden, danst er een beeld mijn blikveld binnen. Ik probeer het weg te schudden, maar het danst daar toch, en ik merk dat mijn hoofd nu vrij is, dat het draait, draait om naar het beeld te kijken zodat ik het kan zien...

Charley: Brackinton. Toen.
De nacht waarop het allemaal gebeurde.

Ik ben in zee, de golven zijn hoog en grijs en koud, ik zit gevangen in de deinende watermassa die hoog boven me uittorent.

Wat doe ik hier?

Een golf tilt me op en neemt me mee tot de top; daar is de onafzienbare grijze wereld voordat het ochtend wordt, voordat de zon is opgekomen en het water van het land scheidt.

Ver weg, op die drijvende, grijze massa, zie ik een lichtbaan. Hé! Dat is onze slaapkamer, door het licht zie ik de omtrek van ons huis, hoog op het klif; een dofwitte vorm die als een trotse zeilboot afsteekt tegen al dat grijs. Godzijdank! Hier ben ik, Hal, hier!

'Hal!'

Het licht gaat uit.

'Ik ben hier, Hal!'

Maar het licht blijft uit.

De golf laat me in de diepte vallen, dieper, nog dieper, en ergens boven me verschijnt een donkere schaduw op de golven.

Ik duw de herinnering weg, maar niet voordat het gevoel me in zijn greep heeft.

'Help me.'

Hal: Kerkhof. Nu.

'Help me, Hal.'

Haar stem klinkt door het hele dal: zelfs de wolkloze lucht lijkt te trillen en te beven voordat ze haar stem prijsgeeft. En het lijkt zelfs alsof ik haar vingers voel, haar afschuwelijke handen die krachteloos en dood heel licht langs mijn gezicht strijken, zo zacht als spinrag: ik voel dat ze even dralen op mijn ogen, vol verlangen.

'Blijf van me af!'

Ik kan er niks aan doen, maar ik wil uit de buurt blijven van haar lichaam dat er onder het witte laken zo dood uitziet. Ik wil niet dat ze me aanraakt, maar ik hoor haar stem, zo helder als een klok, op de plotselinge bries die uit zee waait. Het is Charleys stem, maar dan vanuit de verte, verloren en wanhopig.

'Probeer het je te herinneren, Hal,' roept ze.

Dan begin ik te rennen, ik ren terug alsof ik aan haar kan ontsnappen, alsof de wereld ergens boven op het klif weer tot zichzelf zal komen, zich zal herstellen, en Charley weer in zich zal opnemen.

Wat moet ik me trouwens herinneren?

Ik leun hijgend tegen de oude muur die boven op het klif staat; mijn hart bonst, gejaagd als de golven daar in de diepte met hun witte schuimkoppen.

Wat moet ik me herinneren? Die vraag zet zich in me vast en laat me niet meer los.

'Kijk, Hal,' zegt ze, en ver op zee beweegt een stipje, een zeehond die met zijn snuit naar het licht over een golf duikt en verdwijnt.

En dan is het alsof er eindelijk een trekker wordt overgehaald, een knop wordt omgezet.

De herinnering komt in me naar boven, compleet en ongehavend, alsof hij er steeds al was en wachtte tot ik hem eindelijk zag.

'Probeer het je te herinneren.'

En het lukt.

Ik herinner me die nacht, de nacht waarin ik wakker werd en merkte dat Charley er niet was. Ik herinner me dat ik het licht aandeed en het bijna meteen weer uitknipte. Ik herinner me dat ik bedacht dat het licht door het raam naar buiten zou schijnen, als een baken, zodat iedereen zou weten: er is iets mis, ze is er niet. Ik herinner me dat ik uit het raam keek. De zee was enorm hoog en er lag iemand in de golven.

Ik begin te rennen.

Als ik thuiskom, hoor ik de stemmen van mijn vader en moeder op de overloop; ze schreeuwen.

'Hoe lang houden we dit nog vol?' roept mijn vader uit.

'Zolang als nodig is,' antwoordt mijn moeder, onwrikbaar en ijzig.

'Maar waarvoor?' hoor ik hem zeggen. 'Hoe weten we nou wat zij doormaakt, Milly?' vraagt hij smekend. 'We weten helemaal niet hoe het voor Charley is...'

'Hou op! Hou op!' schreeuwt mijn moeder plotseling.

Ik wil ook dat hij ophoudt. Ik hoor Sara in de keuken, ze praat hard.

'Niet doen, papa Konijn, niet doen! Dat is heel gevaarlijk en dan stopt mevrouw McGregor je in de pan!'

'Papa! Mama!' Als ze mijn stem horen, komen ze snel de trap af.

'Hal? Hal!' Mijn moeder is als eerste bij me. Ik ben misselijk van het rennen en van de herinnering.

'Mam, ik weet het weer...' Ik kan het niet over mijn lippen krijgen.

'Wat?' Hun gezichten zijn scherp getekend door boosheid en angst. Mijn moeders gezicht is bleek; ze pakt mijn arm zo stevig vast dat het pijn doet.

'Papa meent het niet, Hal, het is alleen maar iets waar we over denken. Maak je geen zorgen, het is niet...'

Hè?

'Nee, ik had het over mezelf, mam, over mezelf, je snapt het niet.'

Ze hoort me niet. Ze draait zich om en loopt de serre in, en ze is zo van streek dat ze haar vuisten balt en met horten en stoten ademhaalt.

'Oké Hal, even rustig nou,' zegt mijn vader. Hij slaat zijn armen om me heen en loopt samen met mij achter haar aan. Mijn moeder staat bij het raam en draait zich om; achter haar ligt de grijze, lege zee met het hoge, deinende water. Ik moet mijn ogen dichtdoen om het niet te zien, om het me niet te herinneren.

'Zie je nou?' fluistert mijn vader boos tegen mijn moeder, met opeengeklemde kaken.

'Wacht even, Mill, laat hem even bijkomen, hij is ergens van geschrokken, hij heeft ons helemaal niet gehoord. Rustig maar, kereltje, rustig ademhalen.' Hij doet mijn rugzak af.

'Verdorie, dat ding is loodzwaar, geen wonder dat je buiten adem bent,' zegt hij; als ik niet lach, helpt hij me op de bank.

Sara's stem klinkt vanuit de keuken: 'Je mag de kinderen niet bang maken, zegt mama Konijn, anders stop ik je zélf nog in de pan!'

Niemand lacht.

Ik voel mijn vaders hand op mijn bonzende hart. Zwarte en rode bollen dansen over mijn moeders rug en in mijn hoofd klinkt het geluid van Charleys afschuwelijke ademhaling:

In. Uit. In. Uit.

Alsof ik haar in de golven uit het oog verlies.

Ik houd me stevig vast aan mijn vaders arm en druk mijn hoofd tegen zijn borst, maar het beeld komt steeds terug... Als ik mijn ogen sluit, gaat de herinnering daarachter vanzelf door, ook al wil ik die van me af duwen.

'Probeer het je te herinneren.'

In mijn hoofd zie ik Charley die wordt opgetild door een nieuwe golf, terugvalt en verdwijnt. Ze drijft in het gat tussen de hoge golven.

'Hal, rustig maar, Hal.' Mijn vader begint met dat zangerige gedoe, hij zingt steeds opnieuw mijn naam, 'Hal, Hal, Hal', en de rillingen lopen me over de rug want het doet me denken aan hoe hij nu tegen haar doet – tegen Charley.

'Leg zijn hoofd wat lager, Jon, volgens mij gaat hij flauwvallen.' Dan moet ik overgeven, grote golven braaksel spatten op de vloer. Mijn moeder drukt haar hand tegen mijn voorhoofd, ze houdt me overeind.

'Geeft niks, lieverd, dan ben je het maar kwijt.'

'Maar... ik heb haar gezien, Charley, die nacht...'

'Ik zei toch dat er nog niks is besloten, Hal.'

Waar heeft ze het nou over? Waarom luistert ze niet naar me?

Dan gaan ze als een team met me aan de slag, mijn moeder maakt mijn gruwelijk smerige sportschoenen los en mijn vader houdt me tegen zich aan gedrukt en trekt mijn fleece uit.

'Kom mee naar boven, even schone kleren aan.'

'Maar mam, luister nou even naar me. Ik werd wakker. Ik heb haar die nacht gezien, ik had het jullie moeten vertellen, dan had ik...'

'Zo is het genoeg, Hal! Niet alles tegelijk.'

Mijn vader hijst me de trap op en mijn moeder pakt schone kleren. Ik ben bekaf, ik zou eindeloos lang kunnen slapen.

Mijn moeder komt binnen, ze ruikt naar schoonmaakmiddel en naar braaksel. Ik zit op de rand van het bad en doe mijn ogen dicht, maar het beeld blijft terugkomen: een kleine, zwarte schaduw op de deinende golven, een stipje tussen dag en nacht.

Charley.

'Mam?'

'O, Hal,' zegt ze. Ik kijk naar haar. Naar haar gezicht dat zo op dat van Charley lijkt, en toch ook weer niet. Ze ziet er verdrietig en oud uit. Ze heeft verdriet om mij en daar kan ik niet tegen; het is al erg genoeg om te zien dat ze verdriet heeft om Charley. Ze komt naast me zitten en slaat haar armen om me heen.

'Jongen toch,' fluistert ze. 'Wat is er dan?'

'O mam, ik...'

'Wat is dit?' Mijn vader verschijnt in de deuropening, die hij met zijn gestalte helemaal vult. 'Jij daar,' en hij wijst naar mij, 'een paar uur onder de wol en dan zullen we eens kijken of we daarna nog naar Tintagel kunnen.'

Ik poets mijn tanden. Ik verlang er hevig naar om mijn bed in te duiken, maar ook om te vertellen wat ik heb gezien. Ik probeer het nog één keer: 'Pap, die ochtend, toen Charley...' begin ik, maar hij hoort me niet, hij kijkt naar mijn moeder.

'Gaat het?' fluistert hij tegen haar, zo zacht dat de lucht vrijwel niet door zijn woorden in beweging wordt gezet; ze knikt naar hem, haar groene ogen zijn zo groot en zo vol met onvergoten tranen dat ze niets kan zeggen. En dan besef ik dat zij samen zijn, en ik alleen. Alleen op een plek waar ze mij niet eens lijken te zien, laat staan horen.

'Ja, maar, o Jon, ik kan er niet eens aan dénken, nog niet, en kijk nou naar Hal...'

'Hal?' vraagt mijn vader.

'Het gaat heus wel, pap.'

Hij gelooft me en kijkt weer naar haar.

'Milly.' Hij fluistert, maar ik kan toch elk woord verstaan. Het is alsof de wereld heel even blijft stilstaan, alsof er een hand wordt opgestoken die alles tot stilte maant, waardoor elk woord kristalhelder klinkt.

'Ik bedoel alleen maar dat we erover moeten kunnen denken, Mill, niet dat we het ook per se moeten doen.'

Ze brengt haar hand naar zijn lippen om hem tot zwijgen te brengen; dan glimlacht ze bezorgd naar mij.

'Nu niet!' zegt ze. Dan komt ze naar me toe. 'Kom op, jongeman, naar bed jij!' Ik wou dat ik weer vijf jaar was en dat ze me de trap op tilde, dat ik zeker wist dat alles de volgende ochtend weer goed zou zijn, maar ik ben geen vijf meer en alles is niet goed.

Ze houden iets voor me achter. Waar moet mijn moeder van mijn vader over nadenken? Ik ga staan en loop bij ze weg, met gespitste oren, maar ze komen zwijgend achter me aan, wachten tot ik in bed stap en gaan dan weg.

Ik ga liggen. Zodra ik mijn ogen sluit, kan ik haar zien, maar niet zoals ze altijd vrolijk lachend op de rotsen zat. Ze is alleen, ze surft op de hoogste golf die ik ooit heb gezien, ze schiet als een schaduwvlek op een dunne witte plank langs de muur van duisternis die naar het strand rolt.

Ik weet dat ik nooit zal kunnen wat zij kan, dat ik niet zo moedig en zo stoer ben als Charley. Ik kijk liever toe, met een kopje thee erbij, net als mijn vader.

En op dat moment zie ik iets anders. Ik tuur ingespannen naar het beeld in mijn hoofd dat verschuift van het strand naar de straatlantaarn. Ik houd mijn adem in terwijl mijn blik vertraagt en zich ergens op richt, op een schaduw in dat oranje schijnsel. Zie ik daar iemand, een gedaante in die die-

pe duisternis? Het donker lijkt te bewegen en het beeld vervaagt.

Dus Charley was niet alleen! Wie was dat? Wist zij dat daar
iemand was? Wie stond er te kijken terwijl zij over de golven
surfte?

'Help me!'

Misschien is ze niet door een golf op de rotsen gesmeten.

'Probeer het je te herinneren.'

'Zo,' zegt mijn moeder, die plotseling binnenkomt. 'Wat is er
nou aan de hand, Hal?'

'Ik... ik weet het niet,' stamel ik, 'maar ik geloof dat ik me
iets herinner, mam.'

'Wat herinner je je dan, lieverd?' vraagt ze, op een toon die
een beetje vreemd klinkt, alsof ze dit aldoor al verwachtte,
alsof ze er klaar voor is.

'Ik heb Charley gezien, heel vroeg die ochtend, ik zag haar
in zee, op de golven.'

'Ja?' zegt ze alleen maar, en ze wacht tot ik doorga, alsof ze
weet dat er nog meer komt.

'Je snapt het niet, mam, ik had jullie wakker kunnen
maken, ik had haar kunnen redden!'

Ze glimlacht naar me en pakt mijn hand. 'O Hal, we hadden
allemaal iets anders kunnen doen, schat, we nemen het onszelf allemaal kwalijk, dat begrijp je toch wel?'

Ik trek mijn hand terug.

'Nee, dat begrijp ik niet,' zeg ik, helemaal overstuur. 'Ze was
alleen in zee en ik ben jullie niet gaan waarschuwen, ik heb
haar niet gered.'

'Maar Hal, jij hebt haar toch niet gedwóngen om de zee in
te gaan?'

Ik snap er niks van! Ik wil dat ze tegen me tekeergaat en me
een heel jaar huisarrest geeft, ik wil dat ze zorgt dat alles goed-

komt, maar dat doet ze niet, ze blijft steeds maar zo aardig doen.

'Luister Hal, het is echt niet goed om te blijven denken dat alles anders had kunnen gaan. Charley wilde daar zélf naartoe, en als iemand had moeten weten dat ze zoiets stoms zou gaan doen, dan zijn papa en ik dat wel, oké?'

'Maar ik had jullie toch kunnen waarschuwen!' roep ik uit, want ik wil dat ze zegt: 'Inderdaad, en ik zou willen dat je dat ook had gedaan.'

'En als ze nu eens niet alleen was?' roep ik, maar ze zucht alleen maar diep, en als ze weer iets zegt klinkt ze vastberaden en hard, en veel meer zoals vroeger.

'Hal, luister goed. Charley heeft een ongeluk gehad. Hoe moeilijk dat ook te accepteren is. Ze is 's nachts op de golven gaan surfen en ze is tegen een rots gevallen. Daar kon niemand iets aan doen. Niemand heeft iets gezien. Geloof me, Hal, iedereen is destijds ondervraagd. De politie is heel grondig te werk gegaan, echt waar. Ze had niets bij zich en er is niets gevonden wat erop wees dat ze niet alleen was.'

Behalve een schaduw in het licht van de straatlantaarn?

'En dat vriendje dat ze scheen te hebben dan?'

'Ze hebben hem ondervraagd en zijn hele familie ook.' Haar stem klinkt koud en hard.

'Waarom heb je dat nooit verteld?'

'Lieverd, je hebt geen idee hoe je eraan toe was nadat je haar had gevonden.'

Ze zwijgt. Haar ogen vullen zich weer met tranen en ze bijt hard op haar lip.

'Het was zelfs een tijdje alsof ik jullie allebei kwijt was.' Ze zwijgt weer even en het is net alsof ik kan zien dat ze door de herinnering meegevoerd wordt, ver bij me vandaan, naar een plek waar ik niet met haar mee kan. Dat is zo irritant, want ze denkt aan míj en ik zit hier, vlak naast haar, geen kilometers ver weg of ergens in haar hoofd. Ze draait zich langzaam om en kijkt weer naar me.

'Ze zeiden dat je tijd nodig had om bij te komen, we moesten zo normaal mogelijk over Charley praten, niks overhaasten, vooral niet nieuwsgierig doen, dus dat hebben we ook niet gedaan. Nu begin jij je weer dingen te herinneren, dus...'

'Dus wat?' vraag ik. Ik snap het niet helemaal: mijn ouders hebben aan andere mensen gevraagd wat ze met míj aan moesten, alsof ík degene ben die een probleem heeft?

'Je bedoelt dat jullie al die tijd al dachten dat ik misschien wist wat er met haar is gebeurd? En dat jullie daar tegen mij niets over hebben gezegd?'

'Nee! De politie zei alleen dat het een beetje raar was dat jij geen informatie kon geven over haar vrienden op het strand, en dat jij duidelijk in de war was, getraumatiseerd. Je... je zei...'

'Wat zéí ik dan?'

'Je zei dat...'

'Nou wat zéí ik dan, mam?'

'Je zei steeds dat je haar eerder had moeten vinden, dat je haar had kunnen redden als je haar maar eerder had gevonden.'

'Dat is ook zo.'

'Dat kunnen we alleen weten als jij ons precies vertelt wat je je herinnert.'

Maar ineens wil ik niets meer zeggen. Wat weet ze nog meer waarover ze niets zegt? 'Wat mocht ik trouwens niet horen?' vraag ik. 'Waar hadden papa en jij het daarstraks over?'

'We hebben het nu over jou, Hal, en over wat jij je nog kunt herinneren,' zegt ze zacht.

Dus dan vertel ik het toch maar.

'Ik herinner me dat ik Charley zag,' zeg ik. 'Het was alsof ze danste op de golven.'

'O, Hal!' zegt ze, en dan springen de tranen haar weer in de ogen en lacht ze er toch nog doorheen.

'Ja. Maar mam?'

'Hm?'

'Volgens mij was ze niet alleen. Volgens mij was er iemand op het strand, iemand die naar haar keek.'

Zeg het dan, denk ik, zeg dan dat je dat al weet. Zeg dat ik het niet zelf ben die ik daar zie, dat ik het niet ben die daar staat te kijken, maar ze kijkt me alleen even aan met ogen vol tranen en verwarring; dan draait ze zich om en strompelt weg.

Het duurt niet lang voordat mijn vader komt. Hij blijft een tijd in de deuropening staan en kijkt alleen maar naar me. Typisch mijn vader. Hij wacht en hoopt dat je vanzelf begint te praten, maar dat doe ik niet. Niet meer. Hij loopt naar de andere kant van het bed; als hij dichtbij is, lijkt het wel alsof hij niet durft te gaan zitten.

'We moeten even praten, Hal.'

'Ja, hoor. Je bedoelt dat ik even naar jou moet luisteren zeker?'

'Nee. Misschien hadden we er eerder over moeten beginnen, ik bedoel over het onderzoek, en dat we ons zorgen om jou maakten, maar je was zo aangeslagen.'

Ik kijk naar de muur.

'Ik wil niet met jullie praten, met jou of mama, jullie...'

'Ja?'

Ook typisch mijn vader: hij stelt een vraag en wacht tot je jezelf vastpraat.

'Niks.'

'Niks? Wat is niks? Dat je moeder beneden in tranen is?'

'Nee.'

'Hal, je kunt niet zomaar zoiets opzienbarends zeggen en dan verwachten dat er geen rotzooi van komt.'

'Wat?' Nu snap ik er niets meer van.

'Hoor eens, je hebt net tegen je moeder gezegd dat jij denkt dat iemand Charley heeft gezien, in zee. Wat denk je dat dat voor haar betekent, en voor ons allemaal?'

Hij zegt het zo aardig, alsof hij tegen een imbeciel praat.

'Dat betekent dat iemand haar in zee gezien heeft,' antwoord ik.

'Het betekent dat er misschien iemand is, Hal – wil je dat even heel goed tot je laten doordringen, ja? – iemand bij wie we misschien wel elke zomer in de buurt zijn – hoe dan ook, iemand die niet de moeite heeft genomen om ons of de politie te vertellen wat er is gebeurd, waarom onze dochter... waarom ze... er zo aan toe is. Hoe denk je dat je moeder dat vindt? Nou?'

Hij wacht weer.

Shit! Daar heb ik niet aan gedacht. Ik geef geen antwoord.

'Hoe kan ze zich nu níét afvragen wie dat zou kunnen zijn? Hoe kan ze zich...' dendert hij maar door.

'Já, hoor!' Ik kan er niks aan doen, maar ik begin te schreeuwen. 'Dus ík ben degene die mama van streek heeft gemaakt? Ik ben toch niet die nacht naar buiten gegaan, ik ben toch niet in het ziekenhuis terechtgekomen, dus waarom is het dan mijn probleem? Heb ik mama van streek gemaakt? Alsof dat zo moeilijk is.'

'Jij misselijke...'

Even hoop ik dat hij me zal slaan. Toe dan, denk ik, sla me dan.

'Hal,' zegt hij alleen maar, en hij laat zijn arm langs zijn lichaam hangen. 'Hal, het is zo ontzettend moeilijk om te weten wat het beste is.'

'Móéilijk? Is het móéilijk, pap? Fuck, hierheen gaan is niet móéilijk, het is gestóórd.'

'Sla niet zo'n toon tegen me aan, Hal!'

'Er mag hier nooit wat gezegd worden. Maak mama niet van streek, maak papa niet bezorgd, praat niet, besta niet, zeg vooral niet hoe verschrikkelijk kut het allemaal is!'

'Hal! Let op je woorden!'

'Zeg niet steeds mijn naam.'

'Hal.' Wat klinkt hij wanhopig.

'Hou op.'

'We doen ons best, jongen. Ik weet ook wel dat we het niet altijd goed doen.'

'Dat kun je wel zeggen. Jullie wísten dat ik misschien iets wist en júllie hebben daar niets over tegen míj gezegd, dus blaas om te beginnen maar niet zo hoog van de toren over mama.'

'Kom, we gaan naar beneden, dan praten we verder met mama erbij.'

'Ja doei, dan is het twee tegen een. Ik zonder Charley. Mooi klote, of niet pap?'

Er valt een lange, verschrikkelijke stilte.

'Ik weet niet wat ik nog moet zeggen,' zegt hij eindelijk, en ik zie dat dat waar is; heel even ziet hij er echt oud en verslagen uit. 'Iedereen zei dat het goed met je ging. Wat moet ik nou zeggen, Ha... jongen? Wij dachten dat we het goed deden.'

'Goed voor wie?' vraag ik aan hem, en dat meen ik. O, wat is het toch fijn dat mijn moeder en hij lekker voor elkaar kunnen zorgen, en mij kunnen vergeten.

'Voor ons allemaal.'

'Ja, dat zal wel.'

'Ik wil niet dat je zo tegen me praat.'

'Ja, maar anders hoor je me niet eens.'

Hij schudt zijn hoofd.

'Jij hebt ook overal een antwoord op, hè? Je moet je alleen eens afvragen of dat altijd het goede antwoord is. En je moeder, Hal, die is zo hard aan het nadenken over de volgende stap, we moeten echt... met zijn allen... als gezin... we moeten...'

Waar heeft hij het over?

'Welke volgende stap?' vraag ik. Het lijkt alsof er een ijskoude hand om mijn hart wordt gelegd die het bloed eruit knijpt, steeds een beetje meer, bij elke hartslag.

'Wat?' vraag ik weer, maar hij kijkt me alleen hoofdschuddend aan, hij kan niet de angst zien of voelen of horen in mijn hart, dat leeggeknepen wordt.

Hij kan me niet helpen.

Hij steekt zijn hand uit om de mijne te schudden, maar ik deins achteruit.

'En Hal?' Bij de deur kijkt hij om.

'Ja ja,' zeg ik, echt doodmoe nu. '"Spaar je moeder een beetje."'

'Nee, Hal.' Hij weifelt, en daardoor kijk ik op. 'Ik hou van je,' zegt hij.

Ik zie dat dat waar is, maar daar word ik alleen nog maar bozer van.

Als we beneden komen, is mijn moeder in de keuken bezig. Ze probeert te doen alsof er niets aan de hand is.

'De thee staat op tafel.' Ze woelt even door mijn haar, maar ik deins terug. Dan ga ik zitten en kijk naar de enorme theepot. O nee, daar zit voor uren thee in.

'Ik heb Sara voor de video gezet, dus we hebben even rust.'

'We zouden toch naar Tintagel gaan?' vraag ik hoopvol.

'Dit is belangrijker.' Mijn moeder gaat zitten en ze kijken me allebei aan.

'Jullie hebben geen entree betaald.'

'Hè?'

'Jullie zitten me allebei aan te staren alsof ik een dier in de dierentuin ben, dus betaal er dan ook maar voor.'

'Hal, het is al moeilijk genoeg zonder die grappen van je,' zegt mijn moeder. 'We maken ons zorgen om je. Toen je terugkwam, had je op een of andere manier het idee dat Charleys ongeluk jouw schuld was, en nu zeg je ineens dat je je herinnert dat er iemand naar haar keek. Hoe zit dat nou eigenlijk?'

'Vanwaar die plotselinge belangstelling, mam?'

Ze verstrakt even, maar herstelt zich.

'Hal, we kunnen je natuurlijk niet helpen als je steeds zo vijandig doet.'

'Jullie kunnen me ook niet helpen omdat jullie ineens hebben besloten om er weer aan te denken.'

'Waar weer aan te denken?' Ze kijkt me vragend aan.

'Dat ik besta.'

'Hal!' Mijn moeders ogen verfrommelen als zakdoekjes, van pijn en afschuw, en ik weet dat het wreed is, maar het is waar. Ze denkt altijd aan Charley, ze huilt altijd om Charley; zij denkt natuurlijk dat dat betekent dat ze daardoor nog veel meer van mij en Sarz houdt, maar het betekent alleen maar dat ze samen met Charley doodgaat, steeds weer, en daardoor wordt het voor ons – nee, voor mij – heel moeilijk om door te leven.

'Hoe kun je zoiets denken, Hal!'

'Het ís toch zo? Jullie denken alleen maar aan Charley. Sara en ik kunnen net zo goed ook doodgaan.'

Ze staren me vol afgrijzen aan en kijken daarna vragend naar elkaar. Mijn vader heeft een vreemde ik-heb-het-toch-gezegd-blik in zijn ogen en mijn moeder laat haar hoofd in haar handen vallen, alsof dat ineens te zwaar is voor haar nek.

'Je mist haar, Hal, we missen haar allemaal, maar niemand

schiet er iets mee op als je steeds zo kwaad doet,' zegt ze na een tijdje langzaam.

'Jaah,' mompel ik schuldbewust.

'En misschien moeten we inderdaad beter naar je luisteren, Hal,' zegt mijn vader. Ik kan mijn oren bijna niet geloven. 'En misschien moet je ook proberen te begrijpen dat wij echt wel weten hoe moeilijk het voor jou is geweest.'

De rillingen lopen me over de rug als ik hoor dat hij 'is geweest' zegt, alsof het voorbij is, alsof ze echt, definitief dood is.

'Maar het is niemands schuld, het is zomaar gebeurd. Het was een ongeluk.' Mijn moeder herhaalt de woorden heel langzaam, alsof ze ze omhooghoudt, als een lamp in het donker: ze houdt ze stevig vast, want zonder die woorden is ze blind en verloren.

'Nee mam, dat was het niet!' hoor ik mezelf schreeuwen. 'Nee! Het is niet zomaar gebeurd, er was een reden voor!' Charleys stem klinkt sterk en zelfverzekerd in mijn binnenste.

Ik heb gelijk.

'Probeer het je te herinneren, Hal!'

Ik móét weten wat er met haar gebeurd is. Wat er precies gebeurd is. En dan, ineens, heb ik het, ineens weet ik het helemaal zeker.

Het was geen ongeluk.

'Het is moeilijk te geloven, Hal,' – mijn moeder praat nog steeds verder – 'maar de wereld kan soms heel wreed zijn, en nu Charley er... nu Charley in coma ligt, lijkt dat ook heel wreed en gemeen, maar het is toch een ongeluk, een afschuwelijk ongeluk.' Ze zwijgt even, maar praat dan verder alsof ze het tegen zichzelf heeft. 'En zulke wrede dingen, nou ja, ik geloof...' Ze kijkt mijn vader aan en hij houdt haar blik vast alsof hij haar daarmee probeert verder te helpen – 'die stellen ons soms voor wrede dilemma's.'

'Help me, Hal!'

Ik kijk ze allebei aan, maar dat merken ze niet; de rillingen in mijn binnenste worden stijf en kil, hard en bevroren – ik kan het wel uitgieren van het lachen om de krankzinnige ironie. Waarom nu, waarom denken ze daar uitgerekend nu over na? Net nu ze voor mij weer tot leven begint te komen? Net nu ik het me weer begin te herinneren? Misschien juist daarom, omdat ik me iets begin te herinneren?

En Charleys stem komt terug, krachtiger dan ooit. *'Probeer het je te herinneren.'*

'Waar hebben jullie het over?' vraag ik in paniek, want ik krijg ineens het gevoel dat ze dat allemaal weer van me willen afpakken. 'Als Charleys lichaam in dat ziekenhuis ligt, maar ze is niet dood, waar is ze dan?' hoor ik mezelf vragen. 'Wat deed ze die nacht op het water, waarom was ze daar?'

En dan geven al die verborgen vragen zich ineens over, ze tuimelen naar buiten, zonder zich erom te bekommeren of ze ergens naartoe kunnen of niet.

Mijn ouders lijken allebei wakker te worden, terug te komen van een verre, volwassen plek die hen bindt, en ze staren me aan alsof ik een buitenaards wezen ben.

'Wisten we dat maar, Hal,' zegt mijn vader ten slotte. 'Ik wou dat ze wakker werd en ons dat vertelde, maar dat maakt het nu juist zo zwaar, jongen, dat we dat niet weten.'

Mijn moeders ogen beginnen weer over te stromen; hou daarmee op, denk ik, hou op, hou op.

'Het was geen ongeluk, mam.' Ik hoor de paniek in mijn stem.

Ze knikt, zonder me te horen, verblind door de tranen.

'Wat zijn jullie van plan?'

Ze kijken elkaar aan. Mijn moeder knikt naar mijn vader.

'We dachten,' zegt mijn vader, 'we vroegen ons af, Hal... hoe het voor Charley moet zijn nu ze er zó aan toe is.' Hij spreekt de woorden langzaam en duidelijk uit, alsof hij wil dat ik ze goed in me opneem. Dat gebeurt ook: ze vallen als stenen op mijn maag.

'Ze wil dat wij uitzoeken wat er is gebeurd,' schreeuw ik tegen hen. 'Ze wil weten waarom het is gebeurd!'

Maar hij gaat gewoon door, als een trage stoomtrein die nergens stopt, niemand laat instappen. 'En we zullen altijd aan haar blijven denken, Hal, dat spreekt voor zich, wat er ook gebeurt, welke beslissing...' – hij kijkt naar mijn moeder – '... we ook nemen. Maar jij vroeg waar we over dachten, en wij vragen ons af of zij zou willen dat we dit zo laten voortduren, terwijl het typerende van Charley was – is – dat ze zo... zo uitbundig...' Het woord blijft steken in zijn keel en ik zou willen dat ik het voor hem kon zeggen, maar dat kan ik niet, ik kan het ook niet zeggen.

Ik kan alleen maar toekijken terwijl hij slikt en het hem eindelijk lukt.

'Leefde,' zegt hij. 'Zo uitbundig leefde.'

Geen van ons kan iets zeggen en heel even is het alsof Charley weer bij ons is, niet de halfdode Charley, maar de echte Charley, die lachte en danste en ons knettergek maakte. Het is alsof ze naar ons kijkt. Mijn vader steekt zijn lege handen naar voren, alsof hij wil dat hij ons voor altijd kan omvatten en alles goed kan maken, maar het allertreurigste is het besef dat hij dat niet kan.

DEEL 2

Het verhaal van Hal

Hal. Nu.

Het sproetige meisje, dat meisje uit de tent, staat in de telefooncel te kletsen. Het ziet ernaar uit dat ze daar nog uren mee door zal gaan. Ze werpt een blik op mij en keert me dan de rug toe, alsof ze denkt dat het mij iets interesseert wat ze allemaal zegt.

Ik ga op het muurtje zitten en wacht op een briesje, hoe licht ook, maar de lucht is net zo roerloos als de zee. De zon brandt, maar ik krijg het toch niet warm; het is alsof de woorden van mijn vader zijn veranderd in een bevroren vuist van angst en eenzaamheid die in mijn buik geplant is en die ik niet kwijt kan raken; zelfs de zee en de zon kunnen die kilte niet wegbranden, die oneindige pijn waar Charley hoort te zijn. Wat gaan ze met haar doen? Geen eten meer geven? Afkoppelen? Hoe zullen ze haar laten doodgaan? Ik denk aan Charley, aan hoe het vroeger was, dat ik altijd dacht te weten wat ze dacht, dat ze soms aan een zin begon die ik zo kon afmaken, hoe rot het was dat ze zich plotseling van ons losmaakte, dat ze er nooit was, ons nooit meer iets vertelde. En toen vond ik haar in de golven en kon ze nooit meer antwoord geven op onze vragen.

'Waar was je, Charley? Waarom was je op het strand? Wat was je aan het doen? Met wie was je daar?' Die vragen malen steeds maar door mijn hoofd en ik wil er antwoord op hebben.

Het meisje heeft een lange, mooie rug. Haar schouders zijn aan het vervellen; onder de rode schilfertjes huid is een nieuw, glad, bruin vel te zien. Haar haar ziet er bros uit door het zeezout; het heeft bijna dezelfde kleur als Charleys haar, alleen nog iets roder goud.

Shit, ze blijft daar eeuwen staan.

Ik moet écht Jenna spreken, Charleys beste vriendin. Zij zal wel een antwoord weten. Maar vandaag heb ik hier in het dal weer eens slecht bereik met mijn mobieltje en ik heb nu echt geen geduld meer.

Ik bons op de deur. Het meisje draait zich om. Wat een flitsende groene ogen heeft ze; ze doen me denken aan zo'n tropische golf, vlak voordat hij breekt, op het moment dat je er nog dwars doorheen kunt kijken; ze sprankelen, ook al ziet ze er afgepeigerd uit alsof ze de hele nacht niet heeft geslapen en zand in haar slipje heeft dat ze er niet meer uit krijgt, zo'n blik die de kampeerders allemaal krijgen als ze hier een paar weken staan.

'Effe dimme,' zegt ze geluidloos. Die ogen van haar zijn echt ongelooflijk. Ik laat me op mijn knieën zakken en doe alsof ik bid terwijl ik mijn muntje van vijftig pence omhooghoud. Ik wil dat die ogen naar me kijken, alleen naar mij.

Ze glimlacht en zegt iets in de telefoon. Dan doet ze lachend de deur open. Ze steekt haar hand uit om me overeind te helpen. Haar handpalm waarmee ze de hoorn heeft vastgehouden, is zweterig en onze handen glippen weg, maar ze blijft me toch vasthouden.

'Oké, bedankt,' zeg ik.

'Jij zit toch in dat grote huis?'

'Ja.'

Ik merk dat ik haar aanstaar, maar dat kan ik niet helpen, ik kan niks meer helpen, ik kan niet eens meer een hele zin uit mijn strot krijgen.

'Zitten jullie hier de hele zomer, net als wij?' vraagt ze. 'Ik wou trouwens nog zeggen dat ik het heel erg vind van je zus. Charley, bedoel ik.'

'Hè?' Het is alsof iemand de zon heeft uitgezet. Ik heb het koud – ik zweet, maar ik ben toch koud tot op mijn botten – en nu zit ik ineens met nog veel meer vragen. Wie is zij? Hoe weet zij het van Charley?

'Wist je niet dat...' begint ze, maar dan kijkt ze me aan alsof ze ziet dat ik het zo koud heb. 'Laat maar. Sorry, hé, kom op, ik... o shit...' Ze houdt uiteindelijk op met praten, maar ik help haar niet, ik staar haar alleen maar aan.

'Jij bent Hal, toch?'

'Ja.'

'Ik vroeg me af waarom jullie nooit naar het strand komen, naar de barbecue bedoel ik.'

'Omdat we nooit zijn uitgenodigd,' zeg ik. Nou ja, ik tenminste niet, maar Charley is daar vorig jaar heel vaak geweest. Dat was zo'n beetje alles wat ze vorig jaar deed. Ik weet nog goed dat ik op het lage muurtje naar het kampvuur op het strand zat te kijken, en hoe eenzaam ik me toen voelde. En dan komt er ineens iets in mijn hoofd op. Wat deed Charley nog meer voor dingen waar ik niks van weet? Waar geen van ons iets van wist? Hoe kan het dat dit meisje weet hoe ik heet?

'Nu dus wel,' zegt ze.

'Wat?'

'Uitgenodigd. Voor de barbecue.'

'Hé, leuk!' kan ik nog uitbrengen. Ze lacht weer. Ze lacht veel.

'Ik ben Jackie, leuk dat je vraagt hoe ik heet,' gaat ze verder. Een knikje lukt me nog net.

'Tot later dus?' Ik knik weer. Ze loopt weg, nadat ze me een vluchtige, vragende blik heeft toegeworpen. Zou ze wel snappen dat ik ook echt kan praten? Ik stel me voor dat ik de opkrullende velletjes van haar schouders pel en de zachte, nieuwe huid daaronder kus.

Geschift.

Ophouden. *Deleten*. Wegwezen.

Opgelucht val ik de telefooncel binnen en bel Jenna. Ik stel me voor dat de telefoon bij haar thuis overgaat, ik zie het glanzend gewreven hout van het haltafeltje, hoor het holle geluid van de telefoon, alsof die in een kasteel rinkelt. Ik stel me voor dat Jenna de trap af rent, alsof ik haar daar met mijn gedachten kan laten lopen.

'Opnemen, opnemen,' zeg ik – en ineens doet ze dat ook.

'Jenna!' Ik ben heel blij dat ik haar stem hoor.

'Hoi.'

'Hé, Jenna!'

'Hal?'

'Ja.'

Stilte. Oké, ze is niet blij dat ik bel.

'Ik ben bij Charley geweest.' Ze zegt het snel, alsof ik haar wil controleren of zo.

'Ja, mijn moeder zei al dat je zou gaan. Jij liever dan ik.'

'Ha ha, Hal, heel grappig.' Ze klinkt verontwaardigd. Jenna is leuk, ook al kan ik haar vanaf mijn vijfde wel schieten. Zij en Sal en Charley zijn al eeuwen vriendinnen. Ik weet dat ze haar missen, want ze zijn zo ongeveer de enige vriendinnen die nog steeds op bezoek komen.

'Jenna, ik wil iets weten over Charley.'

'Wat dan?' Ze klinkt ineens heel gesloten en mijn hart begint te bonzen. Er is dus inderdaad iets, misschien weet Jenna iets wat wij niet weten.

'Jenna, wat is er vorige zomer gebeurd? Waar was Charley toen mee bezig? Met wie kan ze op het strand zijn geweest?'

'Hal, ik kan niet... Waarom denk je eigenlijk dat ze daar met iemand was?'

'Door jouw reactie, onder andere.'

'Ach, het was gewoon meidengedoe,' zegt ze. 'Niks bijzonders en bovendien gaat het jou niks aan.'

'Hé Jenna, kom op, mijn pa en ma denken echt dat ze beter dood kan zijn. Ik heb je hulp nodig en het is echt ontzettend shit hier in Cornwall zonder Charley, als het je interesseert. En ik... ik... Volgens mij herinner ik me iets, volgens mij was er toen iemand bij haar op het strand, iemand die naar haar stond te kijken toen ze daar in de golven lag, kopje-onder ging... Dus toe, alsjeblieft...'

'Wie was dat dan?' vraagt ze ineens, abrupt en scherp.

'Dat weet ik niet, dat is het 'm nu juist, Jen. Maar ik denk dat ze daar niet alleen was.'

Er valt een lange stilte. Ik wacht. Misschien zit ze wel te huilen.

'Jen?'

'Ze was, ach, dat weet je toch, ze was gek op een jongen die daar ook was, daar had ze toen iets mee, maar dat is echt meidengedoe, Hal, ze was gelukkig, smoorverliefd.'

Ik krijg een rotgevoel, want dat wist ik niet. Ik vraag me af of ik Charley ooit zou hebben kunnen vertellen dat ik de velletjes van de schouders van dat meisje wilde afpellen. Misschien kun je sommige dingen ook wel niet met je broer of zus bespreken. Misschien was dat wel de reden waarom Charley niet meer met mij kletste.

'Nee, dat wist ik niet, maar waarom zou hij daar geweest zijn, waarom zou hij geen hulp hebben gehaald, wie het ook was?'

'Hou erover op, Hal,' zegt ze alleen maar. 'Hou er gewoon over op, oké? Ik denk niet dat Charley zou willen dat jij je neus in haar zaken steekt.'

'O nee? Over welke Charley heb je het dan, Jenna? De Charley met wie je elke dag in het ziekenhuis zit te kletsen?'

Het blijft lang stil, ik hoor alleen haar ademhaling.

'Hal, ik...'

'Jenna!' roep ik in de hoorn. 'Als jij gaat zeggen dat je het zo erg vindt, dan... dan...' Maar ik kan niks verschrikkelijks bedenken dat ik Jen zou toewensen, daar mag ik haar te graag voor.

'Jenna, alsjeblieft, ik smeek het je. Luister nou, ik heb het gevoel dat er iets is wat zij me wil vertellen, iets wat ik me van haar moet herinneren, dus kun je me alsjeblieft vertellen hoe dat zat met die jongen? En weet jij met wie Charley verder nog omging?'

'Nee Hal, laat nou toch gewoon.' Het lijkt wel alsof ze bang klinkt. Bang? Jenna? Dat is helemaal niets voor haar.

'Ben je bang?'

'Een beetje.'

'Waarom? Wat is er dan gebeurd?'

'Dat heeft niks met Charley te maken, zij deed gewoon normale dingen, maar... Luister, ik weet niet wat er is gebeurd, en óf er wel iets is gebeurd. Ze had helemaal geen tijd om ons dat precies te vertellen.'

Maar ik geloof haar niet en Charley zit meteen weer in mijn kop, alsof ze me opjut, alsof ze wil dat ik Jenna ga overhalen. *'Probeer het je te herinneren! Help me!'*

'Je bent bang, Jen, dat hoor ik heus wel. Maar waarvoor? Wat is er gebeurd? Voor wie ben je bang? Was er iemand bij haar op het strand? Wie dan?'

'Ze heeft me gevraagd om dat geheim te houden, Hal, en dat is het laatste wat ik nog voor haar kan doen.'

'Jemig Jen, ze is zowat dood, daar is het nou een beetje laat voor, hè?'

'Hal!'

'Ja hallo,' schreeuw ik tegen haar, 'je kunt nou wel zo positief doen, maar ík ben juist degene die haar probeert te helpen...'

'Wees voorzichtig, Hal. Echt, wees voorzichtig. En laad je mobiel op, ik bel je als ik kan.' Dan wordt de verbinding verbroken.

Ik staar naar de telefoon. Ik staar er vol ongeloof naar. Ik staar alsof ik verwacht dat er nog geluid uit zal komen, alsof Charley erdoorheen zal fluisteren, alsof ik gewoon moet wachten en dat zij me dan alles zal vertellen. Maar ik hoor alleen maar dat doodse geluid dat een telefoon maakt als er niemand aan de lijn is, als er niemand luistert.

'Shit!' Ik sla met de hoorn tegen de ruit.

'Hé!' schreeuwt een man aan de andere kant van het glas tegen me. 'Rotjoch!' roept hij als ik langs hem heen naar buiten loop. 'Wij hebben die telefoon nog langer nodig dan vandaag, maar daar denk jij zeker niet aan!'

'Nee!' zeg ik en ik kijk hem strak aan. Ik blijf hem aankijken tot hij de telefooncel ingaat en de deur dichtdoet. Daar knap ik van op, zo'n arme kerel uit Cornwall intimideren. Wat een triest geval ben ik.

Mijn vader staat op het terras naar me te zwaaien. Hij schudt zijn hoofd, wijst naar mij en dan naar de deur.

'Naar huis!' zegt hij.

Ik sjok naar boven.

'Ik wil graag gaan zwemmen. Kun jij dan even op Sara letten?'

Hij klinkt alsof hij het helemaal gehad heeft en op instorten staat. Ik knik. Ik wil niet met hem praten. Ik wil niet bij mijn ouders zijn – ik wil uitzoeken wat er met Charley aan de hand is – maar ik weet best dat hij nu degene is die steeds met Sarz gaat zwemmen en in de waterpoelen tussen de rotsen en op het strand gaat spelen, en dat hij het soms even nodig heeft om in zijn uppie te gaan zwemmen.

Ik hoor dat mijn moeder in de keuken met de pannen in de weer is alsof ze er slangen mee aan het doodmeppen is. Sara staat in de gang en kijkt stilletjes naar de keukendeur, dan weer naar mij en naar mijn vader, die de spullen uit de gang-kast aan het opdiepen is.

'Rargh!' brult ze ineens keihard, waar we allebei van schrik-ken en dan om moeten lachen.

'Zeg dat wel!' zegt mijn vader. Ik hoef me niet af te vragen waar de ruzie nu weer over ging.

Wat doen we met Charley?

We pakken emmertjes, schepjes, visnetjes en handdoeken en gaan weg. Het is warm. De zon brandt op het zand en geeft het een bijna witte gloed; de branding is een vage, witte fluis-tering in de windstille lucht. Sara trippelt achter ons aan, zwij-gend, voor de verandering.

'De eerste echte duik van het jaar!'

Hij klaart al op bij het vooruitzicht; ik denk heel even dat ik er ook in ga, ja, en dat de zee heerlijk koel zal aanvoelen op mijn brandende huid. Dan krijg ik daarna dat duizelige gevoel, door de inspanning om uit het water te komen. Heerlijk. Maar ik kan het niet.

'Bedankt, Hal.' Mijn vader rent de golven in en Sara en ik kijken hem na.

'Dag!' roept Sara plotseling. 'Dag, papa!' En ze begint ver-woed te zwaaien, bezorgd, dus dan moeten we wachten tot hij tussen de golven opduikt en terugzwaait, om zeker te weten dat hij er nog is.

Daarna lopen we weg van de zee, over het strand.

'Zal papa zich niet zeer doen?' vraagt ze.

'Wat zeg je?'

'Gaat de zee papa niet zeer doen?'

'Nee hoor, Sarz,' zeg ik. 'Papa is toch al groot!'

'Maar niet zo groot als de zee,' zegt ze, terwijl ze me met zich meetrekt. 'Waar gaan we naartoe?' vraagt ze dan.

Dat vraag ik mezelf ook af, want we lopen moeizaam over

het moeilijkst begaanbare deel van het strand, waar minikliffen in onregelmatige, scherpe richels uit het zand steken. Ik kijk neer op Sarz die naast me voortploetert, met in haar ene hand haar emmertje en schepje en haar andere hand in de mijne.

'Zeg jij het maar!' zeg ik lachend. 'Waar neem je me mee naartoe?'

'Dat weet ik niet,' zegt ze. 'Dit is de goeie weg, maar ik weet niet waar naartoe!'

'Hoezo?' vraag ik nieuwsgierig. Wat bedoelt ze daarmee, dat dit de goeie weg is?

'Als ik de verkeerde kant op ga, krijg ik een naar gevoel,' zegt ze alleen maar. En met een blik op de rotsen vervolgt ze: 'Zó moeilijk is het toch niet.'

Ik gebruik de stok van het schepnet om mijn evenwicht te bewaren, maar het is lastig om haar ook nog vast te houden.

'Ik vind het wél moeilijk,' zeg ik.

'Zijn we er al bijna?' vraagt ze. Ze kijkt naar me op, haar gezicht rood en bezweet onder haar hoedje; het lijkt alsof ze echt niet weet waar we zijn, maar als ik om me heen kijk, dringt het met een schok tot me door dat ik precies weet waar we naartoe gaan.

'Ja, volgens mij zijn we er bijna,' zeg ik. 'Hoe wist jij hoe je hier moest komen, Sarz?'

'Ik wil niet, Hal!' Ze klinkt ineens bang, zoals wel vaker het geval is. 'Ik weet niet waarheen! Mijn buik zei deze kant op!'

Ik sla mijn arm om haar heen.

'Hé,' zeg ik. 'Het is wel oké, Sarz, het is top hier!' zeg ik geruststellend. En ik probeer niet te denken aan Charley die me mee hiernaartoe nam, die me mijn ogen dicht liet doen en me liet zweren dat ik het geheim zou houden terwijl ze me meetrok en ik mijn voeten bezeerde aan de scherpe rotsen.

'Niet kijken, Hal,' zei ze. 'Dan kun je het ook niet verraden.'
Ik zet die herinnering uit mijn hoofd.

Hoe kan het dat Sarz ons hierheen voert? Gewoon toeval?
We lopen tegen het klif aan gedrukt over een smal randje tot
het klif weer terugbuigt en dan zijn we er, in de kleine, rots-
achtige inham die vol zeewater staat.

De inham ziet er net zo uit als altijd: een grote, rimpelende
cirkel water, aan drie kanten omringd door hoge rotsen en met
een enorme, platte rots in het midden. Aan het oppervlak deinen zeewier en varens en onder water kleurt korstmos de rotsen roze en oranje. Zilveren vissen schieten in scholen door het
water en flitsen staalblauw op. Er zitten hier altijd krabben.

Sara staat met grote ogen te kijken. 'Is dat een tovermeer?'
vraagt ze.

'Ja,' zeg ik, want dat is het ook, een prachtig tovermeer.

We zwemmen naar de platte rots, gaan erop zitten en vangen aaltjes in de zon. Als het te warm wordt, spring ik in het
water, maar Sara wil dat niet.

'Ik vind die bloemen niet leuk,' zegt ze, terwijl ze naar de
bloedrode anemonen wijst, dus dan spetter ik haar maar nat.

'Waterspinnen, kom dan!' roept ze naar de krabben, maar
als ik er echt een vang begint ze te gillen en loopt naar de rand
van de rots. Ik ga tegen de krab zitten praten en ja hoor, na een
tijdje wordt ze nieuwsgierig. Ze komt over mijn schouder kijken en nog even later steekt ze haar handje uit en strijkt met
haar vinger over de buik van het dier.

'Dat is een schelp!' zegt ze als we kijken hoe de krab van de
rots scharrelt en in het water naar de bodem zinkt, op zoek
naar een gat om zich in te verstoppen. We breken zeeslakken
los en gooien ze in het net om een paar grote vissen te vangen. Sara ligt op haar buik, een paar centimeter boven het
water te kijken.

'Waar is Charley, Hal?' vraagt ze ineens.

'In het ziekenhuis, in Oxford,' antwoord ik.

'Waarom kan ze niks meer, heeft de zee dat gedaan, Hal?'

'Dat weet ik niet, Sarz,' zeg ik. 'De zee heeft haar hoofd zeer gedaan en nu doet haar hoofd het niet meer goed.' De woorden verstikken me bijna terwijl ik ze uitspreek, maar ik verzet me ertegen en geef antwoord op haar vragen zoals ik zou willen dat iemand antwoord gaf op de mijne.

'Charley vond het hier leuk, hè?'

'Ja Sarz, heel erg leuk.' De brok in mijn keel is zo groot als een rotsblok, maar dan lacht ze ineens naar me, met een brede, stralende Sara-lach. 'Tuurlijk vond ze het leuk!' zegt ze, en heel even denk ik precies te weten wat er door mijn moeder heen gaat als ze Sara omhelst.

'Is Charley daar nu?' vraagt ze, terwijl ze nog steeds in het water staart. 'Het stukje van haar dat het niet meer doet?'

'Nee, Charley ligt in het ziekenhuis, Sarz, dat weet je toch wel?'

'O!' zegt ze. Ze kijkt me weer aan met die rare blik, alsof ik het niet helemaal begrijp.

We staren in het water. Sara kan heel lang staren, langer dan ik. Het is heel anders dan wanneer ik hier met Charley zou zijn. Met Charley zou ik op de rots liggen... ik zou mijn ogen dichtdoen en de warmte van de zon in mijn lichaam voelen trekken, in elk hoekje van mijn gezicht, ik zou wachten tot ze zou beginnen te vertellen... ik hoor haar stem nu...

'Weet je?' vraagt ze.

'Wat?' reageer ik. Het is bijna alsof ik mijn eigen stem hoor, zo slaperig en afwachtend, wachtend op een verhaal.

'Ik ben hier geboren,' zegt Charley.

'Jij bent in Oxford geboren, in het John Radcliffe-ziekenhuis,' breng ik haar in herinnering, nog niet helemaal klaar om me door haar verhaal te laten meevoeren.

'Nietes Hal, ik ben hier geboren, alleen was het toen geen zomer, het was winter en de golven waren heel wild, heel wild en donker en ze sloegen op de kust. En ons huis was nog niet gebouwd, er waren nog helemaal geen huizen, want dit was mijn eerste leven, het eerste leven dat er was, dan ben je nog helemaal nieuw en bibberig en nog maar een beetje zoals je bent...'

En terwijl ik me laat meevoeren, mijn ogen sluit en naar haar luister, voel ik de wereld die ze met haar woorden oproept achter mijn oogleden ontstaan, hij wordt echter dan de zon op mijn gezicht of de rots onder me, een wereld vol zeehonden en mensen en vondelingen... en Charley. Soms vraag ik me af of ze wel echt bij ons is geweest. Hoe kon ze bij ons zijn, terwijl ze zoveel verhalen had om in te verdwijnen, wanneer ze maar wilde?

'En waar ben ik dan geboren?' vraag ik aan haar.

'O, jij op het land, zeker weten. Jij bent nooit eerder op aarde geweest en je bent meteen geboren als mens...'

'Hal! Hal! Vlug Hal, daar in het zand!' De stem van Sarz trekt me weer terug in het hier en nu.

'Wat is er, Sarz? Waar?'

Ze wijst recht naar beneden. Ik zie niets.

'Pakken, Hal!' zegt ze. 'Pak hem!' Ze is erg opgewonden, maar ze houdt zich heel stil; ze wil wat daar in het water ligt echt hebben. Ik pak het schepnet, trek het snel door het rimpelende zand en haal het net op. Het zand glijdt erdoorheen.

'O sorry, Sarz, het is niet gelukt,' zeg ik, maar ze blijft naar het wegstromende zand in het net kijken en wacht tot alles eruit is. Dan wijst ze.

'Daar zit-ie,' zegt ze kalm en ze heeft gelijk; tussen de laatste zandkorrels spartelt een piepklein platvisje, zo klein dat ik er bijna doorheen kan kijken, heel mooi en teer, als iets wat uit gedroogde inktvis gesneden is.

'Wat mooi,' zegt Sarz. 'Mag ik die hebben?'

Voorzichtig doen we het visje in de emmer; het zwemt langs de rand en het water rimpelt over zijn vleugels terwijl het zijn nieuwe territorium verkent. Alleen aan die beweging en aan de ogen, twee minieme zwarte puntjes, kun je zien dat het dier echt leeft.

We kijken ernaar.

Hoe kun je eigenlijk zeker weten, vraag ik me ineens af, of iets echt leeft of niet?

En alsof Sarz mijn gedachten kan lezen, vraagt ze: 'Waar zou het zijn?'

'Daar, in de emmer, onder het zeewier,' zeg ik, maar dat bedoelt ze niet.

'Nee! Ik bedoel niet de vis, Hal, ik bedoel dat stukje van Charley dat het niet meer doet.'

Ik kijk naar het platvisje. Leeft het of drijft het alleen maar? Ik vraag me af welk verhaal Charley nu aan Sara zou vertellen, over waar ze nu is en waarom. Ik weet zeker dat ze er een heel verhaal over zou hebben verzonnen, en ook dat Sarz zich daardoor stukken beter zou voelen. Ik kan dat niet, ik heb alleen maar vragen in mijn hoofd.

'Dat weet ik niet, Sarz,' zeg ik.

'Soms,' zegt ze langzaam, 'soms denk ik dat ze in mijn buik zit, Hal.'

Ze kijkt naar me op, bezorgd, en dan heb ik ineens toch een verhaal, of in elk geval een stukje.

Ik glimlach.

'Nou,' zeg ik, 'misschien zit ze wel in jou, Sarz, als je iets over haar vraagt en daar een gek gevoel van krijgt, en mis-

schien zit ze ook wel in mij als ik aan haar denk. Misschien
zitten daar wel al haar stukjes die het niet meer doen.'

Sarz geeft geen antwoord. Ze kijkt me aan, met toegeknepen ogen tegen de zon, ze denkt na, en dan tilt ze de emmer
op, dat probeert ze althans.

'Zullen we papa mijn vis laten zien?' vraagt ze.

We lopen terug over het strand. Sarz draagt de emmer en
het water klotst over de rand.

'Kijk, papa! We hebben een patvis gevangen! Hal heeft het
zand door het netje laten lopen!'

'Wauw,' zegt hij.

'Ja, Sarz heeft 'm het eerst gezien, hè Sarz?'

'Hij is van mij, ik noem hem Botje.'

'Zullen we hem mee naar huis nemen en aan mama laten
zien?'

Sara knikt. Als ze het woord mama hoort, lijkt ze ineens
moe te worden, ze strompelt aan de hand van mijn vader over
de rotsen, terwijl ik de emmer water en het schepnet draag.
Sara praat in zichzelf: 'Botje zegt dat alleen Sara mij kan vinden in het zand waar ik me heb verstopt, en Sarz keek en keek
maar ze zag Charley niet in het zand, ze zag mij, en Botje was
blij en zei dat hij Sara's visje is voor eeuwig en altijd, Amen.'

Ze haalt diep adem en dat doe ik ook. Heeft mijn vader dat
stukje over Charley gehoord? Nee, volgens mij niet. Straks zal
hij wel zeggen dat ze Botje weer in zee moet teruggooien, net
zoals alles wat we vangen. We zwijgen. We zijn nog heel ver
van huis. Mijn vader grijnst naar me en ik grijns terug. Ik ben
moe. Door die grijns van mijn vader en door de warmte wordt
de eenzaamheid in mijn binnenste iets minder erg. Sara kletst
maar door en wacht tot wij haar zullen tegenspreken.

Ze klinkt zo gewoon, dat heeft iets geruststellends.

Het is laat in de middag en de mensen komen terug van het

strand. Dat is altijd zo rond deze tijd, behalve de surfers, die blijven hangen, altijd hoopvol.

Jackie zal daar nu ook wel zijn, denk ik, en mijn hart maakt een sprongetje als ik zie dat er bij de rotsen iemand naar ons staat te zwaaien. Dat is Jack: mijn hart gaat nog harder bonzen en ik hoop vurig dat ze niet naar ons toe komt als mijn vader erbij is.

Maar ik hoop het tevergeefs. Ze rent naar ons toe.

'Hallo!' zegt ze tegen Sara. 'Mag ik zien wat je daar hebt?' Sara laat haar in de emmer kijken.

'Hij heet Botje,' zegt ze. 'Hij is van mij.'

'Wat mooi!' zegt Jackie. 'Dat is een babyplatvis, hè?'

'Ja, en ik heb hem zelf gevonden!' Sara kijkt naar haar.

We staan allemaal een beetje ongemakkelijk te kijken tot Jackie haar hand uitsteekt naar Sara en zegt: 'Ik heet Jackie, hoe heet jij?'

Sara schudt haar grijnzend de hand. 'Ik ben Sara en ik ben vijf jaar, dat is Hal, hij is vijftien, en dat is papa, die is drieënveertig!' Ze zegt het heel ernstig.

Mijn vader en ik moeten lachen, maar Jackie zegt alleen maar: 'Hé, ik ben ook vijftien. Bedankt dat ik je vis mocht zien, Sara.'

'Prettig kennis te maken, Jackie,' zegt mijn vader nog voordat hij met die irritante grijns naar me lacht, die grijns die betekent: zo, dus jij praat met meisjes, hè?

Ze lacht naar me, dwars door mijn vader heen naar mij; die lach gaat rechtstreeks naar mijn hart, naar dat ene plekje waar het hemels is.

'Wij gaan met zijn allen zwemmen, Hal, heb je zin om mee te gaan?' Ze heeft wel lef.

'Nee, dank je, ik moet mijn vader hier even mee helpen.' Ik houd alle spullen die ik vasthoud omhoog.

93

'Nee, ga jij maar, Hal.' Mijn vader wil de netten en de zwembandjes pakken, maar dan valt alles in het zand.

Jackie trekt een gezicht naar me. 'Sorry,' zegt ze geluidloos, en ze grijnst; aan mijn gezicht te voelen grijns ik ook.

'Wacht, ik help wel even,' zegt ze tegen mijn vader. 'Ik heb altijd al eens het uitzicht vanaf jullie terras willen bewonderen.'

Dan begint hij echt te lachen.

'Jij valt graag met de deur in huis, of niet, jongedame?'

Ik zweer dat mijn tenen zich krommen zonder dat ik daar iets aan kan doen, maar Jack doet het schepnet onder haar arm en schudt haar haar uit haar gezicht.

Ze is echt ongelofelijk.

'Mag het?' vraagt ze, terwijl ze hem met die schitterende ogen aankijkt.

'Natuurlijk,' zegt hij. 'Je bent van harte welkom.' We lopen samen over het laatste stuk van het strand, mijn vader en Sara voorop, Jackie en ik daar een stukje achter.

'Hoi,' weet ik uit te brengen.

'Jij ook hoi,' zegt ze plagerig.

'Waarom heb je me uitgenodigd voor de barbecue?' flap ik eruit. Ik vraag me af waar ik de woorden vandaan haal.

'Omdat ik daar zin in had.' Wat klinkt het makkelijk en simpel, zoals ze dat zegt. 'Trouwens, jullie zijn een gezin met een verleden. Iedereen is benieuwd naar jullie.'

'Zal wel,' zeg ik. Ik klink cool, maar ik denk heel hard na; dus, denk ik, ze is helemaal niet geïnteresseerd in mij, maar ze vindt me interessant door wat er gebeurd is. De warmte is weg uit haar lach, helemaal verdwenen. Sara kijkt om en blijft naar ons kijken, terwijl mijn vader haar met zich meetrekt. Over kapot van verdriet zijn gesproken. Charley is niet de enige die kapot is. Je hoeft niet dood te gaan of in coma te liggen, het kan ook gewoon zijn dat je gevoel is uitgezet.

We strompelen verder, nu over de stenen, met gebogen hoofd, en we proberen niet op scherpe steentjes te stappen. Ik zie de vage gouden haartjes rond Jackies enkels terwijl ze naast me meeloopt. Ze heeft lange, bruine voeten en haar tenen zijn een beetje geschaafd. Om haar linkerenkel draagt ze een dun, gouden enkelbandje. Ik geloof dat ik boos op haar ben. Waarom doet ze alsof er eigenlijk niks aan de hand is? Hoe kan ze doen alsof het allemaal echt verleden tijd is, geschiedenis, alsof het zo lang geleden is dat het niemand meer iets kan schelen? Maar dat kan ik allemaal niet zeggen, dus zeg ik: 'Weet je dat dat in Egypte het symbool is van een hoer?'

Ze blijft staan en kijkt me aan.

'Wat zei je?' Ze kijkt heel kwaad en verbaasd, en opgelaten. Haar wangen worden rood, zo rood zelfs dat haar sproeten bijna verdwijnen.

Wauw.

'Dat daar.' Ik wijs naar het kettinkje om haar enkel. 'Wist je dat niet? Als je dat in Egypte draagt, wil dat zeggen dat je een prostituee bent.'

'Nou, maar we zijn hier in Cornwall, of niet soms? En ik ben geen hoer.'

'Dat heb ik ook niet gezegd!' Ik haal mijn schouders op, maar vanbinnen moet ik lachen. 'Het is gewoon maar dat je het weet,' zeg ik, maar zo bedoelde ik het niet. Het was een steek onder water. Omdat ze mijn verleden boeiender vindt dan mij.

Wie is er hier nu eigenlijk boos, Jackie?

Ik stel me voor dat Charley glimlacht en me een por geeft.

We zijn aangekomen bij ons hek en we lopen door de tuin omhoog. Het gras voelt nat en koel aan mijn voeten, heerlijk na het hete zand en de stenen. Jackie loopt achter mijn vader aan naar boven. Ik blijf even staan en lach naar de zon.

'Nou!' hoor ik hem zeggen als ze op het terras staan. 'Wat vind je ervan?' Ze kijkt naar het kampeerterrein.

'Het ziet er hiervandaan veel leuker uit dan in het echt,' hoor ik haar zeggen.

'Hmm.' Mijn vader doet zijn best om niets te laten merken; hij heeft de pest aan dat kampeerterrein, hij zegt al jaren dat hem dat een doorn in het oog is.

'Maar wij hebben wel het allermooiste uitzicht,' zegt ze. 'Op die klif direct aan zee.'

'En op ons,' grinnikt mijn vader, maar Jackie vindt het niet eens nodig om te blozen.

'Mijn moeder zegt dat ze soms het gevoel heeft dat ze jullie al kent,' zegt ze.

'Dat zal wel!' Mijn vader raapt de visnetten op en hangt ze aan de binnenkant van de deur. In de keuken is het nu stil. Ik vraag me af waar mijn moeder is.

'Wil je iets drinken, Jackie?'

'We hebben echte limonade,' kwettert Sara.

'Nee, maar toch bedankt. We hebben zelf van alles op het strand.'

'Tot ziens dan maar. En bedankt voor de hulp.' Hij gaat naar binnen en Sara blijft zonder iets te zeggen naar ons staan kijken. Ik drentel achter Jackie aan, die zich heeft omgedraaid en terugloopt, want ik weet niet zeker of ik nog wel welkom ben.

'Kom op nou,' zegt ze een beetje kortaf en dan lopen we terug naar het strand. Als we ver genoeg van het huis zijn, blijft ze staan en gaat op een rots zitten.

'Oké,' zegt ze, 'ik vergeef het je. Je bent tenslotte een jongen met een tragisch verleden.'

'Wat vergeef je me?' vraag ik. 'Je bent toch een soort hoer, dat weet je best, Jackie.'

'En wat ben jij dan wel niet?' vraagt ze. Haar wangen krijgen weer die plotselinge, woedende en fascinerende kleur rood.

'In elk geval geen hoer!' zeg ik lachend. Ik vind het grappig: wie denkt zij eigenlijk wel dat ze is, om me gewoon even op te pikken en me uit te horen? Niet omdat ze mij leuk vindt, maar omdat ze iets van me wil weten.

'Dat neem je terug, Hal!'

'Vergeet het maar. Want dat ben je, een info-hoer. Je hebt me alleen maar opgepikt omdat je vrienden alles over Charley willen weten, of niet soms? Ik ken meiden zoals jij wel van school – 'die arme kleine Hal is zijn zus kwijt' – en als ze je verhaal hebben gehoord en alle details weten, wat dan? Dan zijn ze ineens niet meer geïnteresseerd. Klopt, hè? Waarom ben je anders bij mij?'

Ik kijk naar haar gezicht, dat eerst ongeloof en dan woede uitdrukt. Ze doet haar mond open, maar er komen geen woorden uit, haar mond hangt alleen maar stomverbaasd open.

Nu gaat ze zeker zeggen dat ik op moet rotten. We zullen eens zien in wie ze eigenlijk geïnteresseerd is, in mij of in Charley. Ze laat haar hoofd zakken en slaat haar handen voor haar gezicht.

'Nou, dat is een hoop om over na te denken,' mompelt ze door haar vingers heen. Ik ga naast haar zitten, ik kan bijna niet geloven dat ze nog niet heeft gezegd dat ik op moet rotten.

'Ben jij echt vijftien?' vraagt ze na een tijdje.

'Ja. Jij dan?'

'Ik ook.'

We kijken elkaar aan. Ze ziet eruit als zestien, bijna zeventien. Ik als vijftien.

'Ongelofelijk,' zeggen we tegelijk, en dan beginnen we te lachen.

'Het is écht niet zo,' zegt ze. 'Ik ben er natuurlijk wel benieuwd naar, logisch, dat is iedereen, en het rare is – nee, laat ook maar – in elk geval moet je echt mijn moeder een keer ontmoeten, die is dol op mensen, en dat heb ik vast geërfd of zo, het is echt geen nieuwsgierigheid, maar...'

Ze ratelt door met die grappige manier van praten: af en toe gooit ze een woord wat hoger de lucht in en mept het dan zo in je oor.

'In elk geval, echt sórry, ik bedoelde het écht niet zo, ook al snap ik wel hoe het... o shit, ik ben ook zó... Maar om me nou een hoer te noemen, vind ik een béétje...'

Na een tijdje wordt het saai om naar te luisteren.

'Bedankt dat je niet zei dat ik moest opdonderen,' zeg ik.

'O!' Eindelijk houdt ze op. 'Graag gedaan.' We lachen nog wat, dat lijkt wel een gewoonte te worden.

'Ga je mee zwemmen?' vraagt ze.

Ik schud van nee en dat snapt ze meteen. Ze steekt haar hand uit en raakt mijn arm aan.

'O Hal, sórry, wat stom van me. Ben je niet meer in het water geweest sinds Charley...?' Ik schud mijn hoofd.

'Shit!' We lopen een tijdje in de brandende zon. 'Waarom eigenlijk niet?' vraagt ze.

'Ik ben gewoon...' Ik haal weer eens mijn schouders op. 'Ik weet niet.' Maar ik weet het natuurlijk wel, het is alleen niet zo cool om tegen een meisje dat je net hebt leren kennen (en bij wie je nu al voor altijd wil blijven) te zeggen dat je niet het water in kunt omdat je de stomme deal met God hebt gesloten – een God waar je niet eens meer in gelooft – dat als jij nooit meer de zee in gaat, hij Charley op een dag zal terugbrengen. Stom, want wat heeft Charley er nu aan als ik nooit meer het water in ga? Voor het eerst verlang ik er echt naar om in zee te gaan. Ik wil weten of mijn ogen nog steeds groen worden in het water. Ik wil het water op mijn huid voelen en zien hoe Jackies wimpers er in zee uitzien.

'Kom op!' Ik sta op.

'Nee, nee, dat hoeft echt niet, Hal!'

'Doei, slome!' En voordat ik me kan bedenken ren ik naar de golven.

'Hé, valsspeler!' Ze is niet ver achter me, ik hoor haar voeten op het zand. 'Dat is niet grappig, Hal. Hal! Da's oneerlijk, jij had een voorsprong. Hal!'

Het water is koud. Zo koud dat ik naar adem snak. De golven duwen tegen me aan en ik duw terug, ik duik en zwem tot voorbij de branding, waar de zee deint. Ik dein mee, het water tilt me op en gooit me op zijn rug, tilt me op en gooit me neer, en ik heb mijn ogen dicht en het is een beetje alsof ik thuiskom, tot de gedachte aan Charley ineens door mijn hele lijf trekt. Het is alsof zij in de golven ligt, mij vasthoudt; dan hoor ik haar stem weer.

'Hal!'

Ik hoor haar ademhaling, op en neer.

Op. Neer. Op. Neer. Net als de golven.

'Help me, Hal! Probeer het je te herinneren!'

O nee, denk ik. Niet nu. Dan duikt Jackie naast me op, het water stroomt van haar vervellende schouders. Ik denk niet meer aan Charley.

De golven zijn heel mooi, ze komen in rijen achter ons aanrollen, ze belemmeren het zicht op de lucht en breken tegen onze schouders. Ze doen me denken aan rollende spierbundels; ik til mijn arm op en laat mijn spierballen zien, alsof ik de zee uitdaag. Jackie begint te lachen, haar ogen glinsteren in de zon; dan zetten we ons schrap en wachten op een grote golf. En die is gigantisch. Hij komt met opgetrokken schouders aangestormd over de zee, steeds hoger en bulderend, tot hij boven ons hangt en we omhoog springen, vlak voordat de witte punt breekt en we op het strand gesmeten worden en we gillen en lachen om niks, alleen omdat het zo leuk was.

'Lafaard, kom op dan!' schreeuw ik naar de terugtrekkende golf.

'Nog een keer?' roept Jack. Ze doet me denken aan Sarz. We spelen in de golven, net zoals vroeger, tot ik zo moe ben dat ik bijna niet meer op mijn benen kan staan. Dan begint Jackie over een ijsje. En het voelt heel gewoon om elkaars hand vast te houden terwijl we tegen de zee duwen en elkaar helpen als hij ons terug in de golven wil trekken. De kliffen torenen hoog boven ons uit en de meeuwen krijsen over het golvende water.

Ik kijk omhoog naar ons huis, dat op het klif lijkt te drijven. Ik stel me voor dat het donker is, dat er plotseling een licht aangaat en weer dooft, als een oog dat knipoogt in de nacht. Dan komt mijn moeder naar buiten en gaat op het terras naar me staan zwaaien. Het beeld verdwijnt.

De kroeg in de haven puilt uit van de toeristen die allemaal een ijsje komen halen voordat ze naar huis gaan.

'Wat wil jij?'

Jackie heeft zich al een weg naar voren in de rij gebaand. 'Chocola graag,' zegt ze.

'Doe maar twee.' Ik plof neer op het bankje buiten, maar Jackie is nog niet buiten adem en heeft een ander idee.

'Zullen we het meenemen naar het klif?'

'O, ik kan niet meer!' Ik meen het, mijn benen voelen zo slap als een kwal en de zee heeft het laatste restje adem uit mijn longen geperst.

'Tuurlijk wel!' zegt ze en ze loopt weg. Ik kruip zowat achter haar aan het klif op, zachtjes vloekend, achter de druppels van mijn snel smeltende ijsje aan.

'Help!' roep ik naar de voorbijgangers. 'Zij heeft mijn ijsje gegijzeld.' De oudjes kijken en glimlachen. 'Wie wil mijn ijsje bevrijden?' probeer ik nog, maar ze loopt gewoon door en zwaait ermee door de lucht, genadeloos. Ze blijft pas staan als we helemaal bovenaan zijn, dan gaat ze van het pad af en loopt tussen een paar eikenbomen door tot ze eindelijk – godzijdank – gaat zitten, op het uiterste randje van het klif.

'Kijk, moet je dat uitzicht zien, dat is toch wel de moeite waard?'

'Hmmm.'

Ik kan geen antwoord geven, ik kan alleen maar iets brommen en aan het restant van mijn ijsje likken. Verrukkelijk. De lage zon werpt lange schaduwen tussen de bomen. Ik heb zin om mijn ogen dicht te doen en eindeloos te slapen. Ik ga achterover liggen en voel dat mijn oogleden zacht, als vlinders, over mijn ogen beginnen te zweven.

Het voelt vreemd hier in de warmte en het licht, alsof de bomen om me heen pulseren. Ik ben erg moe, maar steeds als ik mijn ogen sluit, lijken de bomen dichterbij te komen, dreigend... en zodra ik mijn ogen opendoe, deinzen ze weer achteruit. Ik heb het gevoel alsof ze me kunnen bespringen. Ik kijk strak naar ze, om ze op hun plek te houden. Hun bast is heel diep gegroefd, in kromme lijnen die zich om de stam kronkelen als een slang die om een stok krult.

'Probeer het je te herinneren, Hal!'

Zodra haar gefluisterde woorden mijn gedachten binnendringen, voel ik dat mijn hoofd begint te bonzen en de lucht wordt uit mijn lijf gedrukt en overgenomen door het geluid van haar afschuwelijke ademhaling, tot mijn hersens in mijn hersenpan worden opgetild en neergekwakt en met haar mee ademen.

In. Uit. In. Uit.

De bomen komen dichterbij...

'Waar ben je, Charley?'

Welke herinneringen zitten in die diepe groeven van de boombast verborgen? Wat zouden ze me kunnen vertellen?

En dan zie ik haar ineens, ik zie haar alsof ze hier echt is, onder de bomen, een donkere schaduw zweeft over haar heen... een plotselinge bries waait over het klif. Ik huiver.

'Hé, Hal!' zegt Jack. 'Ik moet je iets vertellen...' Maar ik hoor haar niet meer.

Charley: Ziekenhuis. Nu.

'Waar ben je?' *vraagt hij; zijn stem wekt me uit de diep ommuurde duisternis.*

Kan hij me zien?

Mijn geestesoog spert zich open in het donker.

De ogen van Hal zijn groot en groen.

Groen licht... in de bomen...

De bomen... ik zie ze, ze krullen open, ontrollen zich, hun gefluisterde herinneringen strekken zich tussen ons uit tot ik hem kan zien, hij ligt onder de groene bladeren, het groen en het gouden namiddaglicht geven hem vorm en schaduw. Hij kijkt naar de bomen. Hij kijkt naar de bomen alsof hij weet dat zij zich mij herinneren; ik zie dat hun gekromde groeven zich ontkrullen en herinneringen losmaken, elk zo helder en duidelijk en afzonderlijk als regendruppels...

Ik ben in het bos... ik... en... ik herinner me...

Mijn vingers glijden door de oude groeven die diep in de boomstammen uitgebeten zijn.

Wat zijn ze diep en oud. Woorden spelen door mijn hoofd.

Wijs. Oud. Gekronkeld. Gerimpeld. Getoverd. Ik voel het begin van een verhaal opkomen, of misschien een gedicht...

Dat is het, daar lijken de bomen op; op vergroeide oude tovenaars die dikke eiken zijn geworden.

'Zouden dat vroeger tovenaars zijn geweest?'

Ik hoor mijn stem! O! Mijn eigen stem, mijn stem doet het, zegt iets tegen iemand!

'Hè?' zegt de andere stem lui. *O! Zijn stem is zo diep en warm en prachtig. Hij klinkt... hij klinkt... als de zon. Ik wil er languit in gaan liggen om op te drogen. Ik voel de zon op mijn huid in plekjes zonlicht en schaduw, en die andere stem is naast me, ademt.*

Wie is dat? Ik kan het me niet herinneren. Ik kan het me niet herinneren. Tegen wie praat ik?

'Die bomen, denk je dat die vroeger tovenaars zijn geweest?' vraag ik.

Hij lacht, loom en lui en vol warmte. Hij klinkt zo dichtbij, zijn gezicht komt dichterbij, dichterbij. Zo dichtbij nu dat ik de warmte kan voelen, en de zoete adem op zijn lippen als hij praat.

Woorden dansen in mijn binnenste.

Zomer. Bries. Zacht. Zoet. Verwachting.

'Waar kom je vandaan, Charley?' vraagt hij.

En de adem van zijn woorden strijkt tegen mijn huid.

Tintelend. Fruit. Turks.

Hè? Turks?

Kom dichterbij, alsjeblieft... dichterbij... dichterbij... dichterbij...

Mm, zo dichtbij nu dat ik hem kan ruiken. We ruiken alsof we voor eeuwig samen in het zand hebben gelegen. We ruiken naar bladeren en mos en naar elkaar.

'Waarom lach je?' vraagt hij.

'Je bent zo heerlijk als Turks fruit,' hoor ik mezelf fluisteren.

'Niet van onderwerp veranderen, Charley.'

'Wie ben jij?'

Maar er komt geen antwoord, alleen het gefluister van de wind in de bomen boven ons en het smaller worden van de lucht tussen ons als zijn gezicht dichterbij komt, dichterbij, en ik voel dat mijn hart zo tekeergaat dat ik denk dat het zal breken en me zal verscheuren door het verlangen om zijn gezicht te zien, maar mijn ogen zijn gesloten en omhoog gericht, ze wachten op de aanraking van zijn lippen. Dichterbij... dichterbij... dichterbij...

'Wie ben jij?'

Maar er komt geen antwoord, alleen de zon verdwijnt plotseling achter een schaduw en de warmte is weg, de bomen worden zwart... deinzen terug... de wereld kantelt en valt in zee... waar de golven me optillen en laten vallen, optillen en laten vallen in de beschutting van de schaduw...

'Help me, Hal!'

De bomen komen dichterbij, ze kronkelen dicht en halen hem en de herinneringen bij me weg.

Nee!

'Hal!'

Ik val, ik val in de groene, groene zee, als glas.

'Help me, Hal!'

Hij kan me niet meer zien, hij is onder de bomen, in het groene bos, met een meisje met ogen zo groen als bladeren.

'Kijk naar me, Hal! Kijk naar me!'

Wie is hij?

'Help me! Herinner het je!'

Hal. Nu.

'Help me!'

Haar stem lijkt uit de oude eiken te roepen, alsof ze daarin vastzit en roept om eruit gelaten te worden. Ze huiveren in het zonlicht, de bladeren ritselen, maar er is geen wind.

O, nee. Niet hier, niet nu.

'Nee, Charley,' fluister ik, maar de lucht vibreert door de herinnering aan haar en de bomen komen dichterbij, dichterbij, dichterbij, ze fluisteren tegen me... ze praten tegen me... alsof ze weten wat ik denk, alsof ze voelen dat ik verlang naar een kus van Jack, haar wil aanraken... Ik spring op.

'Ik moet weg, Jack!'

Ze kijkt op.

'Ik dacht dat je zo moe was?'

'Help me!'

'Moet ik jou helpen, Charley? Ik kan mezelf al niet eens helpen!'

'Van zo'n ijsje knapt een mens weer op,' zeg ik hardop.

'Wat is er zo belangrijk?' vraagt ze.

'Niks, er schoot me alleen net iets te binnen.' Ik kan bijna niet praten door al die stemmen en gevoelens in mijn binnenste; ik lijk ineens wel het centraal station voor helderzienden.

'Hal! Kijk naar me!'

'Ja hoor, het ene moment val je zowat in slaap en het volgende moment ben je net *action man*. Volgens mij is er iets,' zegt Jack.

'Ik moet weg.'

'Ja ja,' zegt ze ongelovig, 'druk-druk-druk zeker?' Ze is weer kwaad; dat sarcastische past wel bij haar. 'Sorry dat ik je heb lastiggevallen, Hal, ga dan maar gauw, als je geen zin hebt om iets leuks te doen.'

'Kijk naar me, Hal! Kijk naar me!'

'Nee, Charley! Ik wil naar Jack kijken!'

En dat doe ik.

Ze zit in het zonlicht, haar haren zijn stug van de zee en haar wangen gloeien, ze knijpt haar ogen tot spleetjes tegen de zon, en dan weet ik dat ik niet kan gaan. Sterker nog, dat ik niet wíl gaan. Ik ga vertwijfeld weer zitten.

'Sorry,' zeg ik tegen Jack.

'Geef niet. Weet je, ik wilde je nog iets vertellen, want ik vind dat je dat moet weten... Jézus, dit is echt zó moeilijk...'

Haar stem klinkt beurtelings hard en zacht, de duizeligheid gaat niet weg, en ik ben bang, bang dat als ik me ontspan, zelfs maar een fractie van een seconde, ik die afschuwelijke ademhaling weer zal horen, weer het gevoel zal krijgen dat de bomen op me af komen, me met herinneringen zullen vervullen.

Haar herinneringen?

Mijn fantasieën?

'Hal, gaat het wel?' Jacks gezicht is vlak bij het mijne. Haar ogen zijn groot, met grote, zwarte pupillen waarin ik mezelf weerspiegeld zie, omringd door een rand prachtig diep groen.

Wauw!

'Ja, alleen een beetje duizelig.'

'Wat is er toch, Hal? Je ziet er raar uit.'

'Ik vóél me ook raar.'

'Laat maar dan, ik leg het je wel een andere keer uit,' zegt ze. Ik voel de warmte van haar gezicht steeds dichterbij komen. Onze ogen zijn grote, grote ramen die in elkaar kijken en dan merk ik dat de mijne zich verwachtingsvol sluiten, maar ergens achter die rode, blauwe en zwarte lichtjes die onder mijn oogleden dansen, komt het geluid van de golven aandenderen vanaf het strand, ver in de diepte, en zo zeker als de nacht volgt op de dag begint dat ademen weer.

In. Uit. In. Uit.

En ik hoor Charleys stem die tegen me fluistert, alsof ze mijn gedachten kan lezen.

'Tintelend. Fruit. Turks.'

En het geluid van gelach, ergens tussen de bomen, een diep, laag gerommel.

'Wie ben jij?'

'Blijf van me af!' Ik hoor mijn eigen stem schreeuwen, maar hij klinkt hoog en raar, als een meisjesstem.

'Hal! Hal!'

Ik hoor Jacks stem, ze fluistert doordringend tegen me, ze roept me terug van ergens ver weg. Ze is achter de zon, en de zee, en de zwarte silhouetten van de oude eiken.

Maar Charleys stem klinkt heel dichtbij.

'Hal!' krijst ze. 'Help me!' en ik spring op, ik ren door het bos naar de rand van de wereld, naar de rand van het klif, met in de diepte de zee en de golven die zichzelf in de lucht lijken op te tillen, op de eigen adem van de zee, maar dan weer vallen, ver naar beneden.

Daar beneden is ze!

Gedurende één idioot moment denk ik dat ik haar lichaam kan zien vallen en neerkomen, een vervagende gedaante op een van de rotsen, zoals het was toen ik haar vond, met de golven overal om haar heen, naar haar reikend en dan weer wegvluchtend alsof ze het niet konden verdragen om te dichtbij te komen, en weer terug alsof ze het niet konden verdragen om bij haar weg te gaan.

'Charley!' roep ik, alsof ik de tijd kan veranderen, ervoor kan zorgen dat ze mij hoort en opstaat, overeind komt.

'Sta op!' hoor ik mezelf schreeuwen, want ik voel dat er een koude, donkere schaduw over haar heen valt.

En ik zie de schaduw onder de straatlantaarn. Komt die gedaante eraan?

'Charley!' roep ik steeds opnieuw over de lege, weerkaatsende, glinsterende zee, maar er komt geen antwoord, ik hoor alleen de vage echo van haar woorden: 'Wie is daar? Help me, Hal...'

'Hal! Hé, Hal!'

Wie is dat? Iemand anders roept me en trekt aan mijn arm. Ik probeer me los te rukken.

'Hé Hal, wat...'

'Groene ogen, zo groen als blaadjes.'

'Jackie?'

'Hal!'

Ik kijk haar verbaasd aan. Ik kijk in haar ogen en dan lijkt de hele wereld tot zichzelf terug te keren, weer op de oude en bekende as terug te vallen. De bomen zijn weer gewoon bomen. De lucht is nog steeds stil en goudkleurig en de zee ruist weer op het strand in de verte.

'Vind je dat ze op tovenaars lijken?' hoor ik mezelf vragen.

'Shit, Hal!' zegt ze met een bibberige stem. 'Ik wilde je alleen maar zoenen en jij wordt helemaal hysterisch en begint wartaal uit te slaan over bomen.'

Ze probeert te lachen. Ze houdt mijn arm vast, ze is warm van de zon.

'Ik dacht echt dat je ging springen, ik dacht echt...' Ze weet niet meer wat ze moet zeggen, voor de verandering, en we zitten bij elkaar, rillend, te kijken naar de zon die zich langzaam terugtrekt uit de lucht en zich verliest in de golven.

'Wat was dat daarnet nou eigenlijk?' vraagt ze na een tijdje.

'Dat weet ik niet.'

'Nou, probeer daar dan maar eens achter te komen,' zegt ze.

Daar moet ik om lachen.

En dus begin ik. Ik wil uitleggen dat ik soms Charley hoor, haar stem en haar ademhaling, maar het is alsof ik water wil vastpakken met mijn blote handen, het ontglipt me, het verandert in iets anders. Dus begin ik met de echte Charley, dat ik haar zo mis. Ik vertel Jack dat we hele zomers samen doorbrachten, op het strand, in de bossen, dat we samen de oude kasteelmuren van Tintagel beklommen. Ik vertel haar dat

Charley me verhalen vertelde en dat ik altijd pissig werd als zij weer eens de hoofdrol had. Ik vertel haar over haar oude notitieboek vol gedichten, pagina's vol woorden, die langzaam, bladzijde na bladzijde, zinnen werden, strofes, gedichten. Ik vertel dat ik daar nooit meer naar kijk omdat er een gedicht bij was dat over mij ging, dat dat me zo aangreep dat ik ervan moest huilen.

'Hoe ging dat dan?'

'Wat?'

'Dat gedicht over jou?'

'Weet ik niet meer.'

Maar dan flitst er iets door mijn hoofd, woorden uit het notitieboek, woorden die ik heb gehoord, gevoeld.

Tintelend. Fruit. Turks.

'Hmm,' zegt Jack. 'Schreef ze overal over?'

Ik vertel dat Charley vorig jaar zo veranderd was, dat ze er niet vaak meer was en me nooit vertelde wat ze allemaal deed. Dat het voelde alsof ze het allerbeste geheim van de wereld helemaal voor zichzelf hield. Dat ik er gek van werd, dat ik haar haatte omdat ze me alleen liet met mijn ouders en Sara, dat ik me zo rot voelde, dat ik haar met die haat misschien wel op de een of andere manier heb vermoord. Wat ik niet zeg, niet kán zeggen, is dat ik twee ouders heb die echt overwegen om Charley uit haar lijden te verlossen. Is dat niet genoeg reden om een schaduw over je heen te voelen? Zou dat het soms zijn? Zou Charley op een bepaalde manier voelen wat zij denken?

Op dit moment lijkt alles mogelijk.

Jack en ik kijken elkaar niet aan; we kijken naar de krimpende zon. Ik vertel haar over het kerkhof, dat ik denk dat ik Charley kan horen roepen, soms als een kind dat in haar eentje is verdwaald in het donker; dan weer als een waarschuwing, of een oproep om me iets te herinneren. Jack laat me merken dat ze me hoort en begrijpt met een aanraking hier, een omhelzing daar, tot ik helemaal uitverteld ben, en leeg en stil.

'Dus jij denkt dat het helpt om van een klif af te springen?' vraagt ze na een hele tijd.

'Wat?'

'Dat was je toch van plan?'

'Nee!'

'Nou?'

'Je begrijpt het niet. Ik hoor haar stem. Ik weet dat het idioot klinkt. Maar ik hoor dat ze me roept en ze wil dat ik haar help, dat ik me iets herinner, dat ik iets doe. Ik weet het niet, het is idioot, misschien ben ik wel gek.'

'Ik dacht dat ze dood was,' zegt ze weer een tijdje later.

'Dat is ze ook, zo goed als.'

'Niet als ze dat met jou doet, Hal. Wat wil ze dan dat jij je herinnert?'

Ik kijk haar aan. Ik kijk naar haar ogen, die nu donkerder zijn in het wegstervende licht, naar haar gouden wimpers.

'Hoe bestaat het,' zeg ik.

'Wat?'

'Waarom sla je niet op tilt? Waarom denk je niet dat ik gestoord ben?'

Ze lacht naar me. Weer zo'n gekmakend meisjesachtig lachje naar een arm, klein jongetje.

Dan vraagt ze: 'Je hebt mijn moeder nog niet ontmoet, hè?'

'Hoezo?'

'Zij heeft de geesten uit ons hele huis laten verjagen. Ze zegt dat er een zielig jongetje in de schoorsteen zat dat aldoor huilde en mij jarenlang uit mijn slaap heeft gehouden, maar dat kan ik me niet herinneren.'

'Hoe ging dat dan?'

'Er kwam een vrouw langs, die praatte tegen hem of zoiets en bevrijdde hem; daarna sliep ik als een roos. Zeggen ze.'

'Geloof jij dat?'

'Mijn moeder wel.'

Ik huiver.

'Maar waarom gebeurt dit, Hal?' vraagt ze alleen maar. 'En waarom ben jij bijna van dat klif gesprongen?'

'Ik wilde helemaal niet springen, dat zei ik toch! Ik ging alleen...'

'Nou?'

Ik begin weer opnieuw. 'Ik hoor alleen haar stem, en ik... weet je, ik zie ook dingen. Daarnet bijvoorbeeld, toen leek het alsof ze in de bomen zat, haar stem, haar gevoelens, en toen dacht ik dat ze in zee lag... Maar dat zijn gewoon herinneringen, Jack, meer niet.'

'Ja, en...?'

'En verder niks.'

'Maar jij was schijtbang, Hal. Je ging ervandoor als een vos die honden hoort blaffen.'

Ze wacht.

Ze doet me denken aan mijn vader, met dat wachten, maar het is een aardige manier van wachten, alsof ze me de tijd wil geven om alles op een rijtje te zetten en het beter te begrijpen, om niet zo bang te zijn.

Langzaam begint zich een idee te vormen. Ik probeer het op haar uit.

'Er was een schaduw, Jack, een soort... schaduw, op het strand, die naar haar stond te kijken,' weet ik na een tijdje uit te brengen. 'En ik denk niet, ik denk niet... dat zij wéét wie dat was. Dat gevoel heb ik; misschien wil ze dat ik dat probeer uit te zoeken?'

Als ik opkijk, is Jacks gezicht veranderd, het is bleek van bezorgdheid.

'Wat?' vraag ik. 'Wat is er?' Maar ze gaat er niet op in.

'De schaduw des doods!' zegt ze met een rare gruwelstem. Ik weet dat het vreselijk is, maar toch gieren we het allebei uit van het lachen, tot we als een stel hyena's staan te krijsen en ons aan elkaar vastklampen, niet in staat om te stoppen.

'Hou op, Hal!'

'Kan ik niet!'

We lachen tot we geen tranen meer hebben. Na een tijdje slaan we opnieuw onze armen om elkaar heen en kijken we zwijgend uit over zee.

Diep onder ons zijn de mensen op het strand veranderd in schaduwen, zwarte silhouetten met stemmen die vervliegen en huiveren op de wind, die vervagen voordat ze ons bereiken. De zon is versmald tot een glinsterend pad op de golven, een pad van licht dat eruitziet alsof het ons rechtstreeks voorbij de wolken kan brengen, helemaal naar de hemel, als we maar zouden durven.

Jack leunt tegen me aan en zegt mijn naam.

'Hal.' Ik vind het leuk zoals dat uit haar mond klinkt.

'Jackie?' antwoord ik, en dat vind ik ook leuk klinken.

'Ja?'

'Ik zat te denken aan...' zeg ik, en dat is ook zo, ik dacht aan wat ze eerder zei: ik wilde je alleen maar zoenen.

'Ja?' vraagt ze.

'Over dat zoenen...'

'Bedoel je dit?' vraagt ze; ze buigt zich naar me toe, langzaam, en ineens klinken Charleys woorden niet meer zo vreemd.

'Tintel.' Verwachtingsvol.

'Fruit. Turks fruit.' Smaak, de smaak van chocola en zeezout.

We zoenen, we zoenen tot de zon achter de rand van de zee verdwijnt en we verborgen zijn in de schaduwrijke oude eiken en de avond. We zoenen tot de oude eiken zwart en stil zijn rond deze open plek. Als ik eindelijk opkijk, is de zon verdwenen, en ik denk dat verlangen misschien ook wel als een schaduw is, een schaduw die de hele wereld bedekt en laat verdwijnen.

Is dat wat Charley me probeert te vertellen?

Als we ons eindelijk van elkaar losmaken, voelt het koud, alsof de lucht tussen ons in wil komen en ons in zich wil opsluiten, ons wil terugnemen. In de diepe, blauwe schemering zijn er alleen de vuren ver beneden ons op het strand om ons terug te leiden naar beneden; we glijden uit en houden elkaar vast en gaan door met zoenen.

'Kom mee naar het strand,' zegt ze. Maar ik wil haar met niemand delen, nooit. Ik wil dat het altijd blijft zoals nu, alleen Jack en ik in het donker, waar we zoenen en fluisteren en met onze handen voelen wat onze ogen niet kunnen zien.

'Oké, heel even dan,' zeg ik. 'Alleen wij tweeën.'

'Oké,' zegt ze. We fluisteren, alsof we zouden kunnen verdwijnen als we hardop praten.

Het zand is nog warm van de zon en we graven een gat en gaan op het zachte plekje liggen.

'Konden we hier maar blijven tot de sterren aan de hemel verschijnen.'

'Waarom zou dat niet kunnen?' Haar stem klinkt loom.

Ik glimlach, maar dan realiseer ik me dat ze mij niet kan zien.

'Dat vinden mijn ouders nooit goed,' zeg ik.

'Maar...' begint ze, maar ze maakt haar zin niet af en zwijgt.

'Maar wat?'

'Niks.' Ze legt mijn hand op haar onderrug in het warme zand, maar ik sta nu op scherp.

113

'Maar wat?' herhaal ik en ik ga zitten. Ineens zou ik willen dat het dag was en dat ik haar ogen kon zien.

'Laat maar, Hal, niet nu.' Haar stem klinkt slaperig en ze trekt me weer in het warme zand, in de kuil die de vorm van mijn lichaam heeft en die wacht tot ik me erin opkrul, naast haar.

'Wat kan niet nu?' Ik moet het weten. Ik ben omringd door duisternis en geheimen.

'Probeer het je te herinneren!'

Ze gaat rechtop zitten en schudt geïrriteerd het zand uit haar haar. 'Laat nou maar, Hal,' waarschuwt ze, maar ik luister niet, ik kan niet luisteren, ik moet het weten.

'Zeg nou wat je wilde zeggen, Jackie, zeg het nou gewoon.'

'Oké. Wat ik me afvraag is hoe je grote zus Charley vorig jaar wel altijd naar de sterren kon liggen kijken, hoe kreeg zij dat dan voor elkaar?'

'Wat? Wat deed ze? Wat weet jij eigenlijk over Charley?'

'Ze was hier vorig jaar.'

'Kende jij haar dan?'

Ze krabbelt meteen terug, meteen.

'Niet echt, alleen omdat ze hier ook was... Ik weet dat ze soms de hele nacht buiten was met – dat probeerde ik je dus te vertellen, net, op het klif... voordat je zo raar begon te doen.'

'Ik weet niet hoe Charley zo lang weg kon blijven, of waar ze was. Ik weet ook niet wat ze deed, maar ik vind het wel leuk om te horen dat je haar kende, bedankt.'

En terwijl ik praat denk ik na. Ik vraag me af hoe vaak Charley ons achterliet in ons huis op het klif. Ik draai me om naar het huis, dat wit oplicht in de diepe schemering.

'Ha, ze zijn allemaal daar, Sara ligt lekker te slapen, papa en mama doen weet ik veel wat, en ik ben hier, in mijn eentje buiten.'

Dacht ze dat?

Maar die opwinding duurt voor mij niet lang, want het verschil is dat ik precies weet wat mijn moeder doet: ijsberen, zich afvragen waar ik ben. En alsof ze mijn gedachten kan lezen, gaat op dat moment de voordeur van het huis langzaam open en stroomt het licht van binnen over het terras.

'Ze is bezorgd,' zeg ik.

'Ja, dat zal wel,' zegt Jack.

'Tot morgen?' vraag ik. Ik hoop het.

'Als je van je moeder naar buiten mag.' Dan is ze weg, voordat ik op die woorden kan reageren, voordat de schok goed is doorgedrongen. Zo hé, dat was gemeen. Ik raak het warme zand aan waar haar lichaam net nog lag, dan sta ik op en loop weg uit het donker, naar het licht.

Charley: Ziekenhuis. Nu

'Charley!'

Zijn stem galmt, verdwijnt in al die lucht en zon, vervaagt tot niets... en dan is hij weg en zie ik alleen nog maar lege golven... en hoor ik alleen maar woorden...

Turks. Tintelend. Fruit.

Woorden waar ik kippenvel van krijg en die me de adem benemen...

'Wie ben jij?' *vraag ik, en iets in me roert zich, een weerhaak diep in mijn buik. Ik voel dat mijn lippen zich vullen met bloed als ze een naam fluisteren...*

'Pete!'

En ik word meegesleurd door een Atlantische golf die steeds verder rolt, onbeheersbaar. Het water golft door mijn neus, vult mijn oren en mijn mond. Ik kan geen adem krijgen. Er is niets ter wereld waaraan ik me kan vasthouden... Ik weet niet wat boven is... of onder...

'Pete! Pete! Wie ben jij?'

115

En ik voel de kracht van het water aan mijn lichaam trekken
terwijl ik dwars door het midden duik.

Pete.

De herinnering neemt me in zijn armen en voert me mee... op
de grootste, blauwste, mooiste golf die je ooit hebt gezien...

Pete...

Charley. Toen.

Ik lig in de golven...

Hij is prachtig.

Prachtig. Prachtig. Prachtig.

Pete.

'Superstrak,' zeg ik zacht in mezelf en zodra hij in mijn blikveld komt, begint mijn hele lijf te tintelen in mijn surfpak.

Surfgod!

Ik heb er een, Jenna, ik heb er een gevonden.

Wááá, hij gaat écht iets tegen me zeggen, hij gaat de golven
in, hij komt dichterbij.

'Hé, Charley,' zegt hij. 'Je moet het zo eens proberen.' En hij
pakt mijn boogieboard, die ineens klein en goed bestuurbaar
lijkt.

'Je moet hem schuin houden,' zegt hij, ik denk tenminste
dat hij dat zegt. Ik weet het niet precies, want ik kijk naar zijn
bewegende lippen, ik weet dat daar woorden uit komen, maar
ik kan beter naar hem kijken dan naar hem luisteren.

Voordat ik moed heb verzameld om antwoord te geven, voel
ik zijn handen om mijn middel; ze voelen enorm, ze passen
bijna helemaal om me heen. Ik besterf het bijna als hij me
aanraakt en lichaamsdelen met elkaar verbindt waarvan ik
niet eens wist dat ik ze had!

Visceraal? Explosief? Expliciet?

Weet ik veel!

Ik heb geen woorden meer.

'Je moet niet proberen te gaan staan voordat het kan, gewoon op de golven rusten,' zegt hij tegen me. Staan? Staan? Ik kan niet eens ádemhalen en onder water slaan mijn knieën keihard tegen elkaar.

'Je moet proberen de golven aan te voelen. Klaar?' vraagt hij, alsof de wereld niet plotseling stilstaat, alsof ik niet elke seconde in gedachten een sms naar Jen en Sal stuur.

We staan in het water te wachten.

Op. Neer. Op. Neer.

Het ritme van de golven maakt me rustig, alsof het een ademhaling is.

Ik wil dat die golf opschiet, ik voel me zo opgelaten. Ik wil dat de golf helemaal nooit komt.

'Zie je die daar?' vraagt hij. 'Let op, let op, een, twee, go Charley!' Hij geeft me een zet en mijn plank schiet vooruit en stopt pas als ik in het ondiepe water over het zand schuur. Als ik me omdraai, zie ik dat hij alweer op de volgende golf zit, hij zigzagt en scheert met zijn plank over de golf tot waar die omkrult en valt dan terug naar de diepblauwe bodem. Zijn handen hangen losjes langs zijn zij en als hij klaar is lijkt hij simpelweg van de golf te stappen. Ik zou eeuwig naar hem kunnen blijven kijken.

Ritme. Lied. Harmonie.

Hij komt een meter verderop het water uit. 'Kom mee!' Hij laat zijn plank vallen, pakt mijn boogie en trekt me dan door de golven, duwt de zee opzij om plaats voor mij te maken.

'Heb je het wel eens met zijn tweeën gedaan?' vraagt hij. Mijn hart staat stil, slaat een hele slag over van pure verwondering over het idee dat ik op zijn rug lig en met hem door de golven gedragen word.

'Dat is de beste manier om het ritme te pakken te krijgen,'

zegt hij. Ik grijns, ik kan er niks aan doen, ik weet dat dat niet cool is en zo, maar hij heeft het over het met zijn tweeën doen, ritme... Oké, ik ben nog heel jong en hij is een zeventienjarige surfgod, maar zo dom kan hij toch niet zijn? Toch?

Hij kijkt me aan en grijnst terug.

'Sinds wanneer ben jij geen vijf meer?' vraagt hij.

'Sinds mijn zesde,' zeg ik. Daar ben ik erg tevreden over; een snel antwoord, ad rem.

Hij zeker ook, want hij moet lachen.

Ik heb hem aan het lachen gemaakt!

Als we in een film zouden spelen, zou je hem nu in *slowmotion* zien, het zeewater zou in duizenden regenboogdruppels om zijn hoofd zweven en je zou mijn ogen groot zien worden om alles beter te kunnen opnemen, maar we zitten niet in een film; hij kijkt naar de zee en zegt: 'Zeg maar welke golf.'

'De zevende,' zeg ik. Hij lacht.

'Oké, we doen nummer zeven.'

Superknap. Sexy. Sensueel.

Ik zou bijna gelovig worden als die golf komt.

We staan naast elkaar in het water – nou ja, hij staat, ik drijf naast hem, gewichtloos in de deining. Ik heb het gevoel dat het enige wat mij nog verbindt aan de aarde, aan wat echt is, mijn handen zijn, waarmee ik zijn lichaam onder me voel. Ze liggen om de ronding van zijn schouders, bij zijn nek. Met mijn handpalmen voel ik dat zijn spieren zich spannen als zijn hoofd opzij draait; met mijn vingertoppen glijd ik langs zijn lange sleutelbeen. Ik leg mijn gezicht tegen zijn wetsuit op zijn rug en ik vraag me af hoe zijn huid voelt.

Vasthouden. Vasthouden. Elke seconde in je opnemen.

'Let op, Charley!' zegt hij. 'Daar gaan we!' en hij draait zich om; hij grijnst en ik hou mijn gezicht vlak bij het zijne in de plotseling te felle zon; het lukt me niet meer om weg te kijken. Hij kijkt naar de zee en als ik de schaduw van de naderende golf over zijn gezicht zie trekken, kom ik in beweging.

'Nu!' schreeuwt hij, en daar gaan we. Hij zet af en mijn lichaam gaat met hem mee, volgt hem op de hielen als een schaduw, drukt zich tegen hem aan, neemt zo weinig mogelijk ruimte in beslag zodat de golven denken dat we één zijn.

De golf dendert naar het strand. We gillen, de mensen gaan voor ons opzij, wijken uit. Zó laag en zó dicht bij het water gaat het verbluffend snel. Het schuim sproeit in ons gezicht en ik houd me vast en slaak één eindeloze uitzinnige schreeuw van verrukking, druk mijn lichaam tegen het zijne en hoop dat dit de golf is waar iedereen het over heeft, de legendarische golf, de golf die ons rechtstreeks naar de eeuwigheid voert, naar een diepblauw altijd waar we kunnen gillen en lachen en elkaar vasthouden in een lange, eindeloze *ride*, voor eeuwig.

Maar dat is niet zo, de golf eindigt op het strand en de plank komt schrapend op het zand tot stilstand. Het water is hier warmer en vriendelijker, maar de golven slaan nog over ons heen en trekken ons terug in zee. We happen naar lucht, lachen en wrijven het zout uit onze prikkende ogen.

'Mooie ride!' Hij trekt me uit het water, strijkt het haar uit mijn gezicht en kijkt me aan alsof hij me voor het eerst echt ziet. Ineens is de zee weg, ik voel de plank tegen mijn enkel niet meer, of het zoute water dat in mijn ogen prikt. Zijn ogen zijn blauw, echt heel blauw. Ze nemen niet de kleur van iets anders aan, ze zijn alleen zichzelf en ze zijn nu alles wat ik zie.

'Wauw, jouw ogen hebben echt de kleur van de zee,' zegt hij tegen me.

'Alleen maar omdat ik nu aan zee ben,' zeg ik, verbaasd dat ik nog iets kan uitbrengen.

'Bedoel je dat ze van kleur veranderen?'

'Ja.' Ik knipper met mijn ogen om het te benadrukken. Waar ben ik mee bezig? denk ik. Wat ben ik voor idioot? Waarom ga ik zomaar met hem het diepe in?

'Cool!' zegt hij.

We denken even na, dan voelen we ons opgelaten zoals we daar in de branding naar elkaar staan te kijken. Ineens voelt het alsof we elkaar met ieders ogen zien in plaats van met onze eigen ogen.

Charley Ditton, het uitstapje naar het paradijs is voorbij.

'Worden ze dan ook oranje bij het vuur?' vraagt hij na een eeuwigheid.

'Kweenie.' Dan ben ik toch met stomheid geslagen, ik kan niets anders meer doen dan als een stom beest naar het malse gras staren aan de andere kant van het hek, gras waar ik nooit naartoe durf te gaan, laat staan dat ik het durf te eten.

'Heb je zin om vanavond mee te gaan naar de barbecue? Dan kunnen we eens zien of dat zo is.'

Nodigt hij me nu echt uit? Ik heb de neiging om over mijn schouder te kijken. Ik kijk achterdochtig naar hem of hij geen grapje maakt, waar zit het haakje aan de vislijn dat pijn zal doen als ik durf toe te happen.

'Misschien,' zeg ik. Ik weet zeker dat mijn moeder 'Nee' zal zeggen en mijn vader 'Waarom niet?' En dat ze dan allebei willen dat ik om half elf thuis ben, en dat is zó gênant, want die kinderen van het kampeerterrein mogen volgens mij blijven zolang ze maar willen.

'Golf in aantocht. Later.' En hij is weer in het water, hij duikt door de golven heen naar de plek waar het water alleen omhoog en omlaag deint. De plek waar geen tijd bestaat, alleen het hier en het nu en het wachten op de volgende.

Charley: Ziekenhuis. Nu.

Pete.

Pete.

Ik fluister zijn naam, ik hou hem vast en wacht.

'Wie ben jij?'

Maar meer is er niet; alleen het geluid van de klok in de kamer buiten me, eindeloos tikkend.

Tik, tak, tik, tak.

Laat iemand hem stilzetten, zet stil, ik word er gek van, maar ze horen me niet en het gaat maar door... en door... tik, tak...

Waarom zit ik gevangen en kan ik me niet bewegen?

Gevangen, met de tikkende klok en het eindeloze geluid van iemand die ademhaalt...

In. Uit. In. Uit.

Op. Neer. Op. Neer.

Net als de zee.

Donker.

'Mam!'

Ik mis haar, ik mis haar zo ineens en zo erg, alsof het stiksel dat me bijeenhoudt met een mes wordt opengereten en alle banden langzaam worden doorgesneden.

'Laat me niet alleen!'

Hal. Nu.

Als ik terugkom van het strand, is mijn moeder naar binnen gegaan, maar ze heeft de deur opengelaten. Ik hoor hun stemmen, ik zie hun schaduwen achter de gordijnen, ze zitten in de serre en weten niet dat ik hier ben, horen mijn voetstappen niet die geluidloos over het bedauwde gras lopen.

'Milly, ik vraag alleen maar of je erover na wilt denken, meer niet!' Mijn vader klinkt weer net zo boos als hij de laatste tijd altijd klinkt, maar die boosheid zit opgesloten achter zijn woorden, diep weggestopt, waardoor ze raar en zacht klinken, maar tegelijk ook scherp en gevaarlijk.

'Ik denk er ook over!' schreeuwt mijn moeder tegen hem. 'Ik kan nergens anders aan denken!'

Dan weer de stem van mijn vader, plotseling zacht en echt berouwvol.

'Dat weet ik toch, Milly, dat weet ik wel, maar ik wil zo graag weten wát je dan precies denkt.'

'Dat kan ik... dat kan ik niet zeggen...' Haar woorden sterven weg in wanhoop; ik zie dat de schaduw van mijn vader een arm om haar heen slaat en iets onhoorbaars tegen haar schokkende schouders fluistert.

Ik voel me koud en alleen daar voor het raam, ik begin weer te rillen, en dan hoor ik haar stem, Charleys stem, die door de met sterren bezaaide lucht weerklinkt.

'Mam!' roept ze, en het is alsof mijn eigen hart plotseling is losgeraakt van mijn lichaam en ik hoor heel duidelijk wat mijn moeder snikkend zegt: 'Maar om haar te laten gaan, Jon, hoe kan ik dat nou... ik kan dat niet... het idee alleen al...'

En dan is mijn hart weer terug, het pompt woest bloed door mijn lijf, het klopt snel van angst en afschuw.

'Charley!' Haar naam is eruit voordat ik me kan inhouden en haar antwoord komt even snel.

'Laat me niet alleen!'

En dan zie ik haar, ze drijft alleen en hulpeloos in de diepste, donkerste ruimte. Ik zie dat ze gewichtloos is en verdwijnt.

'Charley!'

'Hal?' Mijn moeder draait zich om naar het raam en ik ga ervandoor, ik weet niet waarom, ik wil gewoon niet bij hen in de buurt zijn. Ik kruip weg achter het hek en kijk naar mijn moeder terwijl ze op het muurtje gaat zitten wachten. Ik kijk naar mijn vader die met een beker naar buiten komt en bij haar gaat zitten. Ik hoor Sara roepen. Mijn vader gaat weg, maar mijn moeder blijft zitten, en dan dringt het tot me door dat ik er niet aan ontkom, dat ze opblijven tot ik thuiskom, hoe lang dat ook duurt. Ik sta op, mijn benen zijn stijf en ik probeer ze te strekken en niet de indruk te wekken dat ik me had verstopt.

Mijn moeder zit in het donker op het lage muurtje te wachten tot ik zo dichtbij ben dat ze zeker weet dat ik geen vreemde ben die op de verkeerde oprit terecht is gekomen. Ik roep niet, ik help haar niet. Dat kan ik niet.

'Hal?' Ze is gespannen.

'Ja, ik ben het.'

'Ik zat al naar je uit te kijken.' Ze klinkt verontschuldigend, ze kan er niets aan doen. Ik ook niet.

'Dat weet ik.'

'We vroegen ons af waar je...' Ik onderbreek haar.

'Met mij gaat het prima.'

'Ik wilde je nog zeggen...'

'Niks aan de hand.'

'Heb je al gegeten?'

'Ik heb geen honger.'

'Hal, het is al laat, en er is iets wat we...'

'Welterusten, mam.'

'Hal!'

'Tot morgen.'

'Hal!'

'Wat nou?'

'Hoe gaat het nou met je?'

Ik blijf op de trap staan, vlak bij de slaapkamer, bij mijn redding. Ik overweeg om daar snel naartoe te gaan, maar dat kan ik niet. 'Goed mam, ja cool, ik heb vandaag een...'

'We hebben vandaag het ziekenhuis gebeld, voor de zekerheid...'

123

'Ja oké, en ik heb een meisje...'

'En we hebben een gesprek met de specialist aangevraagd. Een van de verpleegkundigen dacht dat er een verandering was opgetreden, maar daar zijn de artsen het niet mee eens...'

Haar ogen glanzen door de ongehuilde tranen en voordat ik het weet, komen de woorden over mijn lippen, ze vragen geen toestemming en ik kan ze niet terugnemen.

'Oké, dus hier is niks bijzonders gebeurd, mam? Dus jullie hebben me echt helemaal niks te vertellen? Geen verandering in haar toestand. Weten jullie dat wel zeker? Is er echt niet een kleinigheidje dat jullie vergeten zijn me te vertellen?'

Waar komt dat allemaal vandaan? Maar ik ben woest, echt woest dat zij me alleen maar vraagt hoe het met mij gaat omdat ze dan daarna zo'n niksverhaal over Charley kan vertellen.

Dan is mijn vader er ineens, voordat ik het weet staat hij voor mijn neus. Hij doemt op uit het niets en hij grijpt me vast, trekt me de trap af, voordat ik een vinger kan verroeren om hem van me af te duwen.

'Jij ettertje!' Hij fluistert het, want hij wil Sara niet wakker maken.

'Heb je het over mij?' vraag ik, maar zijn enige reactie is dat hij me hard door elkaar schudt.

'Laat hem los, Jon, nú!' zegt mijn moeder op dreigende toon, waarop mijn vader me loslaat alsof ik een stuk stront ben dat hij net van zijn schoen heeft geveegd.

'Ga slapen, Hal. Je hebt een zware dag achter de rug.'

Mijn moeder klinkt vriendelijk, maar ook alsof ze op instorten staat, alsof ze alleen maar leeft op lucht en op haar grootste wens dat Charley op een dag weer helemaal de oude zal zijn. Wat vind ik mezelf nu ook een etter, omdat ik geen sorry kan zeggen terwijl ik weet dat ik dat wel moet doen, omdat ik weet dat zij probeert om haar grootste wens op te geven, terwijl ze door die wens op te geven alleen nog maar op lucht zou leven.

Als ik wakker word, is het grijs in de kamer en regent het buiten, een fijne motregen die als een natte deken in de lucht hangt en een grijze mist vormt die de zee en de heuvel verbergt. Ik kreun hardop. Heb ik dat echt gedaan, mijn vriendin (hé, *vriendin*, wat klinkt dat cool) vertellen dat ik visioenen heb? Heb ik dat echt gedaan, mijn verdrietige moeder een mes in haar rug steken? Ik draai me om en verberg mijn hoofd onder mijn kussen.

'Het regent, Hal!' Sarz slaakt een gilletje in de kamer naast me; dan schiet ze als een kanonskogel mijn kamer in en stuitert op het bed, boven op mij. Het voelt goed om gestompt te worden. Dat heb ik verdiend.

'Hal! Hal! Botje zit in een emmer in de regen! Straks gaat hij dood!'

'Botje is een vis, Sarz,' zeg ik tegen haar.

'Vinden vissen regen leuk?'

'Vissen houden van alle soorten water.'

'Hóúden ze daarvan?'

'Ja Sarz, daar houden ze van.'

'Papa zegt dat je een nieuw vriendinnetje hebt.' Ze verandert soms zo snel van onderwerp, heel gek is dat.

'O ja?'

'Ja, en ze heet Jackie.'

'Dat klopt.'

'Hal?'

'Ja?'

'Als de emmer nou helemaal vol met water zit, dan stróómt Botje misschien wel uit de emmer!'

'Dan zou Botje zeker doodgaan.' Ik zeg maar gewoon waar het op staat.

125

'O!' Ze denkt er een fractie van een seconde over na en gaat dan snel weer verder. 'Is Jackie jouw vriendin? Pingu de pinguin heeft ook een vriendin, maar die is helemaal niet lief. Die eet vissen op!'

'O ja?' Mijn hoofd tolt, alsof er een grijze mist in mijn hoofd hangt en ik niet goed kan zien.

'Ga jij nou ook levende vissen opeten?' vraagt Sarz.

'Wat?' Ze springt echt van de hak op de tak.

'Jij hebt nou ook een vriendinnetje, net als Pingu!'

'Nee! Tuurlijk niet! Ik eet alleen vissen als ze dood en gebakken zijn!'

'Hal? Eten vissen ook mensen op?'

'Ja, hele grote, haaien bijvoorbeeld.'

'O.' Ze denkt een tijdje na. 'In onze zee?' vraagt ze dan.

'Nee Sarz, niet in onze zee, onze zee is veilig.'

Dan schudt ze haar hoofd, heel langzaam en heel serieus, alsof ze er lang over heeft nagedacht, alsof ze wel beter weet.

'Dat is niet waar, Hal.'

'Wel waar. Er zitten echt geen mensenetende vissen in onze zee, dat zweer ik.'

'Maar er zijn van die gevaarlijke bloemendingen die ons kunnen opeten!' Ze knikt naar me; ik moet vreselijk lachen om het idee dat er een bos kwaadaardige geraniums onder de golven verscholen zit, en als ik eindelijk uitgelachen ben, is mijn humeur al flink opgeklaard.

'Jij bent echt de leukste grapjurk van de hele wereld!' zeg ik tegen haar, maar zij lacht niet, ze kijkt me alleen aan met een blik alsof ik haar nu ook al teleurstel. Dan loopt ze weg, met haar neus in de wind.

'Ik ga Botje redden,' zegt ze tegen me; het klinkt alsof ze bedoelt dat ze hem uit mijn klauwen moet bevrijden.

Ik stomp in het kussen. 'En ik ga in de tuin wormen eten.'

Dat zeggen we bij ons thuis altijd als we overal zó genoeg van hebben dat we zelfs onszelf niet meer kunnen uitstaan. Als ik eindelijk mijn ouders onder ogen kom in de keuken, zeg ik het nog een keer.

'Ik ga in de tuin wormen eten.'

'Goed idee,' zegt mijn vader. Hij kijkt me niet aan, hij is nog steeds veel te kwaad. Ik snap hoe hij zich voelt, ik vind hem ook niet leuk.

'Mag ik mee?' vraagt Sarz.

'Nee,' zeg ik. 'Zoiets moet je in je eentje doen.'

'Asjeblief?' vraagt ze, en ze kijkt me met grote ogen aan. Ik kijk naar mijn moeder.

'Volgens mij is dat inderdaad een solitaire bezigheid,' zegt ze; ze glimlacht, maar het is alsof het leven nog verder uit haar is weggetrokken vanochtend, want ze lacht alleen met haar mond. Haar ogen komen pas tot leven als ze naar Sara kijkt en dan zijn ze... dan zijn ze vol van iets wat ik niet goed begrijp. Mijn ouders zijn vanochtend niet samen, ze zijn mijlenver van elkaar verwijderd. Mijn moeder ziet grauw en is verdrietig, mijn vader boos en eenzaam. Als er iets is, zie ik dat altijd meteen.

'Kom mee, Sarz,' zeg ik, 'wormeneters hebben hier niks te zoeken.'

'En Botje dan?' vraagt ze.

'Nee, Botje gaat niet mee.' Ik klink heel beslist. Ik ga niet een emmer water half Cornwall door sjouwen.

'Laarzen, geen sandalen, Sara,' roept mijn moeder haar na. 'En bedankt, Hal.'

'Is goed, mam.'

Ze steekt haar arm naar me uit en knijpt in mijn hand. 'We houden van je, Hal. Dat weet je toch wel, hè?'

'Ja!' Ik probeer te lachen. 'Mam, sorry van... nou ja, ik bedoelde het niet zo...'

'Dat was gisteren, Hal,' zegt ze, zoals ik ook wel eens doe, en ze zucht alsof het einde van de week, als ze Charley gaat bezoeken, nog eindeloos lang duurt en ze zich afvraagt of ze het vandaag wel redt tot aan de middag.

'Mis je haar?' vraag ik. Dat is niet echt een vraag en het knikje is er genoeg antwoord op.

'Misschien ga ik wel iets eerder, Hal, want er zijn veel dingen die ik met de artsen wil bespreken.'

Ik knik, ik kan niets zeggen. Ik weet heus wel wat ze gaan bespreken.

'We missen haar allemaal,' zegt mijn vader. Ik probeer de woede te onderdrukken die in me opkomt, de razernij om dat stomme, stomme pa-gedrag van hem. Tering hé, tuurlijk missen we haar allemaal, wil ik zeggen, maar mama nog meer, en vaker, en het is helemáál niet voor iedereen hetzelfde, ook al zou je dat wel willen, en we kunnen het echt niet met elkaar delen. Maar ik knik alleen maar en ga Sara redden. Of misschien is zij het deze keer wel die mij redt.

Sarz loopt de weg op en houdt mijn hand vast, heel stevig. Ze buigt voorover tegen de regen; we lopen langs het café, dat er in de regen leeg en verloren uitziet. Brooke en haar moeder zwaaien naar ons achter de beslagen ruiten. Ze houden een beker warme chocolademelk omhoog, maar Sarz trekt me mee en ik laat me door haar meetrekken. Ik vraag me af wat mijn ouders nu tegen elkaar zeggen en vooral of er iets is wat ik kan zeggen of kan doen om ze van gedachten te laten veranderen. Misschien zouden ze anders over Charley gaan denken als Sarz en ik vrolijker waren.

'Ze wil nog niet dood,' hoor ik mezelf zachtjes zeggen.

'We gaan niet naar het beekje, hè?' Sarz kijkt me van onder haar wimpers verwachtingsvol aan.

'Jij mag het bepalen,' zeg ik tegen haar. 'Vindt je buik het goed als we deze kant op gaan?'

'Ja,' zegt ze, maar ze kijkt weifelend, alsof zij niet degene is die kiest waar ze naartoe gaat.

'Is het wel jóúw gevoel, Sarz?' vraag ik.

'Het zit vanbinnen,' zegt ze langzaam.

Ik leid haar een zijpad in, weg van de brug en de beek en het bos, maar ze trekt hard aan mijn hand.

'Hierheen, Hal,' zegt ze.

En dan gaan we opnieuw precies naar de plek waar Sarz me mee naartoe wil nemen, terwijl ik me afvraag of dat wel zo'n goed idee is. Ik weet eigenlijk niet of ik nu wel op een plek wil zijn die iets voor mij en Charley betekent, maar toch lopen we rechtstreeks naar het bos.

'Volgens mij houdt Charley van het bos,' zegt Sarz, alsof ze dat kan weten.

'Ja,' zeg ik, 'daar hield ze van.'

Ik kijk naar de zee; een staalgrijze deken die eindeloos door de motregen kruipt. Hij maakt vandaag een meedogenloze indruk, meedogenloos en lelijk, als een leger dat vastberaden is om aan land te komen.

'Ik ben geen grote meid, Hal,' zegt Sarz ineens, en ik word overspoeld door zo'n overweldigend gevoel van hopeloosheid, het gevoel dat ik nooit echt zal kunnen begrijpen wat ze voelt, of hoe ze iets bedoelt.

Ik zal nooit gewoon met Sarz kunnen 'zijn' zoals ik met Charley kon zijn.

'Nee, je bent niet groot,' zeg ik, 'maar je kunt wel naar de beek lopen.'

De beek stroomt in het diepst van het dal, verborgen in het bos. Als we het weggetje af zijn gelopen en over de brug komen, vormen de bomen een groene tunnel. Het water drupt van de bladeren op de aarde. Het is hier altijd stil en rustig; iedereen gaat naar Brackinton vanwege het strand, en het bos is een vergeten plek.

'Flapperdeflop, flapperdeflop,' zegt Sara zacht als we ons een weg banen over het modderige pad.

'Hmmm.' Ik luister niet echt naar Sara; ik denk aan de keren dat ik hier met Charley was.

'Wij gaan op berenjacht,' zingt Sara. 'We gaan een hele grote vangen, wat een prachtige dag, we zijn niet bang.' Ze hangt aan mijn hand en kijkt met grote ogen om zich heen.

Ik weet nog dat ik met Charley over dit pad liep; toen regende het ook. Hier gingen we altijd naartoe als het regende. Wat is het raar om zonder haar over dit pad te lopen. Het lijkt onwerkelijk dat ze er niet is. Een plotselinge windvlaag door de bladeren vult de lucht met het geluid van vallende druppels; daarachter hoor ik iets anders, iets wat zich verborgen houdt in de wind en me roept met haar stem.

'Kom op, Hal,' en dan neemt de wind af en verdwijnt, maar hij laat een stilte achter en een ruimte vol herinneringen; voordat ik het weet botst de tijd, kantelt de wereld en ben ik hier niet meer echt met Sara maar met Charley en we zijn voor de allereerste keer in dit bos...

Charley/Hal. Toen.

Ik ben elf.

Charley en ik lopen, onder de druppelende bomen, zwaar onder de indruk van de stilte en het gevoel dat alles om ons heen groter en ouder is dan wij. Tenminste, ík ben onder de indruk.

'Als we de beek blijven volgen, kunnen we niet verdwalen,' zeg ik, hoop ik.

'Dat dacht je maar!' lacht ze, en dat lichtje danst in haar ogen, als diepgroen mos dat het gevlekte licht vasthoudt. Ze gooit haar handen de lucht in, als een dirigent van de kosmische krachten, en ze schreeuwt door de stilte. 'Dit bos behéérst de stroom en kan het water overal naartoe laten afbuigen. Het kan ons naar huis brengen...' en dan komt ze heel dichtbij en fluistert, met haar zoete adem die naar citroensnoepjes ruikt '... of het kan ons het diepst van het woud in leiden, waar er alleen maar tijd is, en stilte.'

'Ach, schei uit, Charley,' zeg ik. Soms kan ze me echt bang maken. Ik raap een paar steentjes op en probeer me niks van haar aan te trekken. Ik keil ze over het water; ze ketsen over het oppervlak en komen op de oever aan de overkant terecht.

Ha, zeven, nou jij!' roep ik, maar als ik omkijk, is ze verdwenen. De stilte in het bos wordt nog dieper zonder haar, dreigender.

Ik raap nog meer steentjes op en ga door met keilen, terwijl ik intussen probeer te kijken waar ze is; als ik haar ontdek, zal ik er eens een naar haar toe keilen. Maar ik zie geen beweging in de struiken, ik hoor geen fluistering die haar verraadt, de enige geluiden zijn het gedruppel van de bomen en het geklater van de beek, dat gedempt wordt door het mos op de oevers en de doodstille lucht. Ik voel de paniek in me opwellen als ze niet terugkomt, paniek die tegen mijn ribben drukt, me dwingt om haar naam te roepen. Alleen de gedachte aan haar spottende lach weerhoudt me daarvan.

'Hal!'

Haar stem komt uit het niets. Ik draai me om en struikel, en ik schop stenen het stromende water in. Ze komt uit het bos aan de overkant en wijst achter zich in de lucht.

'Kijk!' roept ze. 'Zie je dat?'

'Hou op, Charley!'

Maar ze grijpt me bij mijn arm en trekt me over het beekje heen. 'Kijk dan Hal, in die boom, daar zit iets roods.'

Ze heeft gelijk: heel hoog zie ik iets wat een onmogelijke kleur heeft.

'Waarschijnlijk gewoon een oude sok!' zeg ik.

Maar ze kijkt me aan met grote ogen van opwinding. 'Laten we gaan kijken!'

Nee, laten we dat niet doen, laten we naar huis gaan en een kop thee drinken. Maar ze is al door de struiken op weg gegaan en omdat ik niet weer alleen wil achterblijven, ga ik haar achterna.

Als we door het kreupelhout en de braamstruiken heen zijn, staan we op een open plek.

'Kijk, daar,' zegt ze. Aan de overkant van de open plek staat een boom met een onwaarschijnlijk witte stam en limoengroen-met-gouden bladeren. De hele boom is bedekt met rode bloemen die omhoog klimmen en naar beneden hangen: één bloem is helemaal tot bovenaan gekomen en hangt daar toverachtig in de lucht.

Charley kijkt omhoog. We kijken allebei. Hoe komt die bloem daar? De steel is niet zichtbaar, het lijkt wel alsof hij in de lucht zweeft.

'Hoe komen we daar, Hal?' vraagt ze, maar ik schud mijn hoofd.

'Dat kan niet,' zeg ik, en ik kijk naar haar terwijl ze naar de bloem staart. Even verschijnt er iets in haar ogen, een bepaalde blik, een gevoel dat ik niet kan thuisbrengen maar dat me nog steeds achtervolgt. Ik moet nog vaak denken aan de blik waarmee ze naar die dieprode, dicht opeengepakte bloemblaadjes keek die boven ons in de lucht zweefden.

Het is een prachtige plek, maar angstaanjagend na wat Charley me heeft verteld over de bossen en de beek. Het voelt als het hart van iets ouds en vergetens dat wacht – misschien wacht het wel op twee nietsvermoedende kinderen die hier toevallig langskomen. Charley wendt zich van de bloem af en kijkt om zich heen.

'Volgens mij is het een oude tuin, Hal,' zegt ze. 'Misschien heeft hier ooit iemand gewoond.'

'Waar is het huis dan?' vraag ik.

'Kom, dan gaan we zoeken.'

Het huis doemt langzaam op uit het bos. Volgens mij hadden we verwacht dat het of helemaal gaaf en ongeschonden zou zijn, of juist een halve ruïne, maar het is geen van beide. Het is alsof het bos in de muren is gegroeid en het huis verbergt en beschermt. Het is maar klein, met een houten hek dat is overwoekerd en vergrendeld door klimop. We klimmen eroverheen, te opgewonden om iets te zeggen. De oude, houten deur ziet er dicht en afgesloten uit, maar de ramen zijn lege, zwarte gaten. We lopen er hand in hand naartoe. Als we dichterbij komen, houden we elkaar steeds steviger vast. Stel dat er ineens iemand tevoorschijn springt en tegen ons gaat schreeuwen? Erger nog: stel dat er een verschrikkelijk griezelig onbekend íéts tevoorschijn komt?

Maar er gebeurt helemaal niets, het huis staat daar gewoon maar, heel stil, en het laat ons dichterbij komen.

Het is donker binnen, veel te donker om iets te zien.

'Geef me eens een zetje, Hal, dan klim ik naar binnen.'

'Niet zonder mij.'

'Oké, maar ik ga eerst.' Ik vouw mijn handen en leun tegen de muur. Haar laarzen zijn nat en modderig in mijn handpalmen; ze glipt door de ruitloze sponning en laat zich op de grond zakken. Ik word overvallen door de panische angst dat ze niet meer terug zal komen, dat ik zal achterblijven bij de muur en er voor altijd op haar moet blijven wachten.

'Zie je iets?'

'Nog niet, sukkel!' Alleen haar stem is er nog, duidelijk hoorbaar door het zwarte gat.

'Dit is ongelofelijk Hal, er staan zelfs nog meubels en zo.' Ze komt terug en hijst me door het raam omhoog.

Het is alsof iemand hier op een dag is vertrokken en nooit is teruggekeerd. Bij de haard ligt een krant en in de leunstoel zit nog een kuil, alsof daar een spook zit dat naar ons kijkt.

'Kom, we gaan,' zeg ik, maar Charley grijpt me bij mijn arm en trekt me door een deuropening mee naar de keuken. Daar staan een groot fornuis en tinnen borden onder een dikke laag stof. Als we alles bekijken en aanraken en naar de trap lopen, komt langzaam dezelfde gedachte in ons op. Onze voetstappen aarzelen.

'Zou er boven een lijk liggen?' vraag ik.

Ze knikt en haar ogen beginnen te schitteren. 'Misschien wel!' Ze lacht. 'Alleen nog maar botten met een dikke laag stof en spinnenwebben!'

'Zullen we papa halen?'

Ze schudt haar hoofd. 'Nee, als papa het weet, is het niet zo leuk meer.'

Daar heeft ze gelijk in, maar toch zou ik willen dat papa hier was, want als we iets akeligs tegenkomen, kan hij ons beschermen en kan ik intussen mooi wegrennen. Charley kan veel harder rennen dan ik.

'Zullen we?' vraagt ze en ik knik. Het is een houten trap, de treden kraken en kreunen en er dwarrelen grijze stofwolken om onze voeten. Ik knijp mijn ogen dicht en houd Charleys hand vast.

'Welke deur?' Ik schrik van haar stem en we beginnen te giechelen. Ik doe mijn ogen open. Recht voor me is een muur met twee deuren, aan weerszijden van ons. Ik wijs op de deur aan haar kant, want dan moet zij als eerste naar binnen. Ze doet de deur open.

De kamer is bijna leeg. Er staat een groot ijzeren ledikant met een bobbelig matras dat eruitziet alsof er muizen in hebben gewoond. Er staat nog een glas op het nachtkastje, met daarin een opgedroogde groene kring, vol stof en dode insecten.

'Ongelofelijk!' fluistert Charley. Het stof komt in beweging en ze niest. Dat klinkt zo hard dat we er opnieuw van moeten giechelen.

'Kom, wegwezen!'

Charley hoest en niest en lacht door al dat stof, maar als we de kamer uit komen, gaat ze niet naar beneden. Ze gooit de deur van de andere kamer open en begint ineens te gillen. Ze zakt gillend op de grond en ik kan niet langs haar heen, dus ik begin ook te gillen.

'Wat? Wat is er?'

'Daar!' Ik kan haar niet goed verstaan, maar er komt niets de kamer uit en ik kan niet langs haar heen naar de trap, dus ik ga naar binnen. Dan is ze stil. De kamer is leeg, er staat alleen een kinderbedje onder het raam. Voordat ik weet wat ik doe, sta ik ernaast.

'Hou je kop, Charley, dat is een pop!' schreeuw ik, maar ik ben ook bang, zelfs als ik de pop oppak, bang dat die ogen zullen gaan knipperen als ik me omdraai, dat die mond zal gaan bewegen. Ik gooi de pop naar Charley.

'Stomme pop, ik ben me bijna dóódgeschrokken!' roept ze, en dan worden we uitzinnig van opluchting. We razen door het huis, trekken kasten open, scheuren oude kleren aan flarden. Ons gezicht en onze handen zijn zwart van oud roet en stof. Pas als Charley op haar horloge kijkt, stoppen we.

'Shit, we komen te laat voor het eten!' We leggen niets terug, we rennen weg, door de bossen naar huis, en bij de beek gooien we water naar elkaar om het stof weg te krijgen.

'Nou zeg, jullie hebben je zo te zien uitstekend vermaakt,' zegt mijn moeder als we thuiskomen.

'Dammetjes gebouwd,' zeggen we allebei, en dan glimlachen we naar elkaar. 'Sorry, mam!'

'Stop die kleren in de wasmand, in de keuken staan boterhammen klaar. Jemig, wat een stel zijn jullie toch,' moppert ze – maar ze was toen gelukkig, ze was gelukkiger dan wij beseften. Blij dat wij plezier hadden gemaakt, blij dat we elkaar hadden.

Hal. Nu.

Ik ga op een boomstam zitten en probeer rustig te ademen. Ik wil niet terugdenken aan toen we nog een gezin waren. De pijn brandt, als een mes dat heel stil en snel naar binnen gaat, dat gevoelloosheid belooft maar alleen maar meer pijn doet als de herinneringen omhoogkomen en over de rand stromen.

'Ik mis je, ik mis je, ik mis je.'

'O, Charley, Charley, Charley.'

Wat is dat toch met namen? Hoe komt het dat als je een naam hoort in je binnenste, als een fluistering, steeds opnieuw, het soms net is alsof je iemand vasthoudt?

'Hal! Kijk!' Sara trekt aan mijn hand en wijst omhoog, met haar hoofd in haar nek om het te kunnen zien, maar ik hoef niet te kijken. Ik zie dezelfde bocht in de beek, ik zie de resten van dammen van vroeger, ik heb het pad door de struiken al gezien.

'Dat is een bloem,' zeg ik, 'een bloem in een boom.' En als ik opkijk zie ik hem: precies dezelfde bloem, die nog steeds onwaarschijnlijk hoog in een onwaarschijnlijke boom hangt.

Ik zie weer de blik in Charleys ogen toen ze ernaar keek.

'*Hoe kan ik daar komen, Hal?*' Haar stem en haar ogen achtervolgen me.

'*Dat kun je niet,*' zeg ik nu tegen haar. '*Je kunt er niet bij, Charley, daarom is hij juist zo mooi.*'

En nu, terugkijkend, begrijp ik de blik in haar ogen toen ze in de bladstille lucht omhoogkeek naar de bloem die daar zo stil hing, zo roerloos en afwachtend; het was het verlangen naar iets wat je nooit kunt krijgen. Dat lag toen in haar ogen, en nu zit het in mijn buik.

'*Ik mis je, ik mis je, ik mis je.*'

'Ik vind die bloem niet leuk!' zegt Sara en ze klampt zich vast aan mijn been.

'Het is een verdrietige bloem, hij is eenzaam,' hoor ik mezelf zeggen. Maar eigenlijk ben ik het die eenzaam is, ook al staat Sara naast me. Ik weet dat ik vanaf nu altijd degene zal zijn die vooroploopt, dat ik niet meer degene kan zijn die achterblijft; heel vreemd is dat, en ik mis het ineens zo. Ik mis alles. Dat ik achter Charley aan de beek overstak, achter haar aan het lege huis binnenging. Ik mis haar verhalen en haar plannen. Ik mis het dat ze me verschrikkelijk aan het schrikken maakte en dat ze altijd dingen in gang zette. Ik weet dat ik sommige dingen nooit meer zal doen omdat zij er niet meer is om me aan te sporen.

Ik sta op en help Sara de beek over en ga met haar naar het kleine huis.

Waar ben ik nou mee bezig? Waarom ga ik terug? Maar ik kan het niet laten, ik word de beek over getrokken, net zoals Charley destijds, naar het huis en naar de bloem, alsof ik aan een lange, onzichtbare draad zit die me voorzichtig daarheen trekt.

'O, kijk!' zegt Sara. 'Een huis! Is dat een toverhuisje? Zit er een heks in? Is er ook een oven, Hal?' En dan word ik om een of andere maffe reden kwaad op haar, kwaad omdat ze zo onbevreesd en opgewonden en nieuwsgierig is... en zo op Charley lijkt.

Charley: Ziekenhuis. Nu.

Donker...

'Ik mis je, ik mis je, ik mis je.'

Zijn stem wekt me, fluistert over pijn, over donker en alleen en verdwaald, en hij kijkt... in zijn ogen staat... iets... een bloem!

Ik zie de bloem.

Ik kijk als een van mijn handen langzaam de lucht in gaat, voorbij deze plek waar ik vastzit en stervende ben, hij reikt omhoog naar de dieprode bloem. Die zit zo hoog, zo onmogelijk hoog en buiten bereik.

Ik wil hem hebben.

Mijn hand reikt hoger door de lucht, ik kijk terwijl hij dichterbij komt... dichterbij... tot mijn hand er maar een ademtocht van verwijderd is. Ik voel een brandend verlangen door mijn lichaam trekken, bezit van me nemen zodat elke vezel van elke vinger en teen zich uitstrekt, hunkerend, zo ver mogelijk, tot ik hem bijna kan pakken, die bloem van diep, rood leven, van schoonheid, ik voel de blaadjes bijna langs mijn vingers strijken... ik ben er bijna...

De pijn komt plotseling, als een stomp in mijn maag; zijn stem komt vanuit het niets, uit de dode tijd, de verloren tijd, en de poging die terug te halen.

'Ik mis je, ik mis je, ik mis je.'

'Hal!'

'Charley! Charley! Charley!'

Hij roept mijn naam tot leven.

De bloem is weg, alleen het verlangen is over; ik val, ik val, weg van de herinnering aan de bomen en de bladeren en de bossen, tot alleen het verlangen om te leven over is... om te zijn waar hij is...

'Waar ben je, Hal?'

Hal. Nu.

Ik sta voor het huis met Sarz. Ik kijk op haar neer.

'Ik vind het niet leuk, Hal,' zegt ze weer. 'Ik vind die rode bloem niet leuk. Is die bloem in de lucht gesprongen?'

'Zullen we dan maar weggaan?' vraag ik; mijn hart bonst.

'Zullen we het huisje binnengaan?'

'Kijk naar me, Charley.'

Charley: Ziekenhuis. Nu.

'Kijk naar me, Charley.'

Zijn stem vult het donker... ik kan niets zien... ik ruik rook, gevaar...

Waar zijn ze? Ik weet het niet, ik weet het niet, ik voel alleen maar deze angst.

Angst, ik voel de angst in mijn vingers kruipen.

'Hal! Nee! Ga daar weg!'

Het gevoel is waar zij zijn.

'Waar zijn jullie, Hal? Sara?'

Het duister komt dichterbij, tot ik doodstil lig, hulpeloos, beweginloos...

Tot ik me alleen maar in het donker kan vasthouden aan zijn naam, als aan het geluid van een onbreekbare hartslag...

'Hal... Hal... Hal...'

Hal. Nu.

Het huis voelt anders. Dat merk ik meteen.

Ik ruik het. Vuur. Iemand heeft hier vuur gestookt. Het fornuis in de keuken zit vol kranten en twijgjes. Op tafel staan bierblikjes. Iemand gebruikt dit huis, woont hier.

'We moeten weg,' zeg ik tegen Sara, want plotseling giert de angst door mijn aderen, maar Sara is gefascineerd en loopt nieuwsgierig rond.

'Wie woont hier?' vraagt ze.

'Charley en ik kwamen hier wel eens,' zeg ik tegen haar. Haar gezicht betrekt en ze kijkt voorzichtig om zich heen, alsof ze bang is dat Charley ineens zal opduiken.

Ik pak haar bij haar hand. 'Kom mee, we gaan!'

Ze trekt zich los.

'Je doet me pijn, Hal!'

'Sorry Sarz, ik...' Hoe moet ik haar dat nou uitleggen, dit paniekgevoel, deze plotselinge aandrang om te vluchten? 'Ik heb een naar gevoel in mijn buik,' zeg ik. Maar ze heeft zich al omgedraaid, ze staat over de as in de haard gebogen en tekent er met haar vinger vormen in. Ik kniel om haar omhoog te helpen, maar dan valt mijn oog ergens op, iets glinsterends in het stof. Ik raap het gedachteloos op. Eerst lijkt het alleen maar een oude oorbel, maar als ik hem over mijn mouw wrijf, staat mijn hart bijna stil. Het is inderdaad een oorbel, maar niet zomaar een. Hij is van Charley. Er is geen twijfel mogelijk: dat dieprode glazen balletje en het groene en rode bladmetaal dat erin gedraaid zit. Het is er een van een paar, de andere zit in mijn oor. Die oorbel is het laatste dat ik van haar heb, ik draag hem altijd, net zoals zij altijd deed. Ik heb me vaak afgevraagd waar die andere gebleven was. Ik heb er zelfs wel eens naar gezocht tussen het wrakhout op het strand, in de hoop dat de zee hem op een dag zou teruggeven. En nu heb ik hem gevonden.

Hoe komt die oorbel hier?

Ik kijk ernaar in mijn handpalm, ik haal de andere uit mijn oor om het te controleren, maar ik heb gelijk, het zijn dezelfde.

Hoe is hij hier terechtgekomen?

Ik kijk om me heen.

Waarom zou Charley hier in haar eentje naartoe zijn gegaan? En dan dringt het tot me door: dat zou ze nooit doen, dus moet ze hier samen met iemand geweest zijn.

En misschien is die iemand hier nog steeds; naast de haard ligt een slaapzak. De gierende angst steekt opnieuw de kop op.

Er wordt aan mijn mouw getrokken.

'Waar is die P van?' vraagt Sarz.

'Wat?'

'Wie is Puh?'

'Waar heb je het over, Sarz?'

'Daarboven!' zegt ze, en ze wijst naar een oude, eiken balk boven mijn hoofd.

Ik kijk op, maar ik kan eerst niet geloven wat er in dat oude hout gekerfd staat.

Charley.

En Sarz heeft gelijk, er staat een andere naam naast.

Pete.

Charley + Pete.

Het staat in het hout gekerfd, de namen zijn met elkaar vervlochten, prachtig uitgesneden, maar zo diep in het oude hout van de haard dat het overduidelijk is dat iemand de hele wereld wilde laten zien dat zij hier samen waren.

Er staat een datum bij.

28/8/06.

Mijn hart stopt. Ik weet precies wanneer dat was, de dag voordat ik haar heb gevonden. De lucht in het huis gonst nu, dreunt, alsof de herinneringen ons op de hielen zitten en ons mee zullen voeren.

Ze heeft iemand anders meegenomen naar deze plek in het bos.

Hier is het bewijs, het staat in de oude balk gekerfd. Iemand die Pete heet. Wie ben jij, Pete? Wat heb jij met mijn zus te maken? Ben jij soms die gedaante die naar haar stond te kijken?

En dan hoor ik haar stem die naar me roept...

'Hal! Nee! Ga daar weg!' en ik krijg een vreemd gevoel, zo scherp als koude regen, vol angst en duisternis.

'Pete.' Ik spreek de naam hardop uit.

'Puh van Pete?' vraagt Sarz.

'En waarom heb ik jou verdomme nog nooit op het bezoekuur gezien?' roep ik tegen die naam.

'Je mag niet vloeken!' zegt Sara. Ik was haar helemaal vergeten, maar ze staat nog steeds naast me.

'Hal... ga daar weg... Hal...'

'Kom, we gaan, Sarz.'

'Heb je buikpijn, Hal?'

'Ja, heel erg.'

Ik til haar door het raam naar buiten; als ik ook weer buiten sta, pakt ze mijn hand vast.

'Vlug Hal, die bloem zit daar nog steeds.'

'Sara, dat is gewoon een blóém, in een boom,' snauw ik. Mijn hoofd gonst van angst, angst die ik niet kan plaatsen, ik kan het niet verdragen dat het huis niet meer is zoals het was, en ik ben bang voor die Pete, of wie het dan ook is die in ons huis zit, want er is pas een vuur gestookt en het hout ligt alweer klaar, en het láátste waar ik me zorgen om maak is die shitbloem in de boom.

'Niet aankomen, Charley!' schreeuwt Sarz plotseling in de stille, bewegingloze lucht.

De bloem hangt buiten ons bereik; heel even, één bizar moment, wens ik dat ik erbij kan. Dat ik hem af kan rukken en elk blaadje kan afplukken en ze in de kolkende beek kan gooien. Ik wil erop stampen tot hij verpletterd en onbeduidend in de modder ligt.

'Het is maar een bloem, Sarz,' zeg ik terwijl we weglopen.

'Ik vind hem niet leuk, Hal,' zegt ze. 'Ik krijg er een naar gevoel van in mijn buik.'

Ik zit op het terras en kijk naar de wolkenschaduwen die over de berghelling jagen en ik denk na. Zou die barbecue ondanks de regen doorgaan? Zou Jack er ook zijn? Ik weet niet wat ik aan moet trekken. Ik weet niet eens of Jack nog steeds wil dat ik ook kom.

Het weer verandert voortdurend. Grote cumuluswolken pakken zich samen, als schapen zonder kop, en de zon daarachter geeft ze diepte en maakt de randen lichter.

'Hal... Hal... Hal...' Ik voel dat ze zich aan me vastklampt, mijn naam gijzelt...

Wie ben jij, Pete? Waar ben je? Heb je vanaf het kampeerterrein hierheen gekeken, op zoek naar Charley? Zit je nu ook naar mij te kijken?

Mijn hoofd voelt net zo veranderlijk als de wolken.

De zon verdwijnt even helemaal achter een wolk. Ik huiver.

Er loopt iemand over mijn graf.

'Wil je thee, Hal?' roept mijn vader.

'Nee, dank je.'

'Ga je vanavond weg?'

'Ja, ik hoop het wel.'

Mijn moeder komt naar buiten, met een theedoek over haar schouder. Haar haar glipt uit de greep van haar zonnebril en waait om haar gezicht. Ze is bruin geworden, maar dat helpt niet, haar ogen staan nog dieper en verdrietiger. Haar haar krult, zoals altijd in de zoute zeelucht, en er zit een veeg van een of andere saus op haar wang.

'Eet je met ons mee of ga je barbecuen?' vraagt ze.

'Barbecuen.' Ik weet niet waarom ik dat niet vriendelijk kan laten klinken, maar dat gaat niet, het komt er heel kortaf en onuitnodigend uit.

Dochtermoordenares.

Ho!

'Ik zal je iets meegeven, je kunt niet met lege handen aankomen. Wat zou je willen? Hamburgers, worstjes, maïskolven?'

Ik denk na.

'Vis, zeemeermin, octopus?' gaat ze verder.

'Doe maar wat!' zeg ik uiteindelijk. Ik hoor dat ze scherp inademt, maar haar woorden inslikt.

Vroeger zou ze me meteen terechtgewezen hebben. 'Sla niet zo'n toon tegen me aan,' zou ze zeggen. 'Ik bied je iets aan, jongeman. En als mensen je iets aanbieden, zeg je "Dankjewel", dat geldt ook voor je ouders, begrepen?'

Ik mis haar. Ik mis niet alleen Charley, ik mis ook mijn moeder van vroeger, die me terecht zou wijzen, mijn vader van vroeger, die niet zo snel boos werd. Ik mis gewone ouders, ouders die niet bezig zijn met de vraag of ze een van hun kinderen wel of niet moeten doden.

'Hal?' vraagt ze.

'Ja?'

'Je gaat niet in het donker zwemmen.'

'Ja ja.'

'Niet "Ja ja", Hal. Nee.'

'Begrepen.'

Ze knikt en draait zich om.

De vlinders komen terug. Steeds als ik aan Jack denk, dansen en fladderen ze in mijn buik, ook al zijn ze op een rare manier ook verbonden met mijn angst om Charley, maar toch wint de herinnering aan Jack. Aan haar warme huid in het donker, aan hoe zacht en mooi haar lippen zijn met nog wat zout erop.

Ik sta op en neem een lang bad, dan kies ik een korte broek van Salt Rock en een T-shirt met lange mouwen. Mijn haar zit voor geen meter. Hoe langer het wordt, hoe meer het opkrult aan de randen. Ik laat het maar zo. Mijn neus is verbrand, mijn huid wordt al bruin. Als ik dit shirt draag, hebben mijn ogen een blauwe gloed. Die ogen zijn beslist het leukste aan mij, denk ik als ik naar de jongen in de spiegel kijk. Ik kijk er diep in en zie dat ze van kleur veranderen.

Ik lach.

Dit spellctje speelden Charley en ik soms. Dan trokken we steeds andere kleren aan en keken in de spiegel om te zien of onze ogen van kleur veranderden. Dan voelden we ons vreemd en speciaal; en blij, besef ik met een schok, blij dat we elkaar hadden. Want als dat niet zo was, zou het misschien alleen maar raar zijn om zulke ogen te hebben.

Ik kijk in de spiegel naar mijn ogen, van steeds dichterbij, tot ik niets anders meer zie. De vlinders fladderen in mijn buik; ziet Jack mijn ogen ook zo? Wie is het die zij ziet? Ben ik dat echt? En wat wil Charley mij laten zien? Langzaam vervaagt de kamer achter me, tot er alleen nog twee diepgroene ogen zijn, ogen die de kleur hebben van een gave, geslepen smaragd, vol licht.

Maar mijn ogen waren toch blauw?

Ik weet meteen dat de ogen die me in de spiegel aanstaren, niet meer de mijne zijn. In een afgrijselijk moment, in een fractie van een seconde ben ik nergens, niet in de spiegel en niet in de kamer.

Ik kijk recht in Charleys ogen. Ze kijken me aan, net zoals de mijne, en ze stellen dezelfde vragen.

'Wie ben jij?'

'Wie is Pete, wie is Jackie, waarom zijn we verliefd op ze? Zijn *zij verliefd op ons? Zie ik er zo goed uit?'* De vragen buitelen door de ogen in de spiegel. *'Hal... Hal... Hal...'* Het fluisteren in mij gaat door en dan lachen die ogen en wenden zich af.

'Ben ik geen lekker ding?' vraagt Charley pruilend. *'Echt een lekker ding?'* Ze draait haar hoofd met een snelle beweging om en kijkt over haar schouder naar zichzelf.

Ik struikel naar achteren. Dat is mijn spiegelbeeld. Ben ik dat, met die rare sexy wiebelkont-pose?

Shit.

De kamer begint te draaien en staat dan stil, neemt langzaam weer vorm aan in de spiegel; mijn eigen lijf komt terug, doemt op uit het niets en wordt weer vastomlijnd, een echte, stevige gestalte die geschokt in de spiegel staart.

Het is alsof de spiegel ons met elkaar verwart, een overeenkomst ziet en een oude herinnering prijsgeeft die ergens diep in het kwik verborgen ligt.

Maar nu ben ik het die hier staat, ik ben het die zo peinzend kijkt en zich afvraagt of ik de moeite waard ben om gekust te worden. Mijn ogen zijn blauw, niet groen, mijn wimpers donker. Mijn ogen zijn van mij, niet van Charley.

Wat gebeurt er toch?

En dan snap ik het, want eigenlijk is het heel logisch. Het komt doordat ik al die dingen doe die Charley vorige zomer deed. Zij werd toch ook verliefd op iemand? Zij keek toch ook steeds in de spiegel en vroeg zich af of ze een lekker ding was? Dat deed ze, dat weet ik zeker. En zelf kan ik wel wat oefening gebruiken.

Ik wend mijn blik af.

Soms heb ik er de pest aan dat mijn ogen me aan Charley doen denken.

Ik kijk naar haar oorbellen, die weer naast elkaar liggen op de oude eiken kaptafel. Het lijkt alsof ze mij naar de verloren oorbel heeft geleid; als ik nu maar de juiste woorden kon vin-

146

den, als ik nu maar kon begrijpen wat het is dat ik me van haar moet herinneren, dan zouden de kleuren in dat glas ontwarren, ze zouden helder worden en me tonen wat ze in haar laatste ogenblikken hebben gezien. Dat moeten ze haast wel weten, want zij droeg die oorbellen altijd. Ik pak ze en laat ze over mijn handpalm rollen, in het zonlicht.

'Charley!' fluister ik. Ik doe de ene oorbel in mijn oor en stop de andere in mijn broekzak, waar ik hem tegen mijn heup voel drukken. Een klein stukje Charley.

'Succes,' meen ik haar te horen fluisteren. Ik ben klaar, klaar voor deze avond. Klaar voor de herinnering.

'Ik ben bij je, Charley,' fluister ik, en dat is ook zo, we zijn op dezelfde plaats, we worden allebei verliefd. Misschien is dat het enige wat ze vorige zomer deed, misschien is dat alles wat ik me moet herinneren?

'Hal... Hal... Hal...'

Buiten gaat de avond door met plagen. Het ene moment valt er warm, zwoel zonlicht van achter de zware wolken die vanuit zee over land drijven. De zee is dan weer onstuimig en dan weer spiegelglad, alsof hij geen besluit kan nemen. Ik wacht. Ik wacht tot Jack over het paadje van het kampeerterrein komt aanlopen, de brug oversteekt en omhoogkijkt, me een teken geeft. Aan één blik heb ik al genoeg.

Maar als ze verschijnt, is het veel beter dan dat.

Ze komt van de heuvel aan de overkant aangerend, haar lange, gouden benen glanzen in de zon, ze heeft een minuscuul broekje aan, uitdagend, verrassend.

Spannend.

Ze staat op de weg onder me en kijkt omhoog, haar glanzende oranjegouden haar zit naar achteren en wordt op zijn plaats gehouden met een zonnebril, en met haar hand schermt ze haar ogen af tegen de zon, en tegen mij.

147

'Hé, Hal! Kom je?' roept ze naar boven.

'Ik kom eraan.' Ik probeer niet te hard te lopen.

'Cool doen,' fluister ik in mezelf, maar daar heb ik helemaal geen zin in. Ik heb zin om te dansen en te zingen. Ik heb zin om het uit te schreeuwen en rond te rennen en me aan haar voeten te werpen en eindeloos 'Dank je wel' te zeggen.

'Hoi,' weet ik uit te brengen.

'Hoi. Waar zat je?'

'O, hier en daar.'

'Ik heb je niet gezien.'

'Heb je me dan gezocht?'

'Maak jezelf maar niks wijs.'

'Doe ik niet!' Ik wil haar hand pakken, maar die doet ze achter haar rug. Ze lacht naar me. Haar gezicht komt langzaam dichterbij, haar ogen lachen.

'Weet je zeker dat je moeder niet kijkt?' fluistert ze als ze vlak bij mijn gezicht is.

Ze ziet eruit als een kat, een kat met heel groene ogen en klauwen die verborgen zijn achter zachte zoolkussentjes. Ik ga iets naar achteren, bij haar vandaan; ze lacht, pakt mijn hand en rent met me naar het strand.

'Waarom vind je mij leuk?' De vraag komt zomaar op. Ik hoorde hem niet eens aankomen, maar nu hij eenmaal tussen ons in de lucht hangt, vind ik wel dat er een antwoord op moet komen. Wat moet een kanjer zoals zij met mij?

We staan elkaar een tijdje aan te kijken. Ze neemt me onderzoekend op, alsof ze zelf ook een antwoord probeert te bedenken.

'Dat weet ik eigenlijk niet,' zegt ze na een tijdje en dat is grappig, ze is heel grappig. 'Kom mee naar de anderen,' zegt ze dan en ze trekt me mee over het strand.

'Cool,' zeg ik, maar zo voel ik me helemaal niet. Mijn hart bonst en ik voel dat mijn oksels beginnen te prikken.

'Hé Jack, wie is dat jochie?' Een grote, harige jongen.

'Wie is die neanderthaler?' vraag ik, zo hard dat hij het kan horen. Maar zij schudt alleen maar aan mijn arm alsof ze me zo het zwijgen wil opleggen.

'Gedraag je, Jake,' zegt ze tegen de neanderthaler. 'Hij heet Hal.'

Jake-neanderthaler steekt zijn hand uit alsof hij een mens is en ik ben zo stom om erin te trappen. Hij trekt zijn hand terug en doet alsof hij een kopje thee drinkt met zijn pink in de lucht.

'O, alleraardigst kennis te maken, Henry!' zegt hij met een waardeloos geïmiteerd bekakt accent.

'Helaas kan ik niet hetzelfde zeggen,' breng ik met moeite uit. Kon ik mijn stem maar wat beter onder controle houden; ik klink soms als een hyena. En op dat moment zie ik een bloedmooi blond meisje dat bij de rotsen naar me staat te kijken. Ik slik. Misschien voelt ze zich aangetrokken door mijn stem. Ik lach naar haar, wie zou dat zijn? Ze staat maar naar me te kijken, maar het lijkt alsof ze iemand anders ziet.

'Geen gekibbel, jongens,' zegt Jack.

Jake gooit met een nonchalant gebaar een nootje in de lucht, houdt zijn hoofd achterover en doet zijn mond open. Doink, precies in de roos. Hij glimlacht naar iedereen op zo'n domme, schattige hondjesmanier zoals surfers dat kunnen, hij knikt langzaam en wacht tot ze allemaal beginnen te lachen. En dat doen ze braaf, want het is grappig.

Ik sta ineens tussen allemaal grappige mensen. Hé! Misschien vind Jack me daarom wel leuk: omdat ik me bij die telefooncel op mijn knieën liet vallen en haar aan het lachen maakte.

'Ik daag je uit tot een duel,' zeg ik zomaar tegen Jake.

'Ja, bij zonsopkomst op het strand!' roept een meisje.

'Uitdaging aangenomen,' zegt Jake, terwijl hij langzaam knikt.

'Pinda's op dertig stappen?'

'Doen we,' zegt hij, hij begrijpt het meteen. Hij grijnst naar me, haalt een handvol nootjes uit de zak en geeft ze aan mij. Iedereen lacht, stelt vragen en verdringt zich geïnteresseerd om ons heen.

Jack is zo te zien blij dat ze me heeft meegenomen. Ze vindt dat ik het goed doe, dus dan vind ik het ook goed. Ze heeft het naar haar zin.

'Oké, mannen,' roept ze. 'Ruggen tegen elkaar.'

We staan rug aan rug, Jack telt de passen. Bij dertig draaien we ons om, naar elkaar toe, gooien allebei een nootje in de lucht en staan er als gekken onder te dansen om het recht boven onze mond te krijgen. Ik scoor als eerste, hij mist.

Dan gooit hij. Ik mis.

Ik gooi met effect en vang het met een extra draai.

'Penalty!' roept een lolbroek.

'Niet nodig, wacht maar!' roept Jake.

Hij gooit het volgende nootje fenomenaal hoog de lucht in en weet het toch nog met zijn mond op te vangen. De toeschouwers klappen en fluiten enthousiast.

'Dat was onmogelijk!' zegt hij grijnzend.

'Mwah.' We moeten nu allebei vreselijk lachen en we stoken elkaar op. Hij maakt een soort pirouette en komt op zijn rug terecht. Ik laat me uit medeleven op mijn knieën vallen.

'Gelijkspel?' stelt Jack voor. En dan vind ik Jake ineens geweldig en voelt alles goed. Ik voel me thuis, allerlei mensen stellen me vragen. Ik kijk om me heen of ik dat blonde meisje nog zie, maar ze is weg, verdwenen. Eén vreemde seconde lang vraag ik me zelfs af of ze er wel echt was.

'Hé Hal, waar woon je eigenlijk *in real life?*' vraagt iemand. Het is alsof ik deel uitmaak van een groter geheel, anders dan thuis, breder. Misschien was dat vorig jaar met Charley ook wel zo, denk ik, misschien voelde ze zich gelukkig en opgenomen in de groep. Ik druk een koud biertje tegen mijn voorhoofd en verdring die gedachte. Dit is míjn leven, niet dat van Charley. En dan voel ik haar oorbel tegen mijn heup drukken, alsof ze protesteert. Jack omhelst me. Precies op het moment dat ik teruglach naar haar, met een dankbaar gevoel, horen we een stem.

'Hé, Jack!' De stem onderbreekt ons.

'Kijk uit, Pete!' roept iemand als een lange, donkere gestalte tussen de anderen door recht op ons af komt.

Pete! Ik spits mijn oren.

Ik kijk. Hij is groot, een grote gedaante. Dan zie ik zijn gezicht in het schijnsel van het vuur. Er komt iets in me naar boven, een herinnering, en dan herken ik hem: ik heb hem bij ons tuinhek gezien, op de dag dat we hier aankwamen.

Heeft hij ons in de gaten gehouden?

De moed zinkt me in de schoenen, want hij is echt zo'n type waar alle meisjes op vallen en hij loopt recht op Jack af. Heel even begint mijn hart te bonzen van angst, hij steekt heel groot en donker af tegen het vuur. Als het op een gevecht uitloopt, kan ik vast niets tegen hem beginnen.

'Oké. Waar is-ie? Geef hier.' Hij steekt zijn hand uit naar Jack, met de handpalm naar boven, en wacht. Het is duidelijk dat hij haar goed kent, heel goed.

Iedereen is stil. Het vuur knettert achter hem. Mijn benen worden koud omdat hij de warmte tegenhoudt.

Jack kijkt naar hem op. Ze trekt haar knieën op en slaat haar armen eromheen.

'Wat moet ik geven?' vraagt ze.

'Geef nou maar, oké?' Hij is kwaad op haar, zó kwaad dat hij zich er niets van aantrekt dat iedereen naar hem staat te kijken. Mij lijkt hij niet eens te zien.

'Wát moet ik dan geven, eikel?' Jack is ook kwaad; het is duidelijk te merken dat ze geen idee heeft waar hij het over heeft, maar hij gaat gewoon door.

'Dat weet je best,' zegt hij. 'Het is niet grappig, Jack, helemaal niet grappig om dat van me te pikken.'

'Pete!' schreeuwt ze. Dan vallen alle puzzelstukjes op hun plaats. 'Ik heb helemaal niks van je gepikt!' schreeuwt ze terug. Het is heel eng dat ze allebei zo plotseling zo kwaad zijn op elkaar. Ik houd haar hand stevig vast.

'Die oorbel, geef op,' schreeuwt hij.

'Hoe kan ik die nou van je gepikt hebben?' schreeuwt ze terug. 'Had ik hem dan uit je oor moeten trekken of zo?' Ze knijpt hard in mijn hand, die tussen ons in verborgen ligt, maar het is alsof die twee in een andere wereld zitten, alsof ze helemaal niet merken dat wij hier ook zijn.

'O, nee toch!' zegt een ouder meisje, een mooi meisje met een kapsel in de vorm van een klok. Ze klinkt verdrietig en bezorgd. 'Je bent toch niet die ene oorbel kwijt, Pete, die je van Charley hebt gekregen?'

Dus dit is hem. Dit is dé Pete, op wie ze zo nodig verliefd moest worden vorig jaar. Hij is het dus die in het huis kampeert. Hij heeft haar oorbel in het stof laten vallen. Maar waarom denkt hij dat Jack hem heeft gepikt? En dan valt het laatste puzzelstukje op zijn plaats en slaat de woede toe, maar nu ben ik woedend op allebei.

Ik laat Jacks hand los en ga staan.

'Hou op, Pete,' zeg ik. 'Ze heeft hem niet, oké?'

En dan, eindelijk, ziet hij mij.

Hij doet een stap naar achteren en valt bijna in het vuur. Hij kijkt alsof hij een spook ziet en misschien is dat ook wel zo. Misschien ziet en hoort hij Charley ook wel, die eikel. Ik hoop dat ze ook door zijn gedachten spookt. Ik heb het koud, ijskoud, en de angst knijpt als een ijzeren vuist in mijn buik, zo hard dat ik er bijna van moet overgeven. Ik hoor haar stem.

'Help me. Hal, waarom heb je me niet geholpen?'

Ik zie Charley voor me in de golven, met hem, ik zie dat hij zich over haar hulpeloze lichaam buigt en... hou op!

'Hoi,' zeg ik. Voor de verandering klinkt mijn stem nu normaal.

'Hoi, sorry, ik had je niet gezien.' Hij streekt zijn handpalmen naar me toe, alsof hij me wil afweren, maar hij kijkt me recht aan en ik voel zijn verwarring. Ik weet dat hij Charley in mij ziet, dat hij een soort spook ziet, maar dat spook ben ik.

Ik voel mijn hand in mijn broekzak glijden. Pete kijkt. Hij beweegt zich niet. Om ons heen beginnen de anderen weer met elkaar te praten. Een uitglijer, een misser, een ruzie tussen broer en zus, gauw zand erover.

Ik voel de harde oorbel in mijn broekzak.

'Geef terug!' hoor ik in mijn binnenste, met Charleys stem. Ik voel dat mijn hand de oorbel pakt. Ik laat het warme balletje van glas tussen mijn vingers rollen.

'Vergeet het maar, zus!'

Ik steek mijn hand uit en het rolt in de holte van mijn handpalm, het gouden blad glinstert in het licht van het kampvuur.

'Zoek je deze?' vraag ik.

'Hoe kom...' stamelt hij.

'Hal... Hal... Hal... herinner het je...'

'Hij is van mijn zus,' zeg ik. 'Heeft zij je die gegeven?'

'Die heb je zeker van Jack, hè?' zegt hij alleen maar.

'Tuurlijk niet!' Jack klinkt verwijtend. Pete ziet aan ons dat wij de waarheid spreken, maar hij begrijpt niet hoe ik aan die oorbel kom. Hij weet niet dat ik in het huis geweest ben. Hij weet niet dat ik weet dat hij daar slaapt. Dus dat was zijn bier op tafel en zijn slaapzak in de hoek.

'Hoe kom je daaraan?' vraagt hij, nog steeds kwaad, maar het is me meteen duidelijk dat hij maar één ding wil: hij wil die oorbel pakken, hij wil hem terug, hij kijkt ernaar met bijna evenveel verlangen als Charley naar die dieprode bloem keek; heel even kom ik in de verleiding om de oorbel terug te geven, maar dat doe ik niet. In plaats daarvan vertel ik hoe ik aan de mijne ben gekomen.

'Die heb ik uit haar oor gehaald toen ik haar heb gevonden.'

Zijn gezicht wordt asgrauw en hij kijkt me geschokt aan, zonder iets te zeggen. Hij kijkt alsof hij zelf een hoofd vol herinneringen heeft, vreselijke herinneringen, die hem in de war brengen, waar hij niets over kan zeggen.

Hij kijkt van mij naar Jack en weer terug, dan loopt hij weg. Hij loopt in de richting van de zee en pakt onderweg zijn surfplank.

Ik stop de oorbel terug in mijn broekzak, waar ik hem veilig tegen mijn heup voel drukken, zodat ik het meteen zal merken als ik hem dreig te verliezen.

'Shit, Hal!' zegt Jack. Maar ik hoor haar nauwelijks, want ik kijk ingespannen naar Pete, die in de schemering naar de golven loopt. Ik zie dat hij wacht en dan naar de muur van water loopt die de wind en de stroming opwerpen, zo gemakkelijk alsof hij een stuk wrakhout is dat op het water drijft, alsof hij zorgeloos is en niets hem ervan kan weerhouden, zelfs niet de gedachte aan mijn halfdode zus Charley.

Mijn hart stroomt vol bloed, donker, woedend bloed. Dat had Charley moeten zijn, denk ik, daar op de golven, Charley die daar over het water loopt.

Ik kijk naar Jack.

154

'Dat probeerde ik je gisteren dus te vertellen, op het klif. Weet je nog? Vlak voordat je...' zegt ze snel, maar ik onderbreek haar.

'Hij is je broer, hè?'

'Ja,' zegt ze. Haar stem klinkt heel zacht in de invallende duisternis.

Zacht en eenzaam en bang.

DEEL 3

Charleys verhaal

Charley: Ziekenhuis. Nu.

Volgens mij heb ik gedroomd.

Gedroomd over Pete.

Ik loop over het water... we zijn allebei aan het surfen, we scheren over de bodem van een glasgroene golf.

Ik kijk naar beneden.

Ik zie geen plank, er is niets onder mijn voeten, alleen water...

'Niet naar beneden kijken,' zegt Pete, 'dan val je...' Maar ik kan het niet laten.

'Wat is daar beneden?' hoor ik mezelf vragen, en dan glij ik uit, ik val door zijn lange, mooie vingers terwijl hij me vast probeert te houden.

'Pete!'

Ik roep zijn naam. Ik kan de zon door het water zien... Ik voel hoe koud het is... zo koud... terwijl het water mijn borst binnendringt... maar ik krijg geen antwoord... alleen de galmende onderwaterstilte... en de kou.

Ik doe mijn ogen open.

Donker.

Kastwanden.

Waarom ben ik zo bang?

Ik zit vol dromen, dromen als woorden die ik niet begrijp.

Dat eindeloze ademen gaat maar door, buiten mij, omhoog en omlaag.

'Hal... Hal... Hal... Wat gebeurt er?'

Ik hou me vast aan de gedachte aan hem, zijn ogen lijken me antwoord te geven in het donker, door een spiegel, daarachter is onze slaapkamer...

Ik kijk in de spiegel en ik ben zo bang... zenuwachtig... bezorgd... alsof ik voor het eerst op de golven sta.

Mijn ogen zijn groen, ze kijken me aan in de spiegel, terwijl ik mijn oorbellen in doe...

'Wat gebeurt er?'

Charley. Toen.

Ik kijk in de spiegel en luister naar de goddelijke Bob Marley: *'Oh please, don't you rock my boat...'* en ik denk aan de goddelijke Pete. *Rock my boat.* Ik moet lachen.

'Ben ik een lekker ding?'

Ik verrek bijna mijn nek om mezelf van achteren te bekijken en wiebel een beetje met mijn kont. O, shit. Ziet er helemaal niet zo goed uit.

Ik sms Jen en Sal.

HELP!

TE LAAT! sms'en ze terug, SMSLTR.

Ik loop door het huis en hoop dat mijn moeder de extra eyeliner en mascara niet ziet.

'Doei mam.' Ze kijkt op van haar boek, haar bril glijdt over haar neus naar beneden.

'Om half elf terug, Charley, oké?'

Ik geef geen antwoord.

'Doei broertje, later.'

Hij zit op het muurtje, zijn benen bungelen boven de straat een eind beneden hem. Hij geeft geen antwoord en kijkt me alleen maar aan alsof hij vindt dat ik kan doodvallen.

De avondbries voelt warm op mijn huid. Ik minder vaart, nerveus. Zal hij er zijn? Hoe moet ik hem begroeten? Stel dat hij er niet is? Ik loop langs de groep op het strand en probeer te kijken alsof ik een eenzame, mysterieuze wandeling ga maken en alsof ik me helemaal nergens druk om maak.

'Hé, Charley!' Pete komt aanlopen, naar me toe, en hij roept zo hard dat iedereen hem kan horen. 'Je gaat de verkeerde kant op!' roept hij.

Arrogante eikel.

'Misschien.' Ik blijf staan. 'Of misschien was ik helemaal niet naar jou op weg. En ging ik gewoon een eindje wandelen.'

Ik juich in gedachten en ik kan bijna voelen dat Jenna me op de schouder slaat.

'Echt waar?'

'Nee! Ik zocht jou!' Ik kan het niet volhouden, ik ben niet zo cool als Jenna.

'Kom mee naar de anderen,' zegt hij.

'Oké!' De moed zakt me in de schoenen: dan zijn we dus niet met zijn tweeën. Ze vinden me vast vreselijk, ik weet zeker dat ze me allemaal vreselijk zullen vinden. We lopen naar de barbecue onder de rotsen. Oké, cool blijven, hou ik mezelf voor, niet te veel praten.

'Hé, Charley!' zegt een ontzettend mooi meisje met groene ogen. Ze is jonger dan wij.

'Hoi.'

'Dit is Jack, mijn zusje,' zegt Pete.

Ze heeft sproeten, ze is grappig, uitbundig.

'We hebben je vanaf het kampeerterrein wel eens gezien,' zegt ze. 'Waar is je broertje?' Ze is ongeveer even oud als Hal. Ze draait een lok haar om haar vinger en lacht.

'Hij mag niet weg,' zeg ik.

'Balen.'

'Ja.' Ik kijk weg. Ik wil niet denken aan Hal die in zijn eentje op het terras zit, naar muziek luistert, benieuwd is.

'Hé, Pete. Biertje?' vraagt een lange, blonde jongen met een verlegen glimlach.

'Cool!' Pete trekt een blikje open en geeft het aan mij.

'Ja, koel,' zegt een mollig meisje met melkboerenhondenhaar en een brede grijns. 'Komt uit de koeltas.'

Mollig. Gezellig. Vrolijk.

'Heel grappig, Em.' Pete slaat haar op de schouder; ik voel een steek door mijn hart gaan. Raak haar niet aan, zegt die steek, raak mij aan.

Ik kan al die namen en gezichten niet uit elkaar houden, maar dat maakt niet veel uit omdat niemand echt op me let: ze knikken en kletsen alleen maar en ik luister. En dan, na een tijdje, net als ik me begin te ontspannen, hoor ik een stem die zo scherp is als een mes en die dwars door het vriendschappelijke geroezemoes klinkt.

Em herhaalt net haar grapje. 'Heel koel, komt zo uit de koeltas.' Die nieuwe stem is ook cool, kil en hard en taai als plastic.

'Dus heel anders dan jij, hè Em?' zegt de stem.

'Jij ook goeienavond, Am,' zegt het mollige meisje, waarna ze zich omdraait.

'Nee, dan jij, jij bent niet cool maar vet,' zegt de stem. Een paar meisjes beginnen te giechelen.

'Am,' zegt Pete. Zijn stem klinkt nu net zo kil als de hare. En plotseling is het alsof iedereen de oren spitst. Ze gaan door met wat ze zogenaamd aan het doen waren, maar luisteren intussen naar wat er gebeurt.

'Hoi,' zegt de nieuwkomer speciaal tegen mij. Dan kijkt ze Pete aan. 'Wie is je nieuwe speelkameraadje?' vraagt ze.

Sluw. Sexy. Wild.

Ik onderdruk de neiging om achter me te kijken om te zien wat de anderen doen. In plaats daarvan dwing ik mezelf naar haar te kijken en ik moet toegeven dat dat geen straf is. Haar lange haar lijkt op de geelbruine manen van een leeuw en haar figuur ziet eruit alsof het zonde is dat er kleren omheen zitten. Ze is ongelofelijk mooi. Mooi als een kwaaie, door drugs opgejaagde engel die net de hemel is uitgegooid en woedend is over de onrechtvaardigheid van God. Ik kan mijn ogen niet van haar afhouden. Ze straalt iets uit, ik weet niet wat, iets waardoor ik me een klein kind voel als ik naar haar kijk. Een mager kind, dat het leuk vindt om in de grote golven te spelen, maar misschien beter terug kan gaan naar het ondiepe, zodat de grote meiden ongestoord hun gang kunnen gaan. Ze komt me bekend voor, maar ik heb geen idee waarvan. 'Hallo,' zeg ik. 'Leuke rok, is die van Rip Curl?' Hij is zo kort dat hij bijna opkruipt tot haar kont. Ik denk koortsachtig na. Waarom is iedereen ineens zo geïnteresseerd? Ik voel mijn rug prikken door alle aandacht.

'Dank je,' zegt ze; ze lacht, maar alleen met haar mond. Haar ogen hebben het te druk met het bekijken van mijn lijf en het lijkt alsof ze me stompt. Ik voel me als een hyena die afdruipt wanneer de leeuw terugkomt voor zijn deel van de prooi. Ik kijk op, klaar om te vluchten. Ze neemt niet de moeite om antwoord te geven, maar ze blijft me gewoon bekijken, totdat haar vriendin stiekem lacht en die lach net iets te laat onderdrukt. Het is zo'n spottend lachje waarvan het de bedoeling is dat je het per ongeluk-expres hoort.

Wat is er aan de hand? Ik snap er niks meer van.

Ik kijk hulpeloos naar Pete, maar tot mijn wanhoop ziet hij me niet eens, hij kijkt alleen maar naar haar. Hij ziet eruit als een cobra die met zijn kop omhoog klaarstaat om toe te slaan, doodstil, en wacht tot zij zich zal bewegen of iets gaat zeggen. Ze kijkt strak terug. De lucht tussen hen in lijkt op te lichten door een vreemde, vibrerende energie. Dan zie ik dat ze donkere wallen onder haar ogen heeft, alsof ze erg slecht heeft geslapen.

Ik huiver. Ik krijg het koud. Ik heb ineens kippenvel.

Er loopt iemand over mijn graf.

Pete slaat zijn blik neer, alsof hij eindelijk mijn huivering voelt. Hij kijkt weer naar mij en dan is alles voorbij. Waarschijnlijk heb ik het me allemaal maar verbeeld. Mijn moeder zegt wel eens dat als er maar half zoveel gevoelens zouden bestaan als ik denk, de wereld toch nog zou ontploffen!

En Pete glimlacht naar me, en mijn hart slaat op hol, ik hoor en zie alleen hem nog maar.

'Heb je honger?' vraagt hij. Ik zou geen hap door mijn keel kunnen krijgen, maar ik knik, en dat zonder te blozen!

'Hier. Cadeautje!' zegt Am ineens. Ze lacht naar ons als we ons weer naar haar omdraaien, met een oogverblindende, onechte lach. Ze gooit iets. Maar voordat ik mijn hand uitsteek, heeft Pete het al gevangen; in zijn hand ligt een luciferdoosje.

'Het is niet voor jou,' snauwt ze tegen hem. Dan kijkt ze mij weer aan en lacht. 'Neemt hij altijd beslissingen voor je?' vraagt ze.

Intrigerend. Angstaanjagend. Gevaarlijk.

Ik weet geen antwoord. Ik ben veel te opgewonden door het idee dat hij sowieso iets voor mij zou doen en dat Am schijnt te denken dat wij een stel zijn. Haar ogen zijn prachtig en heel opvallend, de irissen hard en mooi, als het koude blauwe water onder het poolijs. Maar ze zien er ook afgemat uit, alsof ze nog herstellende is van een klap die ze lang geleden heeft gekregen, een klap die ook die donkere kringen onder haar slaploze ogen heeft veroorzaakt.

Aquamarijn. Glashard. Ondoordringbaar.

Ik blijf er maar naar kijken, het is alsof ik gehypnotiseerd ben. Misschien was het dat net met Pete ook alleen maar, dat gevoel van hypnose.

'Dat is niet grappig, Am,' zegt hij. Zijn stem doorbreekt de betovering. Hij heeft zijn vuisten gebald, met het lucifersdoosje erin. Ze kijken elkaar strak aan. Zij lacht nog steeds, hij is nog steeds op zijn hoede, en er dreigt weer iets tussen hen op te vlammen, iets spannends en gevaarlijks.

Vuur. Achtertuin. Vies.

'Speel je nu met kleine kinderen, kinderlokker?' fluistert ze. Dan lacht ze hem in zijn gezicht uit, maar haar ogen lachen nog steeds niet, ze zijn vol van een vreemde, angstaanjagende wanhoop, of is het triomf? Wat het ook is, ik krijg zin om haar dicht tegen me aan te houden. Ik krijg zin om weg te rennen, zover ik kan, voor altijd.

Pete reageert niet en hij verroert zich niet, maar zijn ogen volgen elke beweging die ze maakt. Even denk ik dat hij haar gaat aanraken, dat hij haar zal optillen. Hij kan haar heel gemakkelijk dragen, ze is zo licht als een vogeltje. Ik stel me voor dat hij haar optilt en in zee gooit, waar ze gilt en spettert in de golven. Dat beeld maakt me aan het lachen en dan kijken ze allebei naar mij, alsof ze vergeten waren dat ik er ben.

Ik bloos.

Am kijkt me strak aan. Het lijkt alsof het lang duurt voordat ze me goed in beeld heeft, maar dan heeft ze ook elk detail van mijn gezicht in haar geheugen gegrift, elke porie en elke sproet. Haar ogen glijden over me heen, nemen me in zich op, vegen me uit.

Griezelig.

Pete schudt zijn hoofd, alsof hij net wakker is.

'Ja hoor, Am,' zegt hij, en dan kijkt hij weg. 'Kom mee, Charley, dan gaan we naar de golven kijken.' Ik loop met hem mee, langs het warme vuur en de gefascineerde blikken. Een kleine gestalte maakt zich los uit de groep mensen en loopt mee.

'Nou, die vindt zichzelf wel erg geweldig,' zeg ik. Ik probeer te glimlachen, maar het lukt me niet, ik beef te veel.

'Sodemieter op, Jack,' zegt Pete, zonder om te kijken.

'Sodemieter zelf op!' Maar ze gaat weg en dan zijn we eindelijk alleen.

'Kijk maar uit met Am, Charley,' zegt hij. 'Dat meen ik.'

'Wie is ze eigenlijk?' vraag ik. Alsof ik dat niet al had geraden.

'Vriendinnetje van me, van vorig jaar. Gezeik, ze wil me

terug.' Hij praat in korte zinnetjes, alsof hele zinnen hem te veel zijn, of misschien zit het hem diep in zijn hart nog wel dwars.

Ik heb geen idee.

'Wil jij dat ook?' vraag ik.

'Ik ben niet geïnteresseerd,' zegt hij. Hij haalt uit en gooit het lucifersdoosje in de golven, met een prachtige, vloeiende beweging.

'Hé,' zeg ik. 'Dat was van mij! Wat zat erin?'

'Niks voor jou,' zegt hij. Ik ben razend op hem, in mijn hoofd. Mijn hoofd zegt dat hij een eersteklas macho is, maar mijn lijf is het daar niet mee eens. Mijn hart springt op en trekt ergens aan onder in mijn buik, graaft diep in mijn binnenste zodat ik mijn knieën tegen elkaar wil drukken en wil kreunen, en ik vergeet Am. Hij houdt mijn hand vast. De golven spoelen over mijn voeten en daar ben ik blij om want ze houden me koel, en zo voel ik dat ik nog met beide benen op de grond sta.

'Wist je dat je er zelf regenbogen mee kunt maken?' vraag ik.

'Waarmee?'

'Met de zee, als je het water in het zonlicht gooit.'

'Cool,' zegt hij, en eindelijk lacht hij naar me. Mijn hart doet weer zo raar, alsof het uit mijn borst naar die glimlach van hem wil springen.

Ik probeer rustig te blijven en mijn hart tot bedaren te brengen. Ik loop met mijn voeten door het koude water.

'Heb je dat nog nooit gedaan?' vraag ik.

'Nee.'

'O.'

Er valt een stilte waarin mijn hart zó tekeergaat dat ik het vraag om alsjeblieft langzamer te kloppen, stil te zijn, me niet te verraden. De aandrang om mijn knieën over elkaar te doen en dicht te knijpen is bijna niet te onderdrukken. Zou dit gevoel daarvan overgaan? Ik kijk naar hem. Hij kijkt uit over de golven; hij is zelfs nu aan het tellen, aan het kijken, hij vraagt zich af welke golf hoog en strak genoeg is om te berijden.

'Vanaf de rotsen zie je het beter,' stel ik voor, want ik wil graag naast hem zitten, ik wil tegen hem aan leunen en het beeld van Am wegpoetsen.

'Hmm.' We lopen naar het klif.

Op heldere avonden komen de mensen altijd samen op het strand. De zonsondergang heeft iets magnetisch; de mensen verzamelen zich net als de wolken en gaan op het strand staan kijken, in groepjes of alleen, ze kijken naar de dag die zich uitstrekt aan de hemel en naar het einde reikt.

De wolken drijven langs de ondergaande zon. Ze kleuren roze en violet en vormen lange, prachtige strepen tegen de donker wordende lucht. Het laatste zonlicht verzamelt zich daarachter en kleurt de randen goud. De lucht voelt stil en verlaten, alsof hij ook wacht op de vloed, op de zon die ondergaat, op de nacht die eindelijk zal vallen.

We gaan op de warme rotsen zitten kijken.

Voor het eerst denk ik dat het lijkt alsof de zon doodgaat.

Alsof er iemand over mijn graf loopt.

Misschien komen we wel naar de zonsondergang kijken omdat we niet zeker weten dat we er morgen nog zullen zijn.

Het valt me op dat het strand heel stil is, ik hoor alleen het geluid van de golven. Ik ben helemaal vol van alles; met een zucht leun ik tegen Pete aan.

'Mooi hè?' vraagt hij. Ik knik blij. Hij slaat zijn arm om mijn middel en trekt me tegen zich aan.

Nu komt mijn moment.

Ik doe mijn ogen dicht en snuif zijn geur diep in me op. Hij ruikt schoon. Schoon, met een vleugje zee en zand en golven.

'Hé, ik heb gedoucht voordat ik hierheen ging, hoor!' zegt hij lachend.

Ik kijk naar hem.

Kus me! denk ik. O, toe nou, kus me!

Zijn ogen zijn halfgesloten, zijn wimpers lijken goudkleurig in het wegstervende licht, en zijn gezicht komt langzaam naar het mijne toe. Ik voel dat mijn hals zich uitrekt, mijn lichaam helt naar hem toe. Een stem die klinkt als die van Jen zegt ergens in mijn binnenste: waar heb je dat geleerd? Zijn lippen raken de mijne en mijn lippen openen zich, maar er gebeurt niks. Hij is alweer weg. Een snel kusje, wat een teleurstelling. Shit! Leeg. Verlaten. Verspild.

'Kom mee, dan gaan we eten,' zegt hij. Hij wendt zijn blik af, naar de rotsen, naar de barbecue en Am. Wat voel ik me stom en alleen. De zon is onder, het moment is voorbij. De hele terugweg over het strand vraag ik me af wat ik verkeerd heb gedaan. Ik vraag me af hoe ik ooit heb kunnen denken dat ik opgewassen was tegen die vreemde spanning die ik tussen Am en Pete voelde, een gevoel dat ik niet kan plaatsen, dat me bang maakt en me opwindt.

'Wat ligt er nog op het vuur?' vraagt hij aan de anderen. Hij eet als een surfer, maar dat doe ik ook, vooral als ik verdrietig en teleurgesteld ben.

'Nog meer?' vraagt hij ongelovig als ik mijn tweede hamburger naar binnen gewerkt heb. 'Heb je nog niet genoeg?' Hij lacht, hij maakt grapjes met zijn vrienden, de meisjes moeten ook lachen.

'Ik heb zin in chocola,' zeg ik.

'Je kunt vast niet een hele plak van Jane's cake op,' zegt iemand.

Het is een grote, zelfgebakken chocoladecake, die er bijna net zo lekker uitziet als die van de Cabin.

'Wedden?'

'Ik heb hem gebakken,' zegt een van de meisjes. Ik herken haar, zij is dikke maatjes met Am. Als ik haar gezicht zie, hoef ik eigenlijk niet meer, ik wil niet iets eten wat zij gemaakt heeft, ze is puur vergif. Ik neem een extra dikke plak voor het geval ze merkt dat ik aarzel.

De cake is lekker, heerlijk zelfs. Ik leun achterover en geef me over aan het ritme. Het vuur is lekker warm, de mensen komen en gaan, stappen uit de golven, eten wat, kleden zich om en gaan zwemmen, kletsen en eten. Alles voelt zo soepel om me heen, alsof we allemaal met elkaar verbonden zijn met losse, gemakkelijke banden die ver kunnen uitrekken maar nooit breken.

Ik denk niet meer aan Am en Pete.

Ik kijk naar de mensen en houd Pete's hand vast. Ik sluit mijn ogen. Ik streel met mijn vingers elk botje in zijn hand, ik voel elk spiertje als hij zijn hand spant. Mijn hand voelt verloren in de zijne, helemaal door hem verzwolgen.

'Hé,' zegt hij lachend tegen me. 'Ik ga even met Mark kletsen.' Ik knik, maar dat hij nu weggaat voelt zo plotseling, zo ver weg van waar ik met mijn eigen hoofd zit. Ik probeer rustig te blijven. 'Het geeft niet, het geeft niet,' mompel ik in mezelf. Maar het geeft wél, het voelt alsof ik hulpeloos en koud en alleen word achtergelaten.

'Hé!' zegt een lang, donker meisje, met haar als een zwarte klok, dat zwaait en dan weer op zijn plaats valt.

Stijlvol. Elegant. Aardig.

'Hoi!' zeg ik terug.

'Je hebt je net bij Am wel aardig staande weten te houden.' Ze komt naast me zitten. 'Ik ben Bella.'

Ik ben gered, gered. Wat voelt mijn mond trouwens droog.

'Ze is nog steeds gek op Pete, denk ik, maar ja, wie zou dat niet zijn? Ze heeft gewoon mazzel dat ze hier woont en Pete aan de haak heeft geslagen!'

Van mij, ik wil dat hij van mij is.

'Komt ze hier uit de buurt?'

'Ja, volgens mij is haar vader boer, ze wonen in dat grote huis boven op het klif.'

'Oké, dat grote, grijze vierkante huis met al die schuren?' Vertel, vertel.

'Ja, beetje typisch daar, vind je niet? En het waait er hard, zo hoog. Heb je gezien dat de bomen er helemaal scheefgegroeid zijn? Jammer dat de wind Am niet te pakken heeft genomen, dat kind is echt dodelijk.'

'Maar hoe zit dat nou met haar en Pete?'

'O, volgens mij is dat wat hem betreft afgelopen. Maak je daar maar geen zorgen over. Hij is wel een keer bij haar thuis geweest. Hij zei dat het daar heel raar was, alsof je kon voelen dat er geen moeder meer is... De grote grap is dat hij naar de plee ging en er pas na twee dagen weer uit wist te komen. We denken dat Am hem heeft opgesloten voor het geval hij van plan was om het uit te maken!'

'Heeft hij er ook geslapen?' Ik kan mijn tong wel afbijten als ik dat heb gezegd, maar ze moet er alleen maar om lachen.

'Ja, wat een mazzelkont is Am, hè?' zegt ze. 'En Pete ook. Iedereen is ontzettend nieuwsgierig hoe het in dat huis nu echt is.'

Wat is die cake ontzettend lekker. Ik kan er haast niet van afblijven. Ik stel me Am hoog op het winderige klif voor, met een grijs, vierkant gebouw achter zich; Pete rent met open armen naar haar toe, een beetje zoals Heathcliff en Cathy in *Woeste Hoogten*.

Ik begin te lachen.

'Wat?' zegt het meisje met het klokhaar.

'Pete en Am, als ik eraan denk dat zij...' Ik maak mijn zin niet af. Misschien is het niet zo'n goed idee om dit aan haar te vertellen, zegt Jenna in mijn hoofd.

'Hebben ze lang iets met elkaar gehad?' vraag ik.

'Raar eigenlijk,' zegt ze, zonder echt antwoord te geven, 'dat niemand ooit had gedacht dat die twee iets zouden krijgen. Ik bedoel, voordat ze iets met Pete kreeg, zagen we haar eerlijk gezegd niet staan, toch?' Maar daar kan ik geen antwoord op geven; volgens mij heb ik Am zelfs nooit eerder gezien, hoewel haar gezicht me toch vaag bekend voorkwam.

Bella vertelt verder. 'Ik bedoel, iedereen vond Am een zielig geval, een triest dorpskind op het strand.' Ze kijkt van mij naar de vlammen en haar gezicht ziet er in het schijnsel warm en bezorgd uit. 'Maar het gekke is dat niemand weet wanneer ze precies veranderd is. Van de ene op de andere zomer was ze veranderd van een raar, onnozel kind in een ontzettend lekker ding en sloeg ze bij iedere jongen in als een bom. Maar de enige voor wie ze oog heeft is Pete en als je ze samen ziet, dan zie je meteen dat ze allebei inslaan als een bom. Ik bedoel, als je ze alleen zag, was het niet eens zo duidelijk dat ze waren veranderd, maar als ze samen waren, nou, dan zag je ineens hoe adembenemend ze waren.' Het is alsof ze een mes door mijn hart steekt. En ik weet zeker dat ik nooit aan Am zal kunnen tippen, hoe hard ik ook mijn best doe.

Geschoten. Doorboord. Gekweld.

'Oeps,' zegt ze dan.

Bella. Bella de della. Belladonna.

'Sorry! O, sorry, had nou maar even iets gezegd, ik was helemaal vergeten dat jij en Pete misschien... ik bedoel... Pete is echt beter af zonder haar, vooral na... shit... hij zou echt nooit...'

'Ik wilde niks zeggen,' lieg ik. 'Ik ben eigenlijk wel be-

171

nieuwd naar haar, ze lijkt me heel boeiend en ze ziet er supergoed uit. Geen wonder dat Pete voor haar is gevallen.'

'Ja,' zegt ze, 'oké. Maar je moet haar nog wel van vroeger
kennen, ze hing altijd hier in de buurt rond, ze klom op de rotsen en zo. Ze hebben haar zelfs een keertje van Merlin's Hat
af moeten halen.'

'Was zíj dat?' roep ik verbaasd uit, want iedereen kent het
verhaal over het meisje dat helemaal naar Merlin's Hat was
gezwommen, erop klom en toen gered moest worden – en iedereen weet dat dat meisje absoluut niet op Am leek.

'Ja,' zegt Bella lachend, 'dat was Am. Dezelfde! Na die stunt
heeft ze zich een tijdje niet meer laten zien. Volgens mij heeft
haar pappie haar toen opgesloten en als je pappie kent, begrijp je wel dat dat geen lolletje geweest moet zijn.'

Dan kijkt ze naar mij en lacht stout maar vriendelijk naar
me.

'Zou Pete soms vallen op opgesloten jonge maagden?'

Ik begin te blozen. 'Mijn ouders zijn heel ongezellig,' zeg ik;
ik vertel haar dat ik nooit het gevoel had dat ik zomaar naar
de barbecue kon gaan om een praatje te maken.

Ze moet lachen. 'Ja, dat snap ik best,' zegt ze. 'Het lijkt ook
een vast kliekje hier op het kampeerterrein. Ik kan me wel
voorstellen dat dat nogal afschrikwekkend moet zijn. Gelukkig
hebben we onze hormonen!' En dan lacht ze weer op die stoute maar vriendelijke manier.

'Je bedoelt dat we anders nooit met andere mensen zouden
omgaan?' vraag ik. Ze knikt en raakt even mijn arm aan, net
zoals Jen dat soms doet als ze wil dat ik echt luister.

'Hé,' zegt ze. 'Veel geluk. Pete kan op het moment een
beetje geluk wel gebruiken. Misschien ben jij dat voor hem.'

'Bedankt!' zeg ik en dat meen ik echt.

'Hé!' hoor ik iemand anders zeggen. 'Vraag of je broer de volgende keer ook meekomt.' Jack staat naast me. 'Dan kunnen we twee broer-en-zusstellen worden!' zegt ze lachend.

Ik kijk omhoog naar het huis, dat schemert in het halfduister. Op het lage muurtje zie ik een kleine, donkere gedaante die afsteekt tegen de iets lichtere achtergrond. Dat zou Hal wel eens kunnen zijn die daar op het muurtje zit.

Ik draai me om.

'Oké!' zeg ik. Ze port met een stok in het vuur en de vonken dwarrelen omhoog en doven.

'Leuk.' Ze kijkt me met een starende blik aan, alsof ze ergens over zit te denken. 'Gaat het wel?' vraagt ze plotseling.

'Hoezo?'

'Nou, gewoon. Dat gedoe met Pete en Am, dat is wel een beetje heavy.'

'Welk gedoe?' vraag ik geïnteresseerd. Ik wil elk detail over Pete weten.

'Nou, je weet toch wel hoe dat is gegaan?'

'Nee.'

'Mannen!' zegt ze, alsof ze daar heel veel ervaring mee heeft. Ik moet lachen. Ze schuift wat dichter naar me toe, trekt haar benen op en legt haar hoofd schuin op haar knieën, zodat alleen ik haar gedempte stem kan verstaan.

'Nou, je weet dat Ams moeder niet meer leeft en dat ze alleen met haar vader woont?' Ik knik. Ik begin een beetje misselijk te worden, misschien heb ik te veel cake gegeten. 'Die vader is heel raar, echt zo'n eenzame boer. Ik heb hem nooit ontmoet, helaas, maar Am nodigt nooit iemand bij haar thuis uit, alleen Pete, één keer maar. En die vader, die kwam haar altijd van het strand halen, tot vorig jaar zelfs!' Ik zeg niets, maar ik weet zeker dat mijn eigen vader dat tot een paar jaar geleden ook zou hebben gedaan.

'Ja,' zegt Bella. 'Die arme Simon heeft een keer aan hem gevraagd of ze niet mocht blijven tot de barbecue afgelopen was, en toen zijn moeder later zag wat die vader met Simons oor had gedaan, heeft ze gedreigd om een aanklacht in te dienen. Toch, Simon?'

Simon is een kleine, blonde jongen met een groot gezicht dat er in het licht van het kampvuur heel onschuldig uitziet.

'Ik heb nog geluk gehad,' zegt hij. 'Hier in de buurt zeggen ze dat hij slecht is voor zijn vee.'

Er wordt gelachen en Em zegt: 'Geen wonder dat zijn dochter een gekke koe is!'

Het gelach houdt plotseling op. Er valt een ongemakkelijke, opgelaten stilte, zo'n stilte waaraan je hoort dat iedereen een grap te ver vindt gaan – en ik vraag me af wat zij allemaal wel weten en ik niet.

Er is iets.

Iets met Pete en Am.

'Nou, maar dan wel een erg mooie koe,' zeg ik. Het is flauw, maar iedereen lacht om mijn opmerking en praat verder.

'Ja, maar ze heeft Pete behoorlijk aangepakt, hoor!' zegt Jack verontwaardigd. 'Ik zou dus maar niet over haar beginnen als hij erbij is, oké? Als ik jou was.'

'Maar wat is er dan precies aan de hand, Jack?' Misschien dat zij me kan uitleggen waarom er van die plotselinge stiltes vallen, waarom iedereen zo op hen let, waarom er zo'n razernij en opwinding tussen hen opvlamt.

'Zij is een eersteklas heks, dat is wat er aan de hand is,' zegt ze.

'O!' Ik schrik van de venijnige klank van haar stem. 'Hoezo?'

'Je moet niet met vuur spelen,' zegt ze, en ze port nog eens tussen de houtblokken en lacht als er een fontein van vonken de lucht in schiet.

'Jackie!' zegt Pete kortaf. 'Niet doen, straks brand je je nog!'

'Sorry, grote broer!' En dan is ze weer het spottende kleine zusje. 'Veel plezier, jullie twee!' Ze grinnikt. 'En vergeet niet om de volgende keer je broertje voor me mee te brengen, oké?' Pete steekt zijn hand uit en trekt me overeind. Het groepje rond het vuur begint op te breken; de mensen lopen naar de warme beschutting van de rotsen. Ik vraag me af hoe laat het is. En hoe ik moet zeggen dat ik om half elf thuis moet zijn.

'Wat zei Jack tegen je?' vraagt hij.

'O, gewoon, niks bijzonders. Meidenpraat.'

Waarom lieg ik tegen hem? Waarom voelt alles ineens zo geheim?

'O.'

Alles klopt: het is een zwoele avond, de golven klotsen zachtjes, het laatste schemerlicht valt op de witte schuimkoppen, Pete houdt mijn hand vast. Maar de stilte tussen ons is verschrikkelijk.

Wat is er toch aan de hand?

'Wat is er?' De woorden rollen zomaar ongevraagd mijn mond uit.

Hij geeft niet meteen antwoord. We gaan tegen een warme rots zitten. Ik duw mijn tenen diep in het zand en verlies me helemaal in dat gevoel: de bovenkant is warm en mul, maar daaronder is het koud en stevig. Heel even vergeet ik zelfs dat ik hier op het strand zit met deze goddelijke surfkoning. Ik vergeet het echt, want als hij iets zegt schrik ik ervan.

'Vind jij mij ook te oud voor jou?' vraagt hij. 'Een kinderlokker, zoals Am zei?'

'Shit, wat schrok ik, zeg!'

We moeten allebei lachen. Ik leun tegen de warme rots en probeer er niet aan te denken; ik probeer het niet heel erg te vinden dat hij met mij op het strand zit, maar nog steeds aan Am denkt en aan wat ze heeft gezegd.

175

'Je kunt niet iemand lokken die zelf met je mee wil komen, toch?'

'Kweenie.'

'Zit die geweldige Am je dwars?'

'Een beetje.'

'Oké, ik ben een beetje jonger dan jij. Nou en?' Zo, ik heb het gezegd, en meteen als de woorden eruit zijn, begin ik te lachen.

'Waarom lach je?'

'Ik besef ineens dat ik dacht dat het wel iets uitmaakte.'

'Wat?'

'Dat ik jonger ben.'

'Am vindt van wel.'

'O ja? En wat vind jij, Pete?'

Waarom ben ik hier, Pete? Ik wil weten waarom, ik wil het van hem horen.

'Ik weet het eigenlijk niet precies.'

'Maar waarom heb je me dan meegevraagd?'

'Het voelt helemaal niet alsof je jonger bent...'

'Goh, wat ben je welbespraakt.'

'Moeilijk woord, Charley.'

'Je bent niet zo'n prater, hè?'

Voor het eerst kijkt hij op, hij kijkt me echt aan en grijnst.

'Nee, daar knappen mensen op af.'

'Denken ze dat je dom bent?'

Hij knikt.

'Nou ja, dat maakt ook niet veel uit als je een surfgod wilt zijn, toch?'

Hij schudt glimlachend zijn hoofd en slaat dan zijn handen voor zijn gezicht.

'Wat is er?' vraag ik. Ik voel me machtig. Nu denkt hij aan mij, niet meer aan Am.

'Jij,' zegt hij.

'Wat is er met mij?' Ineens ben ik bang dat ik het heb verpest.

'Hou even op, Charley,' zegt hij. 'Ik krijg koppijn van je.'

We zwijgen. Het vuur flakkert oranje op in de diepe duisternis op het strand. Iemand begint een liedje te spelen, de noten dwarrelen met de rook de lucht in. Ik huiver van blijdschap. Ik kan er niet mee ophouden. Trouwens, dat wil ik helemaal niet.

'Ik kan bijna niet geloven dat ik hier echt ben.'

'Hoezo?'

Ik geef hem een duw, maar hij beweegt geen centimeter, hij is zo stevig en zo spannend.

'Wat kun je er niet aan geloven?' vraagt hij weer.

Nou jááá, denk ik, hij snapt toch wel wat een goede vangst hij is?

'Dat ik hier zit, sukkel. Ik, Charley Ditton, onder de sterrenhemel op het strand, samen met jou, Pete de surfgod.'

Ik flap het er allemaal uit, voordat ik het kan inslikken.

'O, is dát het?' zegt hij. Hij klinkt helemaal niet onder de indruk.

Ratel niet zo! denk ik. Hélemaal niet cool.

Nu ik erover nadenk, vraag ik me af of hij me niet alleen maar heeft meegevraagd om met me te praten, om zijn hart eens te luchten over Am. Shit! Ik denk aan de mislukte zoen op de rotsen. Wat is dit gênant! Hoe kan hij me nóg duidelijker maken dat hij me helemaal niet wil versieren?

Ik heb het verpest!

Ik denk aan Hal. Wat zou die hier graag alles over willen horen. Ik moet denken aan hoe we altijd zogenaamd op de vlucht sloegen als er iets was mislukt. 'Mayday, mayday!' riepen we dan, met onze armen gestrekt als de vleugels van een duikbommenwerper.

Pete zwijgt nog steeds en beweegt zich niet; hij zit erbij als een raar standbeeld. Ik vraag me af waar hij aan denkt; zit hij nog steeds ergens anders met zijn gedachten, ergens bij Am en haar felle, harde ogen en haar perfecte figuur? Ik denk aan hun handen die elkaar aanraken, aan de lucht tussen hen die uiteenspat in harde scherven. Ik kan er niet meer tegen, ik wil het niet weten, ik wil niet wachten tot hij het zegt... 'Weet je wat het is, Charley, ik wil met iemand over Am praten...'

Ik kap ermee. 'Mayday, mayday, mayday,' fluister ik, maar als hij weer zijn hoofd schudt, zeg ik het harder, nog harder... totdat ik opsta en wegren, over het strand, met mijn armen als molenwieken in de warme zwoele lucht en het zachte zand onder mijn voeten.

En eindelijk rent hij achter me aan!

'Charley! Charley!' Het getokkel van de gitaar stopt en gaat over in een snelle riedel. Iemand zingt een liedje van Bob Marley: *O pirates yes they rob I...*

Ik stel me voor dat ik op een ander strand ben, op een tropisch strand in Jamaica.

Ik verstop me achter een grote rots.

'Charley!' Ik hoor alleen zijn stem in het donker. Geen voetstappen. Ik hou me stil, probeer niet te giechelen, maar dat kan ik bijna niet tegenhouden, vooral niet als ik denk aan hoe verward hij naar me kijkt, steeds als ik iets tegen hem zeg.

Ik proest het uit.

Dan is het weer stil.

'Ik heb je!' Hij staat naast me. 'Zeg Charley, ik moet je iets vertellen.'

'Wat dan?' Ik hoor dat hij het meent, maar ik kan gewoon niet ophouden met lachen en dat is een griezelig gevoel.

'Charley, die chocoladecake die Jane heeft gebakken, heb jij daar iets van gegeten?'

'Heel veel, hij was hartstikke lekker.'

'Shit.'

'Hoezo?' Ik schrik van de blik op zijn gezicht.

'Dat was een spacecake.'

'Hè?' Maar ik weet meteen wat hij bedoelt. Er zat wiet in. 'Dus ik ben stoned!' zeg ik. Mijn stem klinkt heel grappig, alsof ik er vanuit de verte naar luister. We krijgen nu allebei de slappe lach en hij slaat zijn armen om me heen en de duisternis slaat zijn diepe zachte fluweel om ons heen, terwijl zijn hoofd eindelijk dichterbij komt en hij me eindelijk, eindelijk, echt zoent.

Hebbes! En Am is nergens meer te bekennen! Dat denk ik nog, voordat mijn hoofd er helemaal mee ophoudt. Uitgerekend op dat moment krijg ik een sms'je, net als we in het zand liggen, als we vergeten zijn dat we op het strand zijn, dat ik vijftien ben en hij niet, en dat onze handen helemaal niet vanzelf bewegen, terwijl dat wel zo lijkt.

'Laat maar,' zegt Pete.

'Dat kan niet!'

SMOESJE NODIG? staat er. HOOP HET NIET!

Ik ga staan en sla het zand van me af. Ik moet gaan.'

'Wat? Dat meen je niet!' Hij legt zijn warme handen om mijn enkels. Kom op, blijf nog even, fluisteren mijn enkels naar me, maar ik luister niet.

'Dat heb je nou als je een kinderlokker bent. Ik moest om half elf thuis zijn en het is al bijna elf uur.'

Hij grinnikt. 'Oké!'

'Omdat ik het waard ben?' vraag ik.

'Zeker weten!'

LAG OP MIJN RUG EN ZAG STERRETJES! sms ik. Hun antwoord vliegt helemaal over zee naar me toe.

BOFKONT! staat er.

Charley: Ziekenhuis. Nu.

*Bofkont? Waarom ril ik dan, alsof de wind over mijn huid strijkt...
alsof ik wakker word... alsof er iemand over mijn graf loopt? ... Ik
weet wie jij bent...*

Pete.

*Pete, en Am. Ik hou ze vast, als puzzelstukjes in mijn hand, en
ik vraag me af hoe ik ze in elkaar moet passen.*

*Ik kan me niet herinneren dat ik bang was. Ik herinner me het
vuur, het strand, de warme nacht, en Pete. Ik hou die herinnering
bij me in het donker, als een lamp. Ik hul mezelf in die warmte en
snuif de herinnering op, die diepe zilte geur van hem, maar ik kan
het niet vasthouden...*

*Het donker blijft terugkomen... de schaduwen komen naar me
toe en bedekken me, als golven... tot ik stuurloos ben... verdrink in
duisternis...*

'Hé!' zegt een zachte stem daarbuiten. 'Hé, Charley! Hoe is-ie,
slaapkop?'

Jenna!

'O, Charley!' *zegt ze. Wat klinkt ze zorgelijk.* 'Wat is er toch met
jou gebeurd? Wat bedoelt Hal nou, dat er iemand stond te kijken?' *vraagt ze.* 'Waarom heb je me die avond niet gebeld,
Charley? Wat is er gebeurd, en waar was Pete toen jij in zee
lag? Ik dacht dat jullie samen waren die nacht.'

'Wat?'

'Want Hal maakt zich daar ook zorgen over,' *zegt ze.* 'Was hij
bij jou, Charley? Moet ik het aan iemand vertellen?'

De duisternis voelt ineens drukkend en verstikkend...

'Nee!' schreeuw ik. 'Niet vertellen!'

Maar ik krijg geen reactie, ze zwijgt alleen maar.

'Ik zou gek worden van die klok,' *hoor ik haar zeggen.*

*Na een lange tijd hoor ik dat ze opstaat; dan houdt het tikken
op. Ze heeft de batterij uit de klok gehaald!*

O, dank je, dank je, dank je...

Haar gezicht buigt zich over me heen... blokkeert het zonlicht.

Ik raak in paniek...

'Ga weg, ga weg.'

'Dag Charley!'

Ze is weg. Alleen haar geur is er nog, de geur van vanille-ijs en rozen, en een heerlijke stilte, geen getik... alleen vier muren, duisternis...

Ik droom...

... Ik sta hoog boven het strand, onder me is alleen de zee. Ik balanceer op de rotsen, de golven beuken en de lucht gilt en ik ben heel hoog, hoog boven alles, ik klim hoger en hoger tot ik boven op de rots ben, ik steek mijn armen uit, in de lucht, maar als ik omhoogkijk is er geen touw... niemand komt me redden... de helikopter vliegt weg en iemand zwaait naar me terwijl ze hoog boven me lachend aan de touwladder hangt.

Dat is Am...

'Help me!'

Hal. Nu.

'Help me!'

Ik weet dat ze wanhopig is, dat ze ergens verdwaald en alleen is, dat ze me roept. Ze wil dat ze met mijn ogen kan zien, met mijn oren kan horen, ze wil weten wat dat voor angst is, de angst die door ons heen trekt, de angst die is als de zee, veel dieper dan we ons kunnen voorstellen, en vol zit met wezens die we alleen uit onze dromen kennen. Het is alsof ze zonder mij geen herinnering heeft, en toch is ze hier niet. Alleen ik ben er, alleen ik, en ik probeer het allemaal te begrijpen.

Altijd als ik aan Charley denk, is het een beetje als de kraaien die op de hoogspanningskabels neerstrijken; ze zitten daar maar te wachten. Waar wachten ze op? Hoe komt het dat ze daar gaan zitten, waarom besluiten ze om ineens weer weg te vliegen? Waar komen die gevoelens in mij vandaan? Wat willen ze van me?

Wist ik het maar.

De kraaien verzamelen zich, als regenwolken. Mijn ouders en de artsen vragen zich af of haar leven nog wel de moeite waard is. De donkere gedaante die ik naar haar zie kijken terwijl zij in de golven ligt. En nu Pete.

Pete en Charley, en het compleet andere leven dat zij vorige zomer leidde.

Was ze verliefd op Pete? Waarom krijg ik dan zo'n bang gevoel als ik denk aan die twee samen?

'Probeer het je te herinneren!'

Ik hoef het me niet te herinneren, ik val zelf... alleen staat Charley in de weg.

'Herinneren,' fluistert ze. Maar wát moet ik me herinneren? En hoe meer ik over Charley en Pete te weten kom, hoe verder ik me van Jackie verwijderd voel.

'Help me dan,' zeg ik tegen haar, alsof zij het zich voor mij kan herinneren. 'Vertel alles over hen. Wat is Pete voor iemand?'

We zitten hoog op het klif en kijken naar de meeuwen die onder ons door de lucht cirkelen.

'De meisjes zijn gek op hem,' zegt ze. Dan begint ze plotseling te lachen, en de wind blaast haar haar over haar gezicht en in haar ogen; ze doet het achter haar oren en slaat haar armen om haar knieën. We kijken naar de zee, niet naar elkaar; er is iets veranderd tussen ons, het voelt ongemakkelijk, alsof de lucht tussen ons te zwaar is, te vol zit met vragen.

Ik kan niet geloven dat we echt gezoend hebben. Ik wil dat nog steeds, alleen... het lijkt alsof de gedachte aan Charley tussen ons in staat. Afwachtend.

182

'Had Charley het naar haar zin?' vraag ik moeizaam.

'Ja, ik geloof het wel.' Jack kijkt nog steeds naar de golven, alsof daar elk ogenblik een zeemeermin uit kan opduiken.

'O.'

Hiervandaan kunnen we beide stranden overzien. Rechts is het kinderstrand, vlak bij ons huis, vol waterpoelen tussen de rotsen, dicht genoeg bij het kampeerterrein om daar te kunnen barbecuen. Links, voorbij het eikenbos en de velden, is het grotere, wildere strand, waar bredere, grotere golven zijn, en meer zand. De surfers daar lijken zo klein als zeehonden, zwarte puntjes die het licht in en uit dansen.

'Kun jij zien wie hij is?' vraag ik.

'Hij is degene die elke golf pakt,' zegt ze zonder zelfs maar te kijken. Haar stem klinkt vlak en treurig en helemaal niet zoals anders. Als ik naar haar kijk, slaat mijn hart over; ik wou dat ik me gewoon naar haar toe kon buigen en kon doen alsof ik helemaal geen zus heb die Charley heet en alsof zij helemaal geen broer heeft die Pete heet.

Er waait een lok haar voor haar ogen. Zonder na te denken strijk ik hem achter haar oor, zoals ik haar het afgelopen uur heb zien doen.

En dan kijkt ze me eindelijk aan en lacht naar me.

'Hallo!' zeg ik.

Maar ze zegt niets terug, ze kijkt alleen de andere kant op en vraagt: 'Dus dat is het?'

'Wat?'

'Wat er tussen ons in staat?'

Haar stem klinkt gespannen en zacht, alsof ze heel hard moet persen om de lucht door haar keel te krijgen. Ik snap haar niet. Waar heeft ze het over?

'Wat bedoel je, Jack? Wat staat er tussen ons in?'

'Nou, dat ik niet heb gezegd dat ik Charley ken, en dat Pete mijn broer is... Al heb ik trouwens wel geprobeerd je dat te vertellen... en nu doe jij zo raar.'

'Doe ík raar?' Nu ben ik echt verbaasd. 'Hoor eens, ík ben niet degene die doet alsof jij er niet bent.'

'Sodemieter toch op, Hal, je kijkt me nauwelijks aan, en je wilt ook niet...' Ze zwijgt en kijkt weer weg, maar niet voordat ik heb gezien dat haar gezicht de rode ondergaande zon nadoet.

'Wat bedoel je? Wat wil ik niet, Jack?'

Ik wil graag dat ze zegt dat het haar is opgevallen dat ik haar niet aanraak. Ik wil haar vertellen hoe dat komt, dat het net lijkt alsof Charley tussen ons in staat, of ze naar ons kijkt, afwachtend, dat ik daardoor aan haar en Pete moet denken, niet aan Jack en mij.

'Dat weet je best,' jammert ze.

'Ja, maar ik wil graag...'

'Je wilt zeker dat ik het zeg, hè? Nou, je wilt...'

'Ja?'

Ze haalt diep adem.

'Ik bedoel dat je... het is alsof je niet meer... niet meer dicht bij me wilt zijn.'

En zodra ze dat heeft gezegd, kan ik het, en we omhelzen elkaar alsof de wind alleen maar waait om ons uit elkaar te houden.

'Ik háát jou!' zegt ze, op een toon alsof ze me juist leuk vindt.

'Ik ook. Ik haat mezelf ook, bedoel ik.' Het is zo'n heerlijk gevoel om elkaar weer vast te houden, maar nog steeds voel ik dat Charley met al haar vragen in me zit, afwachtend.

'Het is wel een beetje raar dat zij een stel waren, onze broer en zus bedoel ik, en dat jij dat wist en dat je toch...'

'Ik vind je gewoon leuk, sukkel!' Ze glimlacht. 'En ik vond...' ze werpt me een nerveuze blik toe, 'ik vind Charley ook leuk.'

'Probeer het je te herinneren!'

'Maar je denkt niet...' Nu ben ik het die diep moet zuchten.

'Je denkt niet dat Pete met haar op het strand was, die ochtend?'

Ze kijkt me verbaasd aan.

'Dat Pete Charley in zee zou achterlaten? Ben je gek? Hal, heb je niet gehoord wat ik zei? Hij houdt nog steeds van haar.'

'Ja ja, ik weet wel dat je dat denkt, Jackie, maar er was daar wel iemand, dat weet ik zeker. Ik herinner me dat ik uit het raam keek en dat ik een donkere gedaante onder de straatlantaarn zag staan. En ik weet niet met wie ze daar anders geweest kan zijn behalve met Pete.'

Ze kijkt me geschokt aan.

'Denk jij dat Pete haar zou achterlaten in de golven nadat zij met haar hoofd tegen een rots was geklapt?'

'Ik ken hem niet, Jack. Het is toch geen misdaad om dat alleen maar te denken?' Maar als ik haar gezicht zie, voelt dat wel als een misdaad.

'Jezus, Hal! Oké, hij heeft fouten gemaakt, hij is ook maar een mens, hij is opvliegend, maar hij zou heus niet iemand in een gevaarlijke situatie achterlaten. Volgens mij weten wij trouwens lang niet alles. Het kan mij niet schelen wat iedereen zegt, ik ken hem het beste en het is echt absoluut onmogelijk dat hij heeft gedaan wat de mensen... Geen wonder dat je me niet wilde aankijken, en me niet wilde aanraken!' Ze is woedend, maar ik begin te lachen. Het is idioot, dat weet ik, en het vóélt ook idioot om te lachen terwijl Jack tegen me tekeergaat, maar het is zo grappig. Het is zo grappig. Zodra het leuk is tussen ons, als we lol hebben, komt er weer zo'n stomme herinnering aan Charley of Pete naar boven die ons meteen uit elkaar drijft.

'Wat is er nou?' vraagt ze. 'Waarom lach je?'

Ik kalmeer en vertel het haar; ze glimlacht, maar ze kijkt toch een beetje pissig.

'Sorry, zeg ik zacht, maar die donkere gedaante laat me niet los, hij zweeft achter alles wat ik voel. Er staat daar iemand, in het zwakke oranje schijnsel van de straatlantaarn: een gedaante, een ineengedoken gestalte die naar Charley in de golven kijkt, heel intens, alsof er geen zee is, geen lucht, geen groeiende horizon, alleen maar zij. Alsof hij op haar wacht. Die gedachte doet me huiveren...

Er loopt iemand over mijn graf.

Ik concentreer me op het beeld in mijn hoofd. Het donkere silhouet begint vorm te krijgen, groeit, stapt uit de schaduw, en de gestalte komt me bekend voor. Hij is lang, zou het Pete kunnen zijn?

'Wat móéten we nou?' zegt Jack gefrustreerd.

'We moeten uitzoeken wie daar stond te kijken,' zeg ik.

'Hoe dan?'

'Zullen we het aan Pete vragen? Kijken hoe hij reageert?'

'Nou,' zegt ze lachend. 'Hou jij van oesters openwrikken?'

'Kom op, Jack, je bent zijn zus!'

Ze kijkt me aan alsof ze me niet meer toerekeningsvatbaar vindt. 'Hal, wat denk jij dat ik het afgelopen jaar heb gedaan? Die jongen is echt zo gesloten als een oester.'

'Hmm.' Ik ben niet overtuigd. Ik vraag me af of ze bang voor hem is, maar dat kan ik beter niet vragen. Jack kijkt me toch al zo kwaad aan, alsof ze voelt wat ik denk.

'Luister, Hal,' zegt ze op overdreven geduldige toon, 'toen wij hier deze zomer kwamen, stond hij verdomme alleen maar naar jullie voordeur te staren. Niks surfen, niks vrienden, alleen maar rondhangen, zogenaamd lezen. Ik bedoel, Pete en lezen, dat is water en vuur. Hij had een boek dat Charley ergens had laten liggen en dat heeft hij dus echt gelézen. Stond-ie daar verdorie met *Woeste Hoogten* in zijn hand naar de deur van dat huis van jullie op het klif te kijken. En maar kijken. Soms was jij het die naar buiten kwam, soms je vader of moeder, soms je zusje. En maar wachten. Snap je?'

Ik knik, meer lukt me niet. Wist je dat verdriet in golven komt? En dat zo'n golf alle woorden wegspoelt? Ik voel de tranen achter mijn ogen branden. Ze laat alle leden van ons gezin opdraven, maar ik weet dat Charley daar nooit meer bij zal horen.

'En mijn vader en moeder kijken en ik kijk, tot uiteindelijk iedereen op jullie huis staat te letten: iedereen wacht, en iedereen doet alsof we eigenlijk niet weten waarop.'

'Dat wist ik niet,' fluister ik ontzet. Maar ik ben ook kwaad, verschrikkelijk kwaad dat ik het niet wist, dat ik niet heb gemerkt dat er op ons werd gelet, dat ik dat niet zág.

'En toen?' vraag ik. Ik zucht diep.

'En toen,' ze zucht ook, 'toen wisten we het, Hal, toen wisten we dat Charley niet met jullie mee was gekomen. Pete heeft zich omgedraaid en is teruggegaan en is vanaf toen gestopt met kijken. Gestopt met leven. Hij surft alleen nog maar, hij surft en surft, en soms komt hij 's nachts niet eens thuis. Mijn moeder heeft geprobeerd met hem te praten, mijn vader ook, voor zover Pete er was tenminste, maar hij wil gewoon niets tegen ons zeggen, Hal. Ik weet niet wat er allemaal door zijn hoofd spookt, waarom hij nooit heeft gevraagd of hij Charley mocht bezoeken, dat weet ik niet. De politie heeft hem vorig jaar behoorlijk hard aangepakt... en hij had al een keer gedoe met ze gehad... In elk geval wilden mijn vader en moeder niet dat hij met jullie omging, of op het strand kwam... En als Pete al niets tegen de politie of tegen mijn moeder heeft gezegd, dan zegt hij tegen niemand iets. Dat kun je wel vergeten.'

Ik knik en wend mijn gezicht af, knipperend tegen de tranen.

'Hal?'

'Ja.'

'Daarom.'

'Daarom wat?'

'Weet je nog dat je me laatst vroeg waarom ik bij jou wilde zijn?'

'Ja.'

'Nou, daarom dus.'

'Hè?'

'Ik zag je vorig jaar vaak op jullie terras als Charley op het strand was. En toen zag ik je dit jaar terug, met Sara, of daarboven met je moeder, en toen bij de telefooncel toen je je zo grappig op je knieën liet zakken.'

'Ja, en?'

'Nou gewoon, ik was altijd heel benieuwd naar je, Hal, naar jou, in dat grote huis. Ik wilde je graag leren kennen.'

'Ja.'

'Gaat het?'

'Nee.'

En ze slaat haar armen om me heen en ik druk mijn gezicht tegen haar schouder tot de tranen niet meer zichtbaar zijn.

'Weet je waar ze naartoe gingen?' vraagt ze na een tijdje.

'Wat bedoel je?'

'Ze gingen vaak met zijn tweeën ergens heen,' zegt ze ineens, in de stilte.

'Hè?'

'Charley en Pete, die gingen ergens heen. Soms waren ze wel een hele dag weg.'

Ik zie de oude, eiken schoorsteenmantel voor me. Hun namen, in elkaar vervlochten.

'Ja,' zeg ik. 'Ik denk dat ik het wel weet.'

Charley: Ziekenhuis. Nu.

Hal.

Soms denk ik dat ik hem kan voelen denken, als de tentakels van

188

een octopus die diep onder het zeeoppervlak drijft... Soms voel ik
het topje van zijn gedachten in het donker tegen me tikken... en ik
huiver bij de gedachte dat hij ons bij elkaar houdt in de koude, don-
kere, stille diepte van de zee, ieder van ons in een lange, golvende
arm... terwijl hij naar ons kijkt... antwoord geeft...
Hij laat de duisternis opkomen...
Am.
Pete.
Ik.
Hij legt de stukjes aan elkaar... laat de angst in me trillen, groei-
en, hoger... hoger tot waar de grond verschrompelt en onder mijn
voeten verdwijnt...
Stop, Hal! Ik heb het zo koud... Maar zijn gedachten gaan door...
hij weet iets...
Duisternis...
Ga dat huis niet in... Ga niet langs Start. Je krijgt geen twee-
honderd euro.
Welk huis?

Charley. Toen.

Ik lig 's nachts wakker en luister naar Hals ademhaling. Ik
vind het leuk om te weten dat de hele wereld slaapt, om de
nachtadem te horen van ons huis, dat kraakt en zich in een
eigen ritme roert, als een schip dat voor anker ligt, met krakende en steunende balken. Ik vind het leuk om door het donker te kruipen, door de nachtverlichte kamers.

Buiten glinsteren de sterren. De lichten van alle andere huizen zijn uit en ik hoor alleen het zachte zuchten van de zee, ergens in het donker, het rijzen en dalen van het water. De bries
is warm en heerlijk, ik doe mijn knoopjes open, ik houd mijn
armen omhoog en laat mijn gedachten de vrije loop, gedachten aan Pete, aan zijn handen en zijn ogen, aan zijn lippen.

Koud. Zout. Bijtend.

Aan zijn lichaam op de golven. Iedereen lijkt de zee te moeten bevechten, maar hij gaat gewoon op zijn plank de golven op, in één vloeiende beweging, als woorden die geen spaties nodig hebben.

Ritme. Zang. Harmonie.

Ik lees niet meer, ik sms niet meer, ik droom niet meer en schrijf geen gedichten meer; ik wil alleen nog maar bij Pete zijn.

'Hoi.'

'Hoi.'

We liggen samen op de golven.

'Waar was je gisteren nou?' vraagt hij.

'Ik was veranderd in een pompoen.'

Hij lacht.

Ik heb hem aan het lachen gemaakt! Ik! Ik heb hem aan het lachen gemaakt!

'Maar ik heb er een list op verzonnen.'

'O ja?'

'Ja!'

Hij trekt mijn plank naar de zijne toe en we zoenen, met de zoute zee op onze lippen en de golven onder ons.

'Ik wil niet dat mijn ouders het zien,' zeg ik.

'Oké, zullen we dan vanavond naar Bude gaan?'

'Pete.' Wat vind ik zijn naam toch lekker klinken. 'Ik mag maar tot elf uur op het strand blijven, dus dan mag ik toch ook niet naar Bude?'

'O ja.' Hij zwijgt. Onze planken gaan omhoog en weer omlaag. We missen een prachtige golf.

'Shit!' zeggen we allebei, en dan lachen we.

'Je moet je concentreren, Pete!' roept iemand.

'Volgens mij doet-ie dat wel!' reageert Bella.

'Het zou leuk zijn om niet altijd tussen de anderen te zitten,' zegt hij na een tijdje. Zijn wimpers zijn natte, donkere driehoeken; zijn ogen zijn blauw, zo blauw als een zomerse hemel, maar zo helder dat ik me er altijd een beetje in verlies. Het dringt tot ons door dat we naar elkaar zitten te staren. En dat we helemaal niet weten hoe lang we dat al doen.

We beginnen te lachen.

'Weer een gemist!' roept iemand anders.

Maar hun stemmen vervliegen op de wind, we horen ze niet.

'Ja,' zeg ik. 'Dat zou inderdaad leuk zijn, niet altijd tussen de anderen zitten.' Dan zeg ik tegen hem dat we misschien 's avonds kunnen afspreken, op het strand, alleen wij tweeën.

'Cool,' zegt hij. 'Alleen zijn er 's avonds altijd nog stelletjes op het strand, hoe laat het ook is.'

Ik voel me erg teleurgesteld, want dat betekent natuurlijk dat hij het al een keer eerder heeft gedaan. Natuurlijk. Drie keer raden met wie.

Ik dobber naast hem, met de warme zon op mijn rug, en dan komt het idee in me op.

'Er is nog wel meer dan het strand,' zeg ik. 'Ik weet waar ik je mee naartoe kan nemen.'

'Neem je mij mee uit?' zegt hij lachend.

'Doe nou niet alsof ik een klein kind ben,' zeg ik.

'Zo groot ben je anders niet, hoor,' zegt hij lachend.

'En neem een zaklantaarn mee.'

Ik ga met hem naar het huis, naar ons andere huis, diep in het bos.

Charley: Ziekenhuis. Nu.

Niet dat huis.

Dat huis... ik moet ervan huiveren... ik draai me om... Ga daar niet heen, Hal... niet alleen.

En jij, Am, met die veelbetekenende glimlach die over zijn li-
chaam gaat, met die veelbetekenende lippen die opkrullen alsof de
herinnering aan hem ze omhoogtrekken... Ik wil de herinnering
aan jou wegspoelen... zoals de zee een zandkasteel wegspoelt...

Charley. Toen.

Ik sta onder de warme douche. Kon ik de gedachte aan Am
maar net zo gemakkelijk van me afspoelen als het zand dat
zich in kleine slierten aan mijn voeten verzamelt; door de
stoom zie ik mijn eigen lichaam, goudbruin, behalve de witte
bikinistrepen; bleke schaduwen, als wegwijzers – hier zijn we,
Pete! Ik begin te lachen, en dan komt het idee in me op.

'Niet bewegen!' zeg ik tegen hem, en ik doe wat zonnebrandcrème op mijn handpalm en leg die op zijn hart. Ik voel
zijn hart kloppen. Dan kus ik hem en hou mijn hand daar om
te voelen of zijn hart sneller gaat kloppen.

Dat gebeurt.

Wauw.

Ik laat mijn andere hand over zijn buik glijden.

'Ik mag toch niet bewegen!' zegt hij met een lome, lachen-
de stem. Zijn ogen zijn gesloten.

'Weet ik!' zeg ik lachend.

Dit doe ik elke keer als we uit het water komen, steeds als
we in de zon liggen, elke ochtend dat we samen zijn. Ik leg
mijn hand op zijn hart, mijn hoofd ernaast, en ik doe alles om
het sneller te laten kloppen! Ik fluister geheime woordjes
tegen zijn huid, woordjes die hij niet kan horen terwijl we
samen in het zand liggen.

'Jij bent van mij, helemaal van mij, Peter von Wunderkind,'
zeg ik hardop met een raar, griezelig Duits accent, om te verbergen dat ik dat echt meen. Als ik hem zou kunnen oppak-
ken en in mijn zak kon stoppen, zou ik dat doen. Ik moet

voortdurend aan hem denken. Ik stel me voor dat we samenwonen, dat we hand in hand teruglopen naar huis... samen een bankstel gaan kopen... Chinees eten in bed... een lampje verwisselen... naar opdrogende verf kijken?

Het voelt als bezit.

'Jij bent van mij,' fluister ik tegen zijn huid, alsof die de woorden voor me kan vasthouden als ik weg ben, me voor altijd aan hem kan binden, tot in zijn poriën. 'Helemaal van mij!'

Bezit.

'Hmm, ik ken mensen die daar heel anders over denken,' en dan lacht hij met die heerlijk lome glimlach en gaat mijn hart van honderdnegentig naar nul. Bedoelt hij Am? Weet hij dat ik denk dat ik nooit zo verleidelijk kan zijn als Am? Vindt hij dat ook? Wat doet hij tussen half elf en middernacht, of hoe laat het ook maar wordt voordat ik stiekem naar hem toe kan gaan?

Ik kijk naar mijn hand op zijn borst, ik voel zijn hart eronder kloppen.

Ik til mijn hand op en zie de bleke schaduw die geëtst is op zijn goudbruine huid die klopt met elke slag van zijn mooie hart.

Het is gelukt.

Ik lach terwijl ik de zonnebrandcrème van mijn hand veeg en ik kan bijna niet wachten tot Am het ziet.

Am.

Ze zit nooit stil, ze is altijd in beweging, haar lichaam zweeft op onhoorbare muziek, alsof zij het ritme leidt, de leiding neemt. Onder het praten springt ze van de ene steen in het zand naar de andere. Nu zit ze bij het vuur, haar lange vingers trommelen op haar dijen en haar hals. Ze strijken haar haar naar achteren en schudden het langs haar lange rug naar beneden. Door de manier waarop ze dat doet, vestigt ze de aandacht op elk stukje van haar lichaam. Hoe doet ze dat toch? Ik wou dat ik haar handen stil kon houden, haar kon laten stoppen.

Pete loopt dichter naar het vuur om de hamburgers om te draaien. Hij raakt haar hoofd aan terwijl hij langs haar loopt, een kleine aanraking, het stelt niets voor, maar ik ben verbaasd door de intimiteit ervan. Ze kijkt op, door de rook heen, en haar gezicht krijgt een vreemde kleur, als gevlekt zonlicht op een rode bosgrond. Haar handen houden stil, haar hele lichaam komt tot stilstand onder zijn aanraking; haar hoofd draait mijn kant op en ik kan haar haat bijna fysiek voelen.

We kijken allebei naar Pete.

Hij heeft zijn T-shirt uitgetrokken, want het is erg warm bij het vuur. Ik lach naar hem, om zijn lichaam, en heel even moet ik mijn ogen sluiten, eventjes maar, want ik moet er ineens aan denken hoe pijnlijk het zou zijn als hij niet meer van mij was. Stel dat dat haar hand was op zijn hart, niet de mijne? Ik word misselijk als ik eraan denk, maar als ik mijn ogen opendoe zit hij er nog steeds, recht voor me: de bleke afdruk van mijn hand, precies op zijn hart.

'Hé, Pete!' zegt Bella. 'Hoe komt die handafdruk daar?' Iedereen kijkt op. Hij grinnikt.

'Hé!' zegt hij, hij kijkt naar beneden alsof hij het nu pas ziet. 'Hoe kan dat nou?'

'Kom op, Charley, laat eens zien of jouw hand daarop past,' zegt Bella lachend, alsof ze raadt dat dat precies is wat ik graag wil doen. 'Wedden om een stuk chocoladecake van Jane dat hij precies past?'

'Nee!' zeg ik ineens. Ik krijg het koud, ik huiver. Ik wil het niet.

Er loopt iemand over mijn graf.

Pete loopt bij het vuur vandaan.

Am staat te kijken, haar lichaam meedeinend op een snel,

onmogelijk ritme dat verder niemand kan horen. Haar ogen blijven rusten op Pete's borst. Zij kijkt naar haar eigen dansende handen, dan naar mijn hand, en terwijl haar handen fladderen en zweven, lijkt het ineens heel onbehouwen om een hand voor altijd tot stilstand te brengen en er een afdruk van te maken op een borst.

Ik vraag me af wat me bezielde. Hoe ben ik op het idiote idee gekomen dat een bleke imitatie van een hand ervoor kon zorgen dat hij voor altijd bij mij zou horen.

Dat komt door Am. Door Pete. Door hen.

'Toe dan, Charley,' zegt Mark, 'kijken of hij past!'

'Je prins wacht, Assepoester!' zegt Bella lachend; ik kijk naar Pete die daar met zijn T-shirt in zijn handen staat te wachten.

'Nee!' zeg ik weer. Pete lacht weer zo half, alsof hij het eigenlijk niet zo erg vindt.

'Aaaaah,' roept iedereen; ze genieten ervan, ze worden opgejut door de spanning die door Ams lichaam lijkt te zingen; ze staat op, en haar ritmisch tikkende voet gaat gewoon door.

'Ik dacht dat alleen boeren hun vee brandmerkten,' zegt ze, terwijl ze Pete strak aankijkt. Ze zegt het niet hard, maar haar woorden doorklieven de lucht. Ze trilt, ik weet niet of ze boos is of verdrietig of kwaad – ik kan alleen maar huiveren, en ik krijg het gevoel dat ik een verschrikkelijke fout heb gemaakt, een fout die ik niet eens begrijp, maar die ik nooit meer goed kan maken.

Er valt een verlammende stilte en iedereen kijkt van haar naar Pete en mij. Die elektrische, pulserende spanning hangt weer tussen hen in de lucht. Haar lichaam beweegt nu niet meer, het is alsof de nerveuze bewegingen die ze eerder maakte nu gevangen zijn in de lucht die tussen hen trilt.

'Am!' zegt hij. Hij klinkt geschokt en verbijsterd. Hun ogen laten elkaar niet los; de zijne zijn zo vervuld van pijn of verdriet dat ik het bijna niet kan aanzien.

Iedereen kijkt zwijgend toe. Ik zie de anderen door een vreemd waas, alsof we alles in ons opnemen, alsof we ons te goed doen aan de afschuw en angst en opwinding van Am en Pete, en zij alleen zijn, samen opgesloten zitten en zich niet kunnen bevrijden – er is iets wat hen aan elkaar bindt, onverbrekelijk, maar wat is dat? Hoe komt het dat hij kijkt alsof hij haar voor altijd in zijn armen wil houden en haar beter wil maken?

En dan die woede van Am, waarom is ze zo boos? Komt dat echt door haar verdriet, door haar verlangen naar wat ze is kwijtgeraakt, naar Pete?

'Maar daar weet jij alles van, hè Pete?' zegt ze. 'Van brandmerken!' Ze zegt het heel zacht, maar haar ogen vlammen feller dan het kampvuur.

'Am!' Hij stoot haar naam hijgend uit, alsof ze door een dolkstoot de laatste adem uit hem heeft geprikt.

De mensen zuchten en schuifelen, behalve Bella, die naast mij de enige schijnt te zijn die zich hier niet helemaal door laat meeslepen.

'Hé! Er zijn altijd twee kanten, Am,' zegt ze zacht.

'Wat is er nou eigenlijk aan de hand?' hoor ik mezelf piepen, want nu worden ze alweer helemaal door iets anders in beslag genomen, door iets wat ik niet kan volgen. Ze spannen samen, iedereen van het kampeerterrein, en ik ben weer de buitenstaander.

Am blijft Pete maar aankijken, het is alsof haar ogen hem voortduwen, hem naar de rand van een of ander klif duwen, waar wij al op staan te balanceren.

Geef antwoord, Pete, denk ik, vertel nou wat er aan de hand is! Kijk naar mij, red ons allebei van haar. Hij doet het niet. Hij kan het niet. Hij is verloren in haar ogen, in haar woorden, alsof hij zich nog steeds aan haar vastklampt en wacht tot hij begrepen wordt.

'Am!' zegt hij weer, hulpeloos, hopeloos.

Dan sta ik op. Ik sta op en loop hun cirkel in – er gebeurt niets, ik explodeer niet en ik vlieg niet in brand door de gloed die tussen hen in hangt. Ik leg mijn hand op de bleekgouden vorm op zijn borst; daaronder voel ik zijn hart zo snel bonzen dat het wel een vis lijkt, een vis die gevangen zit in een net en eruit wil.

'Wat bedoel je, Am?' vraag ik. Mijn eigen hart lijkt wel een stoomtrein, een trein die elk moment door mijn ribbenstation kan vliegen.

En Pete houdt mijn hand vast, heel stevig.

'Vraag dat maar aan Pete,' zegt ze. Ze loopt naar achteren, de band is verbroken.

Ze lacht naar ons, alsof er niets gebeurd is, alsof we allemaal dikke maatjes zijn. Dan draait ze zich om en loopt het strand op. Ze springt over de rotsen, heel soepel, alsof elke rots een bekende van haar is, en ze lacht.

'Maak je niet druk, Pete,' zegt Mark. 'Ze is altijd al een bitch in de dop geweest.'

Maar Pete zegt niets terug.

Wat zouden ze over mij zeggen, vraag ik me af, als het ooit uit raakt tussen ons en ik verleden tijd ben?

'Kom mee,' zegt Pete. We vertrekken, weg bij de opgewonden fluisterende anderen die alles nog eens uitgebreid bespreken. Ik wil blijven, ik wil weten wat ze zeggen, maar Pete trekt me mee en we gaan achter onze lievelingsrots zitten.

'Wat bedoelde Am nou?' vraag ik hem steeds weer. 'Wat een zieke opmerking van haar, ik heb jou toch helemaal niet gebrandmerkt als een dier? Toch?'

'Zij ziet dat anders, maar vergeet het nou maar, Charley.'

'Wat is er toch met jullie twee, Pete? Waarom vertel je me dat niet?'

'Dat kan ik niet, je moet haar gewoon vergeten, niet op haar letten...'

'Maar wat is er dan? Ik heb het gevoel dat iedereen het weet, behalve ik.'

'Charley, luister goed naar me,' zegt hij. Zijn stem klinkt heel serieus, heel ernstig en oprecht. 'Ze denken alleen maar dat ze dat weten. Oké?'

'Dus ik moet je vertrouwen?'

'Ja, daar komt het wel op neer.' Hij haalt zijn schouders op alsof er geen andere mogelijkheden zijn.

'Maar ik weet zeker dat er iets mis is,' protesteer ik klagerig.

'En ik weet zeker dat dat niks met jou te maken heeft,' snauwt hij terug.

Ik begin te lachen en daar kan ik niet meer mee stoppen. 'Niks met mij te maken? Pete, ik heb tot over mijn oren met jou te maken! En jullie twee: is het je wel eens opgevallen hoe de lucht tussen jullie gloeit? Wat moet ik daar dan van denken?'

Hij kijkt me aan, ik weet dat ik moet ophouden, maar dat kan ik niet. Ik kan het gewoon niet.

'Maar dat geeft allemaal niks omdat ik jou gewoon moet vertrouwen? Ik weet heus wel dat ik nooit zoveel indruk op jou kan maken als zij...'

O, ga daar alsjeblieft tegenin, Pete, laat me hiermee ophouden.

'Hoe kun jij dat nou weten?' vraagt hij. Zijn stem klinkt heel oud, ouder dan zeventien, ouder dan ooit.

'Ik weet dat niet, maar ik weet wel dat jullie allemaal iets weten, Pete. Ik ben de enige die van niks weet, en dat is omdat jij dat zo wilt!' Ik zit nu zelf te trillen van woede. 'Ze is gek, of niet soms?' zeg ik. 'Am, die is gek!'

'Inderdaad, een beetje,' zegt hij op zijn trage surferstoon; als hij dat zegt, klinkt het zo veilig en normaal en ver weg, alsof het niets met ons te maken heeft; hij houdt me dicht tegen zich aan en fluistert mijn naam.

'O, Charley,' zegt hij, heel verdrietig en zacht in mijn haar.

'Vertrouw je me?'

Het is vreselijk, echt vreselijk zoals mijn lichaam smelt onder zijn handen; ik wil alles, alles doen om alles goed te maken voor ons, voor mij.

'Dus ze is meer jouw vijandin dan je vriendin?' probeer ik luchtig te zeggen.

'Ja, zoiets,' zegt hij treurig. 'Maar Charley, laat haar met rust, oké?'

Mijn hart krimpt ineen, omdat ik nu weet dat haar gevoelens nog steeds belangrijk voor hem zijn.

'Goed,' beloof ik, 'maar kunnen we dan nu over haar ophouden?'

'Waar wil je het dan over hebben?'

'Over niets,' zeg ik tegen hem. 'Ik wil nergens over praten.'

We zwijgen dus, want praten is misschien toch al niet waar we het beste in zijn.

Hal. Nu.

We zijn terug op het klif. We wonen hier nu zo'n beetje; als we hier lang genoeg blijven, wordt ons leven misschien net zo helder en overzichtelijk als het strand onder ons.

'Maar als het niet Pete was die op dat strand stond te kijken, wie was het dan wel?' vraag ik voor de miljoenste, triljoenste keer.

'Ik was er niet bij,' snauwt ze. 'Dus hoe moet ik dat weten?'

Ze trekt de bast van een stuk wilg alsof ze wil dat ze mij zo gemakkelijk kon afstropen en uit de weg ruimen.

199

'Dat weet ik wel! Maar je moet toch íéts kunnen verzinnen, Jack. Jij was erbij, ik niet!'

'Hal?' vraagt ze.

'Ja?'

'En jij dan? Ik bedoel, jij herinnert je dat je haar op de golven hebt gezien, toch?'

'Ja,' zeg ik langzaam, want de manier waarop ze dit vraagt bevalt me niet. Evenmin als de blik in haar ogen.

'En het volgende dat jij je herinnert, is dat je haar op die grote rots vond?'

'Ja?'

Ze kijkt me aan als een havik en ze praat langzaam en duidelijk, alsof ze het zelf ook nog maar net bedenkt. 'Nou, wat deed je dan in de tussentijd? Ben je gewoon weer gaan slapen of zo?'

Ik voel de paniek in me opkomen terwijl Jack me aanstaart, me met haar ogen fixeert. Hoe kan zij weten dat dat precies is wat me 's nachts uit mijn slaap houdt?

'Dat weet ik niet,' zeg ik. 'Ik weet niet waar ik in de tussentijd was.'

'Dus in zekere zin,' gaat ze verder, 'kun je zeggen dat jij haar als laatste hebt gezien.' De wind blaast haar haar weer voor haar gezicht, maar we strijken het geen van beiden naar achteren.

'Wat wil je daarmee zeggen?' vraag ik.

'Ik bedoel er niks mee... ik vraag je alleen iets, Hal. Waar was je?'

'Dat weet ik niet,' zeg ik opnieuw. Mijn mond vult zich met speeksel en angst. 'Die donkere gedaante, dat was de laatste persoon die haar heeft gezien!'

'Maar misschien... ik bedoel... misschien...' Ze zwijgt.

'Misschien ben ik die gedaante zelf wel, bedoel je dat?' Ze

haalt haar schouders op. In mijn hoofd wordt de gedaante groter. Ik heb ook vaak naar Charley staan kijken, vorige zomer. Dan wilde ik dat ik kon wat zij deed. Ik was kwaad dat ze wegging, dat ze mij alleen achterliet in het huis op het klif, waar ik met bungelende benen op dat lage muurtje zat en alleen maar kon toekijken.

Was ik dat zelf misschien, die daar ineengedoken in het licht van de straatlantaarn stond?

'Die gevoelens van haar die jij nu voelt, zou dat misschien een soort schuldgevoel zijn? Omdat je haar niet hebt kunnen redden?' vraagt Jack.

'Ik heb vorige zomer wel op haar gelet,' zeg ik. 'Ze was anders, ze zat ergens mee, dat was niet alleen maar haar verliefdheid, het was iets anders... iets wat niet zo leuk was, ze maakte zich ergens zorgen om en ik was kwaad dat ze het mij niet vertelde, maar ik zou nooit... ik zou nooit...'

Terwijl ik dit zeg, dringt er iets tot me door, iets geweldigs. Ik besef dat zelfs áls ik het was die op het strand naar haar stond te kijken, ik Charley nooit iets zou aandoen, helemaal nooit.

'Ik heb haar niets gedaan,' zeg ik. 'Zelfs als ik die gedaante was, dan heb ik haar niets gedaan.'

'Nee?' vraagt Jack, en ze blijft me aankijken. 'En waar zat ze volgens jou mee, Hal?' En heel even vraag ik me af wie zij denkt dat Charley iets heeft aangedaan als ik het niet was. Maar die gedachte zet ik uit mijn hoofd.

'Ik weet niet,' zeg ik, 'maar ze was... ze was niet gemakkelijk.' Meer kan ik nu niet uitbrengen.

'Weet je?' zegt ze plotseling, alsof ze een besluit heeft genomen. 'Ik heb vorige zomer ook op haar gelet en ze was niet gelukkig. We waren die zomer allemaal een beetje opgefokt, de hele groep, maar Charley wist niet waarom dat zo was en wij hadden geen zin om haar dat te vertellen, want... nou ja, volgens mij was ze ongelukkig vanwege Am.'

'Wie?' Ik ben zo opgelucht nu ik ervan overtuigd ben dat ik die gedaante niet ben, dat ik nauwelijks hoor wat ze zei.

'O, kom op, Hal, zelfs jij kunt Am niet over het hoofd hebben gezien.'

'Am? Hoe ziet ze eruit?'

'Ze was erbij toen jij en Jake met die nootjes aan het gooien waren, ze is een beetje een Kate Moss-type, maar met mooier haar.'

'Hè, is dát Am? Am het gekke strandkind?'

Ze begint te lachen. 'Ik weet het... je kunt je nu bijna niet meer voorstellen dat ze vroeger zo'n lelijk eendje was.'

Ik probeer me Am voor de geest te halen. Zij hoort al zo lang ik me kan herinneren bij het strand, dus als je hier bent opgegroeid is dat natuurlijk helemaal zo. In het begin was ze net zo moeilijk op te sporen als de vissen in de rotspoeltjes. Soms zag je haar even, bijvoorbeeld als ze van de rotsen naar beneden keek en je haar ogen in je rug voelde, of als je haar weerspiegeling in het water zag, maar als je dan opkeek, was ze alweer weg en vroeg je je af of je haar wel echt had gezien. Onze ouders hebben zelfs een tijd gedacht dat wij haar hadden verzonnen. Dat dachten we soms zelf ook, maar toen ze ouder werd, was ze er vaker. Alle ouders werden gek van haar en toen ze een jaar of elf was, klom ze overal in, wat dan ook, hoe hoger hoe beter. Er werd zelfs gezegd dat ze op het dak van de kroeg en in de kerktoren was geklommen. 'Als ik jou daar ooit op betrap...' zei mijn moeder.

Maar toen hield ze op met klimmen en ving ze niet langer krabbetjes die ze voor de neus van de meisjes liet bungelen. Ze deed geen leuke dingen meer, maakte ons niet meer aan het schrikken; ze zat alleen maar op de rotsen te roken, in haar eentje... en de kinderen zetten het haar betaald, ze gooiden zeeslakken naar haar, scholden haar uit... maar zij reageerde niet, ze zat daar alleen maar te roken. En nu is Am volgens Jack veranderd in een topmodel?

'Het raarste is,' zegt ze, 'dat Pete ongeveer in dezelfde tijd zo ontzettend knap werd en dat ze daardoor iets met elkaar hebben gekregen – alsof ze allebei niet konden geloven dat de ander interesse had!' Ze zucht, trekt nog een reepje boombast af en windt het om haar vingers. 'Hadden ze elkaar maar nooit ontmoet!' zegt ze, terwijl ze de lichte, witte krul naar zee gooit. De dunne bast zweeft door de lucht, danst op de wind en valt niet naar beneden. Ze begint te lachen.

'Ik wou dat ik dat kon! Zou jij ook niet graag willen vliegen, Hal?'

En op dat moment wil ik dat ook. Kon ik maar mijn armen spreiden en wegvliegen, ver weg, naar een plek waar alleen Jack en ik zijn, waar de zon altijd schijnt.

'Ja,' zei ik. 'Maar waarom wil je dat?'

'Wat, dat ik kan vliegen?'

'Nee, dat ze elkaar nooit hadden ontmoet. En wat heeft dat met Charley te maken?'

Ze zucht en trekt weer een stukje van de bast af. De tak is nu bijna wit, zo wit als een bot.

'Jij dacht dat jij die gedaante zelf was, of niet?' vraagt ze.

'Ja.'

'Dus jij had het wel kunnen zijn, Hal? Jij had daar op het strand kunnen staan kijken?'

'Ja oké, Jack, ik had het inderdaad zelf kunnen zijn.'

'Maar je weet ook heel zeker, echt absoluut zeker, dat jij Charley nooit kwaad zou kunnen doen, toch?'

'Ja, tuurlijk. Wat wil je nou eigenlijk zeggen?' Heel even krijg ik zin om een lok van haar prachtige haar te pakken en haar ermee te wurgen.

'En ik weet absoluut zeker dat Pete haar nooit kwaad zou kunnen doen. Dus dan staan we quitte, oké?'

'Oké!' roep ik uit, maar ik meen het niet. Zij is Pete niet, dus hoe kan ze het dan zeker weten? 'Wat heeft dit eigenlijk te maken met Charley en Pete?'

'Nou, vorig jaar, toen Charley en Pete iets met elkaar hadden, toen waren we allemaal erg op zijn hand, want hij had het echt zwaar gehad, Hal, en...'

'Ja?'

'Nou, we wilden graag dat het goed zou gaan, hij was zo dol op haar en het voelde zo goed, die twee samen, vooral na Am... en... nou ja, misschien hadden we het haar moeten vertellen. Ik heb dat Pete nog wel voorgesteld, maar hij dacht...'

Ze zwijgt en kijkt me aan alsof ze graag vijf minuten vooruit zou willen kijken, om te weten hoe ik zal reageren. Dan gaat ze verder.

'Ik denk dat hij bang was dat hij haar kwijt zou raken als hij dat deed... als hij het haar zou vertellen.'

'Jack, ik snap er helemaal niks van! Vertel nou gewoon eens waar je het over hebt!' Maar in mijn hart roep ik al tegen mezelf: niet luisteren, dit wil je niet horen, Hal, zeg dat ze moet stoppen! Maar het is te laat, ze is al aan het vertellen.

'Vorig jaar...' zegt ze, en haar blik dwaalt af, ze kijkt in de verte alsof ze alles weer voor zich ziet. Haar handen liggen eindelijk stil op haar schoot, naast de kale stok. 'Charley was zo... o, ik weet niet, Hal, ze was echt een frisse wind na Am, en zo leuk. Toen ze de eerste keer op de barbecue kwam, had ze een paar plakken van Jane's cake gegeten, ze had geen idee dat daar wiet in zat... Ik zag haar over het strand rennen en "Mayday" roepen. Iedereen wou dat ze zo bleef, zo onbezorgd. Ik weet niet of dat wel goed was... ik maakte me wel zorgen. Bella ook, maar wij hadden nooit gedacht... Ze waren zo gelukkig samen, die twee, en het was alsof dat verpest zou worden als we ons ermee zouden bemoeien, het was zo perfect...'

Kan Jack mijn hart niet horen bonzen? Weet ze niet dat ik bijna niet meer kan wachten tot ze me vertelt wat haar maar niet loslaat?

'Ja, maar nu zijn ze niet meer samen, Jack, en Pete is zelfs nog nooit op bezoek geweest, dus...'

'Pete had die zomer problemen, Hal, echte problemen. Met de politie,' zegt ze ten slotte.

Ik kan geen woord uitbrengen, helemaal niets, ik kan haar alleen maar aankijken en wachten tot ze doorgaat... in de hoop dat zij me kan uitleggen waarom ik zo misselijk ben, waarom ik voor me zie dat mijn zus en haar knappe, geweldige vriend in het bos verdwijnen, alleen met zijn tweeën.

'Waarom?' breng ik moeizaam uit in de stilte die tussen ons valt.

'Hij werd ondervraagd,' zegt ze, en ook haar stem klinkt traag en ongelovig. 'Hij werd verdacht van ernstige lichamelijke mishandeling.'

Ik hoor dat ik een geluid maak, een vreemd, ondefinieerbaar geluid, en Jack kijkt me zwijgend en afwachtend aan, maar ik weet niets te zeggen. Ik zie alleen maar dat er twee mensen, Charley en Pete, samen in het bos verdwijnen, en dat er maar één uit tevoorschijn komt.

'Hij heeft niets gedaan, Hal,' zegt ze. 'Hij heeft haar geen kwaad gedaan.'

'O nee?' vraag ik. Ik pak de dode stok van haar schoot en gooi die weg, ik kijk hoe hij de lucht in vliegt, over de rand van het klif, draaiend en steeds hoger in de lucht, hoe hij even stil lijkt te hangen en dan in zee valt.

Charley: Ziekenhuis. Nu.

En we laten ze achter... Am... de anderen... iedereen. We gaan weg, ver weg. Naar een plek waar we het gevoel kunnen hebben dat alleen wij bestaan... alsof we op een golf surfen... geen verleden, geen heden, geen toekomst... alleen nu... en dat is wat ik wil. Alleen maar herinneringen, Pete en ik. Geen Am, geen huis, geen Jenna, geen vragen... Ja, laat ons met rust, Hal, zit niet zo te tikken met je tentakels die willen weten... zit niet zo te kijken met ogen die willen zien. Er zijn bepaalde dingen die niet voor jouw ogen bestemd zijn... Pete en ik, op weg naar ons huis in het bos.

Het is leuk in de schemering, we fluisteren in de donkere bomenlaantjes, we proeven elkaars lippen en we vergeten dat we ergens naar op weg zijn. Hij is nog nooit in het bos geweest.

Charley. Toen.

'Je gaat me hier zeker achterlaten?' zegt hij.

'Ja!' antwoord ik. 'Ik breng je naar het diepst van het woud en daar laat ik je achter, dus laat maar een spoor van olijvenpitten na, dan kun je de weg weer terugvinden.'

'Olijvenpitten?' We lachen. 'Tjee, waar zit jij op school?' vraagt hij.

De beek klinkt luid in het donkere bos. We houden elkaars hand vast. We dwalen verder.

'Ik kan ook jóú in het bos achterlaten,' zegt hij lachend. 'Voor de roodhuiden!'

'Dan ben je zeker vergeten dat ik Apachetaal spreek,' zeg ik tegen hem. 'Ik stuur ze meteen op jou af.'

'O ja? En op wat voor school leer je Apachetaal?' vraagt hij.

'Op een meisjesschool,' zeg ik, en ik zie dat zijn ogen oplichten, zoals de ogen van jongens altijd oplichten.

Triest.

'Wauw, mag ik langskomen?' vraagt hij.

'Nee, veel te veel concurrentie,' zeg ik.

'Zitten daar echt helemaal geen jongens?'

'Nee. Geen zak aan,' zeg ik, en dan krijgen we vreselijk de slappe lach, en we zoenen en ik vraag naar zijn school. Hij heeft er de pest aan, hij wordt altijd de klas uitgestuurd.

'Waarom?' Ik kan me dat niet voorstellen, hij is zo relaxed en knap, hoe kan hij dan ooit voor elkaar krijgen dat hij de klas uitgestuurd wordt?

'Dat is alleen hier, op het strand voel ik me heel anders,' probeert hij uit te leggen. 'Ik kan niet tegen school, ik vind het zo...' Hij zwijgt en ik dring verder niet aan, ik wil de stemming niet bederven, want die donkere schaduw die soms over zijn gouden gezicht trekt, staat me niet aan.

Zijn vader is pachtboer.

'Een boerderij, dat vind ik zó cool.'

'Helemaal niet cool,' zegt hij, maar ik zie het al helemaal voor me: de bomen in het heiige ochtendlicht, de rust 's avonds.

Het is alsof ik er ben.

'Het is vlak bij zee. Ik denk dat ik daarom blijf,' zegt hij alleen maar. We lopen door, we wennen aan de stilte, we genieten van het geluid van onze stem in het bos, van het feit dat we kunnen blijven staan om elkaar te zoenen wanneer we maar willen, zonder dat iemand ons ziet.

'Waar is het eigenlijk?' vraagt hij na een tijd. Ik zie dat de rugzak aan zijn hand bungelt alsof hij niets weegt.

'Daar,' zeg ik, en daar is het inderdaad, een eindje verderop tussen de bomen tekent zich de donkere vorm van een huis af.

'Je moet door het raam naar binnen klimmen,' zeg ik. We klauteren naar binnen, en het huis is zoals het was: leeg, stil, verlaten – alleen.

'Wauw!' Hij staat een tijdje om zich heen te kijken en knikt.

'Je zei toch dat je alleen wilde zijn?' zeg ik.

'Maar wel met jou.' Hij draait zich om. 'Ooh, een haard! Zou die het nog doen?' Hij gaat naar buiten om hout te sprokkelen en ik haal de waxinelichtjes tevoorschijn en stel me voor dat we hier wonen.

Ik herinner het me.

O, Pete.

We gaan zitten praten en zoenen bij het licht van de haard. Ik vertel over Jenna en Sally, dat ik het vreselijk vind om de oudste te zijn, dat mijn vader en moeder het doodeng vinden als ik een vriendje heb, zeker iemand als hij.

Hij vertelt over David, zijn oudere broer, die er meteen toen hij zestien werd vandoor ging, en zijn vriend, Martin. Dat zijn moeder zegt dat Pete vreselijk driftig kan worden maar wel een lange lont heeft, en dat dit zo'n fijne zomer is, vooral, zegt hij, doordat hij niet met Am is.

Ik probeer alles in me op te nemen, me stil te houden, te luisteren en te glimlachen, maar dat lukt me niet.

'Hoe kun je dat nou zeggen?' vraag ik. 'Ze is zo... ongelofelijk knap! Hoe kan zo'n jongensachtige meid ineens een topmodel worden? Leg mij dat eens uit, Pete, ik wil dat recept ook wel!'

Hij kijkt me aan alsof ik een buitenaards wezen ben.

'Zij is gewoon Am!' zegt hij.

'Maar wie is ze dan, een kwajongen of een fotomodel?' vraag ik. 'Nou?'

Hij aarzelt, maar probeert dan toch antwoord te geven. 'Nou ja, ze is hartstikke mooi, zo mooi dat je daardoor verder niets meer ziet, maar...'

Ja, zo is het wel genoeg!

'Ach, ik weet niet, Charley, ze is gewoon Am. En nu zijn wij samen, ik heb helemaal geen zin meer om daarover na te denken, daar word ik zo chagrijnig van...'

'Waarom niet?' vraag ik, want daar heb je het weer, er is iets wat hij me niet vertelt. Het is heel duidelijk, hij kan gewoon niet goed liegen. Of wel?

'Het is... Ze kan... ze kan je echt helemaal...' Het licht van de vlammen speelt op zijn gezicht, hij fronst zijn wenkbrauwen en krijgt een gekwelde blik. Ik steek mijn hand uit en probeer die blik van zijn gezicht te strelen.

'Wat is er?' vraag ik. 'Er is iets, hè, of niet?' Ik voel een kille angst in mijn borst.

Stel dat hij nog steeds van haar houdt?

'Laat haar gewoon met rust, Charley!' zegt hij ineens. 'Je moet niet met haar praten!'

Het is alsof ik een blootliggende zenuw heb geraakt, alsof hij kan voelen dat ik haar het liefste van de aardbodem zou wegvagen, net als de hoogspanningskabel tussen die twee.

Een plotselinge windvlaag fluit door het raam en laat de tinnen bekers rammelen. Dat geeft zo'n koud gevoel dat ik me afvraag wat ik hier doe, in een vochtig oud huis, met een surfgod. Die gedachte maakt me aan het lachen, maar de lach klinkt raar. Ik meen buiten geritsel te horen, en een plotseling krakende tak.

Pete staat al bij het raam voordat ik iets kan zeggen.

'Niks. Gewoon de wind,' zegt hij. Hij slaat zijn armen zo stevig om me heen dat ik niet uit het raam kan kijken, hoe ik ook draai, en niet kan zien waar dat geluid vandaan kwam.

Zijn ogen glanzen in het licht en ik verlies mezelf erin. Hoe is het mogelijk dat wij elkaar zo lang kunnen aankijken? We komen woorden tekort, we zoenen tot we niet meer genoeg aan onze mond hebben en onze handen het overnemen, het gevoel verspreiden van onze mond over ons lichaam, meer huid zoeken, meer tinteling. Mijn T-shirt is uit en dat van hem hangt nog maar aan één arm. Wat is hij toch prachtig, ik kan niet ophouden hem aan te raken. Het verschil te voelen tussen zijn koele huid en zijn warme lippen. Hij drukt zich tegen me aan, ik druk terug. We beginnen te giechelen. Hij duwt harder en ik ook, en dan is het ineens alsof hij verdwijnt en ik onder hem verpletterd word. Zijn hele gewicht drukt op me, mijn stem klinkt gesmoord, mijn mond wordt platgeperst tegen zijn huid.

Ik zet mijn nagels in zijn huid om hem van me af te krijgen en ik ga zitten.

'Dat is niet leuk, Pete, ik kon geen adem meer krijgen.' Ik hap naar lucht.

Hij kan ook even niets uitbrengen. 'Sorry, wat deed ik dan?'

'Ik kon geen adem krijgen, je drukte me helemaal plat!'

'Maar dat was voor de grap, Charley. Jezus.' Hij klinkt geïrriteerd.

'Dat heb je met Am ook gedaan, of niet?' Ik stel me voor dat ze hem met haar vurige ogen aanstaart, dat ze terugduwt, harder dan ik.

Leuker?

Waarom zei ik dat?

'Charley, ik wil niet over haar praten,' zegt hij. Hij strijkt mijn haar naar achteren en buigt zich over me heen, met zijn gezicht vlak voor het mijne tot ik alleen nog zijn ogen zie.

'Ik kijk niet!' zeg ik lachend, en ik doe mijn ogen dicht, maar dat helpt niet, ik voel nog steeds zijn zachte lippen op de mijne. Ik voel mijn hoofd, dat niets weegt in de handpalm waarmee hij het vasthoudt. Ik voel dat ik mijn ogen weer opendoe; het is hopeloos te denken dat ik me niet meer in de zijne zal verliezen.

We liggen huid tegen huid, en het is fijner dan in onze dromen, borst tegen borst, mijn benen vouwen zich om hem heen. Het is alsof mijn lichaam zich al jaren verborgen houdt en dit moment heeft uitgekozen om me te laten weten dat ik er toch nooit de baas over ben geweest. Nu ben ik het die zich tegen hem aan duwt. Dan hoor ik opnieuw iets, duidelijk en onmiskenbaar: het geluid van iemand die naar adem hapt, of is dat gewoon de wind buiten?

'Stop!' Ik kan bijna niet geloven dat ik het ben die dat zegt, maar dat is wel zo. 'Wacht even.'

Dat doet hij, hij hijgt alsof hij een stomp heeft gekregen, maar hij lacht.

'Ik wil even stoppen.'

Mijn stem trilt. Ik ben misselijk. Is er buiten iemand die naar ons kijkt? Jack?

'Gaat het wel, Charley?' Hij klinkt bezorgd; heeft hij soms ook iets gehoord? Hij kijkt op en luistert.

'Ik dacht dat ik iets hoorde,' zeg ik.

'Oké.' Hij trekt snel zijn T-shirt aan, geeft me het mijne, staat op en loopt naar het raam.

'Ik zie niks,' zegt hij.

'Sorry,' zeg ik, want het klinkt ineens als een slap smoesje omdat ik niet meer durfde.

'Geeft niks!' Hij komt terug en trekt me stevig tegen zich aan. 'Geen probleem, dat was misschien wel net op tijd!' Maar hij kijkt weer door het raam naar buiten.

'Hoezo?' vraag ik. 'Waarom net op tijd? Wil je niet eh... eh...?'

'Jij dan?' vraagt hij.

'Soms wel. Daarnet bijvoorbeeld,' zeg ik.

Hij zwijgt. Het vuur is gedoofd en we weten allebei dat ik naar huis moet. Hij geeft geen antwoord.

'Jij hebt het al een keer gedaan, hè?' vraag ik na een tijdje.

'Ja.'

'Met Am?'

'Toe zeg, Charley, alsjeblieft, laat Am erbuiten, zij is...'

211

'Veel leuker dan ik?'

'Fuck!' Plotseling wordt hij woedend. 'Je weet helemaal niks over haar of over haar leven, dus laat haar erbuiten, oké?'

Ik word ook kwaad.

'Probeer je op die manier mij níét te vertellen dat je met haar naar bed bent geweest?'

'Nee, dat is niet waar, en ja, dat ben ik!'

'O!' Het klinkt zo klein en onbenullig en zo voel ik me ook, klein en onbenullig. Ik zie Ams ogen voor me, spottend en plagerig, ouder en wijzer, ze weten iets wat ik niet weet.

Ik ben te jong. Hij gaat me dumpen.

'Ik wil het ook, Pete,' fluister ik, wanhopig als ik eraan denk dat ik hem zal kwijtraken, dat ik buitengesloten zal worden. Ik wil dat ook, die hoogspanning tussen Pete en Am... o, shit! Hoe doe je zoiets, denk ik. Hoe zeg je: ik wil het, ik wil het echt, ik wil door dat gevoel meegevoerd worden, helemaal tot het eind? Hoe zeg je: maar ik ben ook bang en ik weet zeker dat ik nooit zo sexy zal zijn als zij? Stel dat ik er niks van kan?

'Misschien wil ík het wel niet, Charley,' hoor ik Pete langzaam zeggen.

Ik kan het niet geloven, het lijkt alsof ik een dolksteek krijg, wat heb ik verkeerd gedaan? Is het nu voorbij? Ging het zo slecht?

'Dus dat was het dan?'

Dat durf ik nu wel te vragen, want rottiger kan ik me niet voelen.

'Wat?' Hij kijkt op me neer.

'Afgelopen. Met ons.'

'Wil je dat?'

'Nee!'

'Nou dan,' zegt hij, en dan zoenen we weer, voorzichtige zoenen die nergens toe leiden.

'Je blijft niet voor eeuwig vijftien,' zegt hij als we opstaan.
'Wat maakt dat dan uit?' Maar ik weet al wat hij bedoelt.

Speel je nu met kleine kinderen, Pete? hoor ik een stem in mijn hoofd vragen. De stem van Am.

Hij houdt de hele terugweg mijn hand vast, hij maakt me aan het lachen, maakt dat ik me zo veilig en geborgen voel. Ergens achter ons in het bos knapt een tak of breekt een twijg. Ik heb het gevoel dat we worden gevolgd, en ik wil me omdraaien en omkijken, maar Pete staat steeds tussen mij en het geluid in, met een kus, een grapje, een lach.

'Niet bang zijn,' fluistert hij. 'Ik ben er toch.'

Maar ik ben wel bang.

'Ik heb hct gevoel dat we worden gevolgd,' fluister ik. Ik probeer er ook om te lachen.

'Heb je een slecht geweten?' Hij glimlacht, en dan buigt hij zich over me heen en kijkt diep in mijn ogen. 'Nee!' zegt hij lachend, 'zo schoon als de beek.'

We lachen weer.

'Ik hoop niet dat dat altijd zo blijft.'

'Mee eens!' zegt hij.

Maar wanneer dan, denk ik, en waarom niet nu?

En in mijn hoofd zie ik het antwoord, het staat geschreven in de lucht, in die vibrerende, zoemende lucht tussen hem en haar – Am.

Ik voel me erg opgewonden als ik thuiskom. En ik ben bang: bang omdat ik zo naar Pete verlang, bang dat het niet wederzijds is, bang dat ik als eerste van het klif zal duiken zonder te weten hoe diep het water is... maar dat is niet alles.

Ik kan dat gevoel dat ik word gevolgd, niet van me af zetten.

'Je bent helemaal verwaaid,' zegt mijn moeder als ik thuiskom. 'Je bent verwaaid, windekind!'

En zo voelt het inderdaad, alsof de kracht van de wind door

mijn lichaam raast, alsof de zee me heeft gevangen en me hoog in de lucht heeft gegooid, waar ik dans op de wolken.

'Hé Hal, kom eens.' Ik pak hem vast en probeer door te keuken te dansen.

'Hou op!' zegt hij.

'Mag ik deze dans van u, vader?' Mijn vader kan totaal niet dansen, maar hij doet zijn best. Ik kan niet stilzitten. Ik dans, ik zing, iedereen wordt gek van me, behalve Sarz.

'Keer!' roept ze, en dan doe ik het nog eens, ik til haar op en gooi haar in de lucht, zoals mijn vader ook altijd bij mij deed; ik bleef altijd een fractie van een seconde in de lucht hangen en dan lag de wereld aan mijn voeten, wachtend tot ik zou vallen. Dat is precies zoals het met Pete voelt.

'Hebbes!' zeg ik tegen Sarz.

'Keer!' roept ze, dus ik doe het nog eens, ik speel met Sarz, mijn moeder lacht en mijn vader zegt: 'Fijn dat je weer de oude bent, lieverd', maar Hal kijkt me alleen maar aan alsof hij weet dat ik dat niet ben. Alsof hij voelt dat ik heel ergens anders zit met mijn hoofd, heel ver weg, en hij zich afvraagt of ik ooit wel weer terug zal komen.

'Voorzichtig met dat kind!' zegt hij. We kijken elkaar even aan, we zijn zó dicht bij elkaar dat het lijkt alsof hij met zijn donkergrijze ogen mijn gevoelens kan zien, maar toch zijn we tegelijk ook heel ver van elkaar verwijderd. Ik heb geen idee waar het vandaan komt, die plotselinge angst waardoor ik steeds als ik bij Pete ben bladeren hoor ritselen en takken hoor kraken. Steeds als we laat op de avond in de eenzame beschutting van de rotsen liggen, heb ik het gevoel dat we worden beslopen. Alsof we op een avond de hoek om zullen komen, vrolijk lachend, en dan een lichtbundel op ons gericht zien, waarin we verstijfd als konijnen blijven zitten, verlamd, als aan de grond genageld.

En soms denk ik zomaar, zonder dat daar reden voor is: mam, help me!

Charley: Ziekenhuis. Nu.

'Mam!

'Help me!' En dan is ze er gelukkig ineens. Ik kan het bijna niet geloven, maar zij is het, ik hoor haar stem naast me.

'Hallo, Charley. O lieverd, wat fijn om je weer te zien, zelfs met die afschuwelijke ziekenhuisdingen. Mijn god, kind, wat zie je eruit met dat ziekenhuishemd aan!' *Ze draait zich om naar de verpleegkundige en haar stem klinkt fantastisch, zo fantastisch, en ook boos, boos en scherp als een oesterschelp.*

'Waarom heeft ze dat hemd aan? We hadden toch gevraagd of ze elke dag aangekleed kan worden? O, Charley!' zegt ze. 'Je hebt geen idee hoe erg ik je gemist heb, ik bedoel echt jou, precies zoals je bent in dat treurige ziekenhuisbed.'

Mam!

Haar stem. Warm.

Warm als een zomerse bui.

Ze doet het raam open en de zoete lucht spoelt over me heen, ze ruikt naar de zee!

Zo, dat is beter!

Stilte.

Iemand heeft zeker een nieuwe batterij in de klok gestopt, want hij tikt onnatuurlijk hard, als een nieuw hart in een oud lichaam.

'Nou, we hebben Hal bijna niet gezien, ongelofelijk hè? Volgens mij heeft hij een vriendinnetje, maar hij doet al net zo moeilijk als jij deed, net zo stiekem. Jullie zijn een mooi stel!'

Haar woorden tintelen op mijn huid, als kippenvel.

Ze streelt mijn wang. En zwijgt.

'Waar ben je nu, lieverd?' *vraagt ze zacht.* 'En wat moeten we toch met jou?'

'Hier,' zeg ik. 'Ik ben hier, mam!'

Ze hoort me niet, maar ze kust me toch, en haar lippen zijn zo zacht als vleugels op mijn wang.

'Aha, mevrouw Ditton! Goed om u te zien!'

Ik ril.

Er loopt iemand over mijn graf.

'Nou, zoals u kunt zien,' *gaat de stem verder,* 'is er helaas geen verandering; ik denk dat het heel verstandig is dat u en uw man de situatie zo zorgvuldig overdenken.'

'Ja hallo, kunnen we dit elders bespreken?' *zegt mijn moeder ferm.* 'Ik doe dat liever niet in het bijzijn van mijn dochter.'

Wat? Waar hebben ze het over? Over mij?

'Sorry, Charley!' *zegt ze; ik word bang als ik die hulpeloze, hopeloze klank in haar stem hoor... Dan hoor ik dat de deur wordt geopend en weer gesloten. Ik voel dat het tere nieuwe stiksel dat me bijeenhoudt, begint te knappen...*

'Mam!'

Ze geeft geen antwoord, maar er brandt een warme, zoute traan op mijn voorhoofd. Door dat gevoel val ik uiteen; alle delen van mijn lichaam raken los en vliegen weg. Armen zweven, grijpen naar benen, mijn hoofd tolt, lichaamloos, starend, en niet in staat om de losse delen te besturen.

'Mam!'

Maar er komt geen antwoord, alleen het koude, stille donker tussen mijn handen en armen en benen, terwijl ik bewegingloos in stukken lig.

'Is daar iemand! Help me!'

'Hal... Hal... Hal...'

Ik roep en roep... maar deze keer komt er geen antwoord...

Hal. Nu.

'Help me! Hal... Hal... Hal...'

Ze roept en ik krijg hoofdpijn van de pogingen om haar buiten te sluiten. Ik heb geprobeerd om te helpen, Charley, maar dat komt alleen maar tussen Jack en mij in te staan. Ik heb een branderig gevoel midden op mijn voorhoofd, alsof daar een druppel zoutzuur zit die zich een weg naar mijn hersens wil branden.

Hou op! zeg ik tegen mezelf.

Maar hoe? Dat wil ik wel eens weten. Hoe hou je op van iemand te houden alleen maar omdat die halfdood is?

'Hier zijn, Hal,' fluister ik tegen mezelf. 'Zo doe je dat.'

Hier zijn, in het nu, niet in het ziekenhuis, niet in het afgelopen jaar, niet proberen om alles op te lossen. Je geen donkere gedaanten en schaduwen inbeelden.

Ik kijk om me heen; ik ben op het strand met Jack. Wat is er nou normaler dan dat ik met Jack op het strand ben? Maar toch is het dat niet. De ellende is dat iedereen het weet van Charley en Pete en dat iedereen ons in de gaten houdt en kijkt of wij het wel aankunnen. Zo voelt dat tenminste.

Er zijn een of twee meisjes met een handafdruk op hun lichaam, bleke schaduwen van een hand ergens op hun middenrif. Een meisje heeft een handafdruk die eruitziet alsof hij langs haar rug naar beneden kruipt. Gek dat ik die nooit eerder heb gezien; afschuwelijk dat er steeds als ik ze zie een steek door mijn hart gaat en dat ik dan Charley zie. Charley, die het zo geweldig zou hebben gevonden dat ze een rage heeft veroorzaakt die nog steeds voortduurt, terwijl zij in het ziekenhuis ligt, nauwelijks kan ademhalen.

Uitzetten, Hal. *Delete.*

'Hé, Hal!' zegt Jack. Ze komt op mijn rug liggen en fluistert in mijn oor: 'Kom op, rol me in het zand, kus me.'

Ik doe het en het is leuk. Soms gaan er middagen voorbij waarop ik niet alleen maar doe alsof ik plezier heb, maar dat

dat echt zo is. Jack en ik in de golven, op het zand, onder de eiken, achter de rotsen. Soms denken we nergens aan, alleen maar aan elkaar, dan is het echt leuk.

'Denk jij dat ze het gedaan hebben?' vraagt ze op een dag. Ze kijkt me aan als een luie kat. We zijn vol van de zon en elkaar en de laatste tijd wil ik dat de zomer voor altijd blijft duren. Vraag ik me af hoe ik haar ooit achter kan laten. Begin ik te geloven dat ik heel, heel misschien over Charley heen kan komen.

'Nee,' zeg ik, zonder echt te luisteren. Wat gedaan?

'O, volgens mij wel,' zegt ze, en dan snap ik het pas: ze bedoelt hét, of Pete en Charley hét gedaan hebben.

'Ach, weet ik veel, daar wil ik niet eens aan denken.' En dat doe ik niet. Als ik daaraan denk, haat ik Pete. Ik weet niet waarom, ik wil niet eens weten waarom.

'Ik hoop van wel,' zegt ze plotseling hartstochtelijk. 'Ik hoop dat ze het nog heeft gedaan, voordat ze...'

We kijken elkaar aan, en weer staan Charley en Pete tussen ons in, zoals steeds de laatste dagen, of we het nu merken of niet.

Help me. O, Hal alsjeblieft.' Dat is Charleys stem; ik probeer me tegen haar te verzetten, maar het is alsof ze in kleine stukjes uiteengevallen is en me smeekt om haar weer heel te maken. Maar we zijn allemaal stuk, Charley, we zijn in stukken gesneden omdat we jou zijn kwijtgeraakt, zonder dat we echt afscheid van je hebben kunnen nemen, of weten waarom. Ik wist vroeger niet wat dat precies inhield als je stuk was. Nu wel. Het is alsof je verlamd bent zonder dat je dat in de gaten hebt, alsof je wacht en hoopt dat alles op een dag weer op zijn plaats zal vallen en dat de wereld dan weer begrijpelijk wordt – maar tegelijk weet je dat dat nooit zal gebeuren.

'Ik wil er niet over nadenken, Jack.' Ik probeer het vriendelijk te zeggen, aardig, maar het klinkt wanhopig en ik vraag me af hoeveel tijd we nog over hebben, Jack en ik, hoe lang ik haar nog kan vasthouden, terwijl ik intussen besef dat haar broer misschien degene is die Charley iets heeft aangedaan.

'Soms haat ik ze allebei,' fluistert ze.

'Ja, dat ken ik, ook al hebben ze niks gedaan,' antwoord ik. We staan op uit het warme zand en slenteren hand in hand over het strand. We gaan in de schaduw van de bomen zitten, waar het koel en rustig is, en we zoenen, en de wereld begint langzaam te verdwijnen. Het voelt weer alsof we alleen zijn, alsof alleen wij bestaan en er verder niets is, behalve het gefluister van de bomen en onze adem, die zoet en in elkaar verstrikt is.

En dan horen we stemmen op het pad; Jack gaat overeind zitten en maakt zich van me los voordat ik in de gaten heb wat we horen. Dat is Am. Am, en Pete.

'Nee!' zegt Am. 'Nee, nee, nee, nee! Dat wil ik niet!'

'Luister Am, het is verleden tijd, of Charley nu in het ziekenhuis ligt of niet – ze kan daar voorlopig niet weg en ze kan met niemand praten.'

'Ik dacht dat ze... ik dacht dat ze dood was, in de krant stond dat ze in coma lag, dat ze het waarschijnlijk niet zou overleven... dat zei jij ook, daarom heb ik...'

'Luister goed, Am,' onderbreekt Pete haar. 'Dat doet er nu allemaal niet meer toe; het enige wat ertoe doet is dat jij hier weg moet zien te komen... Dat is niet veranderd, het is het enige zinvolle dat nu moet gebeuren. Wat er met Charley is gebeurd, doet er nu niet meer toe, Am, en als we niet...'

'O, Charley, Charley, Charley...' roept Am. Als ik haar naam uit Ams mond hoor, deins ik naar achteren en begint het me te duizelen.

Als ik opzij kijk, zie ik dat Jacks gezicht spierwit is, haar mond hangt open maar er komt geen geluid uit.

'Hou op, Am! Pete's stem klinkt hoog en zacht. 'We moeten goed nadenken, we moeten... we moeten...'

'Ja, wat? Waarover moeten we nadenken?' schreeuwt ze tegen hem. 'Er is helemaal niks om over na te denken! Er is niks gebeurd... het is zoals iedereen zegt, precies zoals iedereen zegt: ze is de golven in gegaan en ze is er niet meer uit gekomen.' Dan verandert haar stem, wordt heel vreemd en poeslief; ze kijkt omhoog naar Pete. 'Dat zal ik zeggen, Pete, dat weet je wel – dus waarom begin je er dan steeds weer over? Waarom maak je je er zorgen om? Ik zal heus niets verraden, dat beloof ik.'

Ik wil opspringen, maar Jack grijpt me bij mijn hand en trekt me terug in de schaduw van de bomen, net als zij langslopen. Ze houdt haar hand tegen haar mond gedrukt en haar gezicht is nu echt lijkbleek, net zo wit als de stokken waar ze de bast vanaf heeft gehaald.

'Je weet wat er gebeurd is, Am,' zegt Pete zacht. Ik vraag me af of ik iets dreigends in zijn stem hoor of dat ik me dat verbeeld. 'Je moet weggaan, je moet hier weg!'

Ik kijk woedend naar Jack.

'Dus hij heeft haar niks gedaan?'

'Ssst Hal, we moeten ze volgen...' Ze begint hen achterna te lopen, maar ik ruk me los en ren weg, zo ver bij ze vandaan als ik kan komen.

Ik ren dieper het bos in, onder de zachte schaduw van de eiken. Als ik blijf staan, ben ik verdwaald, diep in het bos, en zie ik een vreemd groen licht. De schaduwen van de bomen strekken zich daarin uit en de met korstmos bedekte boombast lijkt te gloeien in het gevlekte licht. Dan is er ineens een open plek met een paar scheve, knoestige boomstammen en een vreemde, hobbelige, met mos begroeide bodem. Ik blijf staan. Ik hoor dat Jack vloekend en struikelend achter me aan komt, ik hoor het gekraak van takken en ze roept mijn naam.

'Hal!' Hal!'

Ik geef geen antwoord. Ik luister naar de stem in mijn binnenste, de stem die ik zo krampachtig het zwijgen probeer op te leggen, Charleys stem. Ik voel die stem overal om me heen, fluisterend; hij hangt in de lucht en de bomen, alsof die haar herinneringen vasthouden en wachten tot ik ze kom halen. Er welt een kreet op uit mijn buik, haar naam, en ik hou haar niet langer tegen. Ik laat mezelf de hete, brandende druppel op mijn voorhoofd voelen, ik geef toe aan de brandende pijn, diep in de kronkels van mijn hersens. Ik laat mijn hoofd gaan, laat het vollopen met de duizelingwekkende pijn van de leegte, van mij-zijn, en als de pijn bij mijn hart komt, hou ik op... daar hou ik op... en begint Charley.

Ik hoor haar stem: *'Hal, Hal, Hal, Hal... help me!'*

'Charley!'

Charley: Ziekenhuis. Nu.

'Charley!'

Hal! Hij is terug. Godzijdank... zijn stem golft door me heen als mijn eigen hartslag; langzaam verzamelen de verlaten stukjes van mijn lichaam zich, als stofdeeltjes in het zonlicht... en ik word weer heel...

'Waar ben je?'

Hal. Nu.

'Waar ben je?'

Ze roept en ik kijk om me heen. Ik sta op een open plek, het mos is veerkrachtig, het ligt in vreemd gebogen vormen op de open plek. Terwijl ik kijk, lijken de vormen te bewegen, te buigen en te deinen en over de grond te schuiven, naar mij toe... Ik hou me vast aan de stam van een knoestige eik. De grond beweegt, golft onder mijn voeten, en langzaam, terwijl ik kijk, tekenen zich vormen af in het wilde mos: vormen van lichamen die het zachte mos indrukken, zich erop uitstrekken en het indrukken met hun gewicht, ze rollen om en zuchten en lachen en komen steeds dichterbij.

'Nee! Nee!' Ik verbijt mijn tranen, maar ik hoor de stemmen nog steeds – niet Am en Pete, maar Charley, Charley en Pete, ze lachen en liggen samen op de open plek; dan hoor ik zijn stem, koud en scherp als regen.

'Flikker op, Am.'

En dan staat Jack plotseling naast me.

'Hal, wat doe je nou?'

Ik draai me trillend naar haar om. 'Ik? Wat ík doe?' schreeuw ik tegen haar. 'En jouw perfecte broertje dan? Waar is die mee bezig? O, wat is die verliefd op Charley, zeg! Hij staat maar naar ons huis te kijken, hij kan niet zonder haar, hij zou haar nóóit kwaad doen...'

Haar hand doemt op uit het niets en ineens gloeit mijn gezicht van de pijn, het gloeit alsof er duizend kleine spelden op mijn wang dansen.

'O, Hal, sorry, sorry, sorry, ik...'

Haar gezicht ziet er bleek en berouwvol uit in het groene licht en ze gaat plotseling zitten, alsof ze van binnenuit instort... alsof dat wat haar staande hield uit haar getrokken is. En ik zwijg, want ik ken dat gevoel, zo voelt het om Charley te missen.

Ze huilt. Ik heb haar nog nooit zien huilen. De tranen stromen door haar vingers heen, haar lichaam schokt door haar hortende ademhaling, maar ze maakt geen geluid.

'Jack!' Ik ga naast haar op het zachte mos zitten en zo zitten we samen te trillen.

'Pete!' zegt ze op een gesmoorde, gepijnigde fluistertoon. 'Pete.' Ze zegt zijn naam steeds opnieuw, alsof ze hem is kwijtgeraakt. Haar beeld van Pete is verbrijzeld, het is in een paar

222

zinnen kapotgemaakt, aan diggelen geslagen, en nu noemt ze zijn naam, net zoals wij Charleys naam noemen, steeds opnieuw, alsof zij door dat geluid terug zal komen.

'Maar ik begrijp het niet, Hal,' zegt ze.

'Wat bedoel je?' vraag ik.

'Dat was Am!'

'Ja,' beaam ik. 'Am en Pete. Samen.'

Ze kijkt me verward aan.

'Maar Am beschuldigde hem,' zegt ze.

'Wat?'

'Hij zou Am in elkaar geslagen hebben, en ze was echt in elkaar geslagen, Hal, haar gezicht was bont en blauw, en dat was kort nadat ze uit elkaar zijn gegaan, en...' Ze kan niet meer praten, het lijkt alsof ze bijna moet overgeven. Ik doe een stap naar achteren, weg uit de gevarenzone.

'Wat?' vraag ik weer.

'Zij was het... Am was degene die hij in elkaar geslagen zou hebben,' zegt ze.

'En dat wisten jullie allemaal?' schreeuw ik. 'En jullie hebben Charley niet gewaarschuwd? Jezus, wat ben jij eigenlijk voor iemand, Jack?'

Maar ze geeft geen antwoord, ze vertelt verder. '... en Pete wilde het toegeven zolang Am geen aanklacht indiende, volgens mij zat het zo, alleen is er toch iets wat niet klopt...'

'Ja, er klopt inderdaad iets niet, Jack, namelijk dat niemand dat aan Charley heeft verteld, dát is wat er niet klopt!'

'Maar hij heeft het niet gedaan, Hal!'

Dan staan we weer lijnrecht tegenover elkaar.

Ik kan geen woord uitbrengen. Ineens trekken Pete en Jack en Am en dat hele kampeerterrein me absoluut niet meer aan. Angstaanjagend is het, en groezelig en smerig, net zoals iedereen altijd zegt.

Waarom knik ik naar haar?

'Hij heeft het niet gedaan, Hal!' zegt Jack weer. Haar ogen houden de mijne vast, vastberaden en beslist.

Ik wil opstaan en naar huis gaan, ik wil bij mijn vader zijn als mijn moeder terugkomt van haar bezoek aan Charley, ik wil horen hoe het met de echte Charley gaat, ik wil dat alles nu ophoudt, inclusief Jack.

Ik kan haar niet aankijken.

'Hij kan soms ontzettend driftig worden, Hal, maar hij zou nooit, echt nooit een meisje slaan.'

'O, praat het maar goed, Jack. Geweld is oké, zolang je maar geen meisje slaat. Bedoel je dat?' Ik hoef het niet eens hardop te zeggen, want als ze me aankijkt weet ze wel hoe ik me voel.

'Ik bedoel dat ik niet geloof dat hij het heeft gedaan.' Ze pakt mijn hand vast. 'Luister nou eens naar me, Hal... ik denk dat haar vader haar heeft mishandeld... dat is de enige logische verklaring.'

'Voor mij niet, Jack.' Ik trek mijn hand weg.

'Waarom geloof je me niet?' schreeuwt ze in de stille lucht onder de boomtakken, maar er komt geen antwoord, tenminste niet van mij; alleen klinkt plotseling het luide gekraak van de bomen rondom de open plek.

Ik ga staan en loop weg; deze keer komt ze me niet achterna.

Charley: Ziekenhuis. Nu.

De open plek glinstert, ik zie het duidelijk voor me in mijn hoofd, het zachte mos dat gloeit in de groene schemering...

Charley. Toen.

Het is een heel eind lopen terug over het klif en we stoppen altijd even vlak boven het strand, tussen de bomen, op de

open plek. We blijven hier een tijdje in de koelte en de schaduw, want het is veel te ver lopen naar huis zonder onderweg
te zoenen.

'Hoe ken jij al deze plekjes zo goed?' vraag ik aan hem.

'Hoe ken jij het bos zo goed?' vraagt hij aan mij.

We gaan op onze plank onder de eiken zitten, maar zodra ik
zit krijg ik weer het gevoel dat er iemand naar ons kijkt. Misschien zijn het de bomen wel, of het bos zelf dat ons vasthoudt, ons inprent, als herinneringen. Aan de andere kant...

'Waar is Jack?' vraag ik. Zijn zus is soms net een kleine
spion.

'Ze heeft surfles in Bude.'

'Oké.' Hij kijkt me aan, mijn ogen worden in de zijne getrokken, maar het is alsof er achter me ook ogen zijn; ik word
er heel ongedurig van.

'Wat is er?'

'Ik heb de kriebels.' Ik weet zeker dat ik iemand hoor
proesten, hoort hij dat dan niet? Ben ik gek aan het worden?
'Wat was dat?'

'Mensen op het pad?' zegt hij glimlachend.

'O ja.' Ik voel me heel stom, maar je vergeet hier zo snel dat
het pad eigenlijk heel dichtbij is. Hier op het zachte mos tussen de oude eiken lijkt het alsof je kilometers van de bewoon-
de wereld bent.

'Ik bescherm je wel tegen de zombies!' zegt hij lachend. Hij
slaat zijn armen helemaal om me heen en ik word gedragen
door het zachte mos en ik ben verloren, het voelt zo veilig en
warm en heerlijk, maar ook gevaarlijk en gek en moeilijk.

'Ik wil het echt heel graag... met jou,' zeg ik, maar hij kijkt
weg en er glijdt een snelle, donkere schaduw over zijn gezicht.

'Dat merk ik wel!' Hij lacht, maar hij zegt niet dat hij het ook
graag wil, hij legt niet uit waarom niet, of waarom hij altijd de-

gene is die het tegenhoudt, die mij afremt. Waarom? wil ik hem vragen. Waarom ben ik niet goed genoeg, en Am wel?

'Ik vind het vreselijk als ik denk aan jou en Am. Je weet wel, samen.'

'Dat is nog eens een goede reden!' Hij kijkt kwaad. 'Echt hoor, Charley, geweldig.'

Plotseling hoor ik iets, een luid gekraak ergens tussen de bomen. Ik schiet overeind.

'Oude eiken,' zegt hij. Zegt hij dat niet wat erg snel? Ik ga staan. Deze keer zal ik Jack betrappen, ik zal haar eens goed duidelijk maken dat dit niet leuk is.

'Kom tevoorschijn! Waar zit je?' roep ik. Maar ik hoor alleen het geruis van de golven in de verte en het zachte geritsel van de wind in de bladeren. Ik voel Pete's schaduw over me heen vallen en hij draait me om, zodat ik niet meer naar de bomen staar maar naar hem kijk. Toch voel ik dat hij achterdochtig over mijn schouder kijkt, alsof hij zich ook afvraagt wat daar is.

'Waar waren we gebleven...' zegt hij. Zijn stem klinkt vaag, uitnodigend. Ik duw hem zacht van me af.

'En Am dan?' vraag ik.

'Wat is er met Am?' Hij klinkt heel ongeduldig, waardoor ik bijna niet kan nadenken.

'Er is iets...' Ik doe mijn best om het onder woorden te brengen, maar dat lukt me niet goed. Wat ik wil zeggen is dit: er is iets tussen jullie en ik weet niet wat, ik weet alleen heel zeker dat jij met haar wel wilde en met mij niet... en ik zie haar ogen voor me, ze kijken lachend naar me, die gekwetste blauwe ogen. En ik vraag me af wat zij weet en waarom het zo opwindend voelt, en angstaanjagend, en wat het met Pete te maken heeft.

'Oké. Misschien is er inderdaad iets,' zegt hij, 'maar misschien is dat jouw zaak wel helemaal niet! En ik vind het trou-

wens een shitreden om het met mij te doen!' Hij ziet er heel
kwaad en gekwetst uit en ik schrik van zijn felheid. Hij is altijd zo relaxed, zo chilled en surf-cool; als ik zijn vertrokken
gezicht zie, zijn kille, kwade gezicht, dan doet dat iets met me,
het geeft me kracht!

'Dat is heus niet de enige reden,' antwoord ik bits.

'O nee?' Hij draait zich niet om, maar kijkt me ook niet aan,
maar ik kijk wel naar hem. Hij is echt ontzettend knap. Ik kan
nog steeds niet geloven dat wij iets hebben samen, maar misschien maakt dat het voor hem wel zo spannend, dat ik hem
zo treurig dankbaar ben.

'Het komt niet door Am!' zeg ik, hoewel dat ten dele wel zo
is. 'Het komt ook hierdoor.' Ik streel met mijn vingers over zijn
warme, zanderige buik. 'Hé, Surfplank Sixpack!'

Geen reactie.

'En deze?' Ik pak zijn handen vast. 'Ongelofelijk wat je hiermee kunt doen. Daar wil ik meer van weten! En deze...' Met
mijn vingertoppen raak ik zijn lippen aan.

Hij begint te glimlachen. Ik zie dat hij dat eigenlijk niet wil,
maar hij kan er niets aan doen. Zijn lippen beginnen in de
mondhoeken op te krullen en hij draait zijn gezicht naar me
toe.

Hebbes.

'En jij?' vraag ik. 'Wat vind jij leuk aan mij?'

'Alles!' zegt hij. Hij zucht. 'Alles aan jou is leuk, Charley,
maar het eerste wat ik leuk vond, was zoals je van je plank viel!'

'Eikel!'

'Zelfs toen zag je er mooi uit!' zegt hij, terwijl ik hem aan-
vlieg en hij zich verdedigt; dan kijken we elkaar weer aan, we
staren diep in elkaars ogen, en het maakt niet meer uit of de
bomen ritselen of de takken breken, zelfs al werd er een hele
eik ontworteld en naast ons neergesmeten, want we zijn hele-

maal verloren. We zijn alleen nog maar handen en ogen en aanraking en woordloze geluiden. Ik voel dat het zachte mos onder onze lichamen ingedrukt wordt. Soms weet ik niet eens precies meer wat bij zijn lichaam hoort en wat bij het mijne.

We vallen onder de bomen in slaap.

'Wakker worden!' zeg ik. De schaduwen zijn al langer en de open plek is ineens groen en onwerkelijk. Het is laat in de middag. Ik heb honger en dorst, ik moet water hebben. Wat ziet hij er fantastisch uit zoals hij daar ligt te slapen, alsof ik hem na honderd jaar wakker moet kussen. Ik stel me voor dat ik wakker word met hem, elke dag, dat we 's avonds bij elkaar zijn, 's middags, 's ochtends, altijd. En dan vraag ik me af wat mensen dan eigenlijk doen, en hoe dat gaat. Het kan toch niet altijd zo zijn zoals in de film? Het is toch niet zo dat er in het echt, op lastige momenten, ook een waas voor de lens komt? Ik vraag me af of hij dit ook echt voor mij kan voelen. Kan hij echt uren kijken naar de magere, roodharige Charley Ditton zoals ik naar hem kijk? Ik knijp hem, om zeker te weten dat hij echt is.

'Fuck!' zegt hij, en hij draait zich kreunend om. Ik moet lachen en ik doe het nog een keer.

'Lazer op, Am!' zegt hij. Het is alsof hij mijn hart opensnijdt, zó scherp en schokkend is de pijn die ik voel. Ik draai me om, de tranen springen in mijn ogen. Hij gaat zitten.

'Charley!' Hij steekt slaperig zijn armen naar me uit. 'Sorry, ik dacht dat je... o Charley, nee, niet doen!' Hij strijkt met zijn hand mijn tranen weg.

'Ik kneep je alleen maar om te kijken of ik niet droomde,' zeg ik.

'Sorry, maar Am deed zulke dingen ook altijd, alleen deed zij het... nou ja, zij deed het om me pijn te doen.'

'Pas maar op, Pete, straks vertel je me per ongeluk nog iets over haar.' Ik glimlach geforceerd. 'Kom, we gaan.'

Na het bos en de schaduwrijke open plek voelt de namiddagzon heel warm, alsof de grond zo veel mogelijk warmte heeft opgenomen en de rest naar ons terugkaatst, de lucht in. Ik sleep mijn plank achter me aan.

'Niet doen,' zegt Pete. 'Dat is zo'n mooie plank.'

Ik geef geen antwoord. Am, Am, Am. Haar naam klinkt door mijn hoofd, ik zie ze samen, ze zien er allebei perfect uit, yin en yang, ze passen volmaakt bij elkaar. Ik zie steeds weer zijn hand die op haar hoofd rust, heel zacht, heel voorzichtig, alsof ze van wolken is, en ik weet hoe zijn handen voelen, als het geluid van de bladeren, de deining van de zee, maar dan weer heel plotseling, als snakken naar adem.

En dan komt het, een beeld dat heel helder en scherp is, bijna alsof het in de schemerlucht geëtst staat. Ik zie haar hoofd in zijn handpalmen, zijn duimen strelen de blauwe plekken onder haar ogen, hij raakt ze nauwelijks aan, maar weet ze op de een of andere manier toch weg te vegen.

Ik blijf staan.

'Kom, niet blijven staan, we zijn er bijna.' Hij pakt mijn arm en buigt zich voorover, geeft me een kus op mijn hoofd.

'Sorry,' zegt hij, 'super super sorry.'

Onze schaduwen zijn lang en smal en vallen ver voor ons uit. Hij steekt met kop en schouders boven me uit en hij heeft een heel ander silhouet. Als ik voor hem sta, word ik helemaal opgeslokt door zijn schaduw.

'Zullen we gaan zwemmen?' vraagt hij als we eindelijk het klif af zijn. En hij glimlacht, alsof hij weer 'Sorry' zegt. 'Daar knap je vast van op.'

Ik weet wat hij bedoelt, maar ik wil liever naar huis, wat niets voor mij is, maar ik wil dat het veilig en prettig is om me heen; mijn vader en moeder zwaaien naar me vanuit hun wereld, daar boven op het terras, en ik ben het zo zat dat iedereen steeds maar naar me kijkt, terwijl ik alleen maar in zee wil liggen, alleen met Pete, of misschien in een bed, ja, dat zou leuk zijn. Dat het mócht, dat we ons niet hoefden te verstoppen in het mos en het zand en het bos.

'Doei,' zeg ik.

'Kom je naar de barbecue?' vraagt hij. 'Kom op, Charley, we zijn al zolang niet meer bij de anderen geweest.'

'Oké.'

Ik loop weg. Ik wil daar niet heen, Am is er natuurlijk ook.

Am, Am, Am, met haar perfecte zeehuid en haar sodemieter-op-blik; met de veelbetekenende blik die ze over zijn lichaam laat glijden waarvan ze elk plekje kent.

Maar ik ga wel naar de barbecue, natuurlijk wel. Pete is er. Later gaan we naar ons lievelingsplekje, achter een warme rots.

'Wie het eerst in zee is,' zegt hij.

'Ik wil geen natte spijkerbroek.'

'Dan trek je hem toch uit?' stelt hij voor, met die stoute grijns van hem. Ik ga staan.

'Jij eerst!' zeg ik lachend. Hij gaat ook staan, we giechelen, laten ons in het zand vallen en proberen onze broek uit te trekken.

De zee halen we niet meer.

'Dat was een erg slim plannetje, Pete,' fluister ik na afloop.

'Hmm, beetje mislukt.'

'Dat jij een boxershort met Elmer de olifant hebt!' Ik krijg weer de slappe lach. 'Stoer hoor, al die kleurtjes op je slurf!'

'Ja ja, oké, het was een kerstcadeautje. Je gaat me toch niet vertellen dat jij altijd Calvin Klein draagt?'

'Alleen voor jou!'

En dan krijg ik ineens dat gevoel weer, het gevoel dat er iemand vlak buiten mijn blikveld staat te kijken... en te wachten.

Dat moet Jack wel zijn; toen we pas samen waren, zat ze ons

ook de hele tijd achterna, ze is bijna net zo dol op Pete als ik. Misschien houdt ze hem een beetje in de gaten? Misschien denkt ze dat hij alleen maar rare meiden uitkiest, zoals Am.

'Wil je een keer tegen Jack zeggen dat ze ons niet steeds achterna moet zitten?'

'Hè?'

'Dat werkt me echt op de zenuwen.'

'Maar dat doet ze bijna nooit!'

'Ik heb je al zo vaak gezegd dat ze ons volgens mij stiekem volgt!'

'Jij,' zegt hij, terwijl hij zich naar me toe buigt, 'hebt last van achtervolgingswaanzin!'

'En jij,' ik leun nog wat verder naar voren tot onze neuzen elkaar bijna raken, 'hebt last van een nieuwsgierig zusje!'

'Geleuter... Ik zei toch dat ze de hele ... dag op surfles... is en daarna gaat ze lekker... winkelen... met mijn moeder, waarschijnlijk... blijft... ze de hele... avond weg.' Steeds als hij een 'l' zegt, likt hij mijn lippen.

Er zaten veel 'l'-en in die zin. Het kan me niets meer schelen, al staat Jack ons op de rotsen te filmen, ik heb het veel te goed naar mijn zin.

'Dit is echt de leukste zomer van mijn hele leven,' zeg ik een tijdje later.

'Echt?'

'Ja. Maar over een week gaan we alweer weg.'

'O.'

'Ben ik alleen maar een vakantieliefde?'

'Nee!'

'Dus?'

'Kom op, chillen, Charley, we hebben nog tijd zat.' Hij rekt zich uit in het zand alsof we alle tijd en ruimte van de wereld hebben, maar zo voelt dat voor mij niet.

Hoe kan hij zo relaxed doen? Dan kan hij nooit hetzelfde voor mij voelen als ik voor hem.

'Ze laten me heus niet met de bus naar jou toe gaan, hoor.'

'Nee?'

'Nee!'

'Misschien volgende zomer naar het festival in Glastonbury, samen in een tent?'

'O, Pete!'

Ik kan het idee dat we afscheid moeten nemen niet verdragen, het idee dat ik niet wakker word met de zon op mijn gezicht en de zee in mijn oren, dat ik niet onder de sterrenhemel zit.

Met Pete.

Niets is zo mooi als dit, Pete en ik samen onder zijn oude jas, fluisterend in het donker, toegeneuried door de golven, verborgen door de rotsen.

'Ik wil niet dat je weggaat, nooit,' zeg ik op een avond tegen hem.

'Laten we dan weglopen en een surfschool beginnen in Mexico,' zegt hij.

'Ja, oké!' En we fantaseren hoe we dat gaan doen: ik pik een creditcard, we boeken een vlucht via internet, we gaan in een hutje op het strand wonen, waar altijd de zon schijnt, waar niemand ons ervan weerhoudt om de hele nacht bij elkaar te zijn en de volgende ochtend uit te slapen.

'Dan moet jij altijd ontbijt voor me maken.'

'Dan mag jij pas 's middags je kleren aandoen.'

'Maar ik pak de eerste Mexicaanse golf.'

'Mooi niet!'

We weten allebei dat het niet echt kan. Ik wil helemaal niet echt weglopen, ik kan bijna niet wachten om naar huis te gaan en Jenna en Sal alles te vertellen. Ik zou alleen graag willen dat Pete met me meeging.

Ergens ver weg op de rotsen schijnt een lichtje, van een visser. Het licht van zijn lamp is geel onder de witte sterren. Achter ons klinkt een schuivend geluid.

'Jack?' fluister ik. Pete begint te lachen.

'Over obsessies gesproken.'

'Jij bent mijn obsessie,' mompel ik. Ik druk me tegen zijn warme lichaam aan en voel zijn haar tegen mijn voorhoofd kietelen. Ik kan de gedachte niet verdragen dat ik niet vlak bij hem ben, ik kan me geen dag voorstellen waarop we niet zoenen, elkaar niet in de ogen kunnen kijken, of aanraken.

'Zullen we proberen om een keer de hele nacht samen te zijn?' hoor ik mezelf vragen. Ik zie voor me dat we op een strand in Californië zitten, of misschien in het Beverly Hills Hotel, met grote kussens van ganzenveren, leuk om kussengevechten mee te houden; we hebben de hele dag gesurft en op de grond staat een koeler met champagne. Het bad is zo groot als een hele badkamer en op het water dobberen geurige rozenblaadjes.

'Hoe dan?' vraagt Pete.

'Geen idee,' zeg ik zacht. 'Misschien kun je even de loterij winnen?'

'Hè? Wil je geld?'

'Wat?' Ik vertel hem waar ik aan dacht; hij zegt dat hij zich het Beverly Hills niet kan veroorloven en dat zijn ouders de boerderij ook maar pachten. Dus wat dan?

'Ik ga midden in de nacht stiekem de deur uit. Dan gaan we naar het huis in het bos, midden in de nacht! Kom op, jij komt uit een kampeerfamilie, dus dan kun je vast wel ergens een paar matjes en slaapzakken vandaan halen.'

Ik wacht tot hij weer nee zegt, nee, waarom, Charley, we hebben toch alle tijd van de wereld om elkaar te leren kennen?

'O, Charley!' zegt hij. 'We hoeven geen haast te maken, we

kunnen elkaar na de zomer toch ook nog zien? En je mag me toch wel bellen?'

Dan knapt er iets in me en komt alles ineens naar boven: het angstige gevoel dat ik in de gaten word gehouden, het wachten en niet weten waarom hij me niet wil.

'Pete! De zomer is bijna afgelopen en dan gaan we allebei weg! Je begrijpt toch wel dat je helemaal niet kunt weten hoe het zal zijn als we weer thuis zijn? En ik ook niet!'

Ik weet niet wat me bezielt. Waarom schreeuw ik tegen hem?

Er loopt iemand over mijn graf... iemand fluistert mijn naam... zegt tegen me: nu, nu, nu.

Ik voel alleen maar die drang. Het gevoel dat er alleen nu is, nu meteen, maar dat kan ik hem niet duidelijk maken. Ik zie de inham voor me zoals die 's winters is, de lege grijze golven die zo hoog en gaaf en perfect zijn, alleen zijn wij er niet om erop te surfen... Ik probeer hem dat allemaal te vertellen, maar het enige wat eruit komt is...

'Nu, Pete!'

'Wat?' vraagt hij, terwijl hij mijn handen tussen ons in vasthoudt. 'Wat is er, Charley?'

'Ik wil het nú, Pete, niet volgende week of volgend jaar, maar nu. Ik wil dat we een keer de hele nacht samen zijn. Kijken hoe dat is!'

'Hé!' Hij houdt me vast, net zo ontdaan en verbaasd als ik.

'Ik zei ook helemaal niet dat we niet een nacht samen konden zijn, ik wil alleen niet dat je denkt... ik weet niet, dat je denkt dat je iets moet of zo... dat het te... soms is het niet...'

'Ik wil het zelf graag!'

'Oké, oké,' zegt hij. 'Laten we dat doen, kijken wat er gebeurt!' We houden elkaar vast, we lachen, we zoenen, we laten elkaar los en voelen de koele avondlucht tussen ons in komen.

Als we het strand verlaten, hoor ik opnieuw iets. Er glijdt iets weg en ik zou zweren dat ik een gedempt geluid hoor.

'Mafkees,' zegt Pete als ik opschrik en me omdraai. 'Zó nieuwsgierig is Jack nu ook weer niet.'

Maar wie kan het dan zijn?

Charley: Ziekenhuis. Nu.

Wie was dat? Wie stond daar te kijken en kwam ons achterna?

De kamer is stil en leeg, het is avond.

Buiten staan de sterren aan de hemel.

Mama stapt ongeveer nu uit de trein.

Hier is de avond oranje en luidruchtig. Achter de ramen zoeven auto's voorbij, maar het is daar zo zwart en stil dat ik de sterren bijna kan horen schijnen. Soms is het zo donker dat je geen hand voor ogen ziet...

Hand voor ogen...

Zo donker...

Een herinnering...

Angst, bonzend hart, prikkende oksels, sterrenloos en schaduwloos... alleen in de inktzwarte duisternis, gestrekte armen, zonder iets te vinden.

'Waar ben ik?'

Ergens in het donker explodeert een vuur, oranje licht tegen een zwarte hemel, als een voortijdige zonsopkomst...

'Wie is daar, wie is daar?'

'Hal, waar ben je?'

Hal. Nu.

'Wie is daar?'

De vraag komt in me op, met Charleys stem; ik kijk om me heen en vraag me af wat echt is – de wereld lijkt ineens heel onzeker en gevaarlijk. Zelfs het dorp, dat er in de zon zo vredig uitziet, lijkt nu anders. Het kampeerterrein is niet meer kleurrijk, het is gestoord. De mensen die daar zitten, zijn aan de drank of aan de drugs en mishandelen elkaar. Ams grote, grijze huis daar boven op het klif is ineens niet romantisch meer; het is eenzaam en verlaten en angstaanjagend; waarom is Am zo vreemd en wat vond zij van Pete en Charley? De hele wereld kantelt weer en laat zien wat daaronder schuilgaat.

Nergens is het veilig.

En Jack? Ik weet het niet, ik weet alleen dat ik haar nog niet kwijt wil, maar ik denk er wel over na. Ik heb haar nodig, dat is het, zij is de link tussen dit jaar en vorige zomer, zij kan dingen voor me uitzoeken, dingen die ik niet kan nagaan.

Ik zie haar niet aankomen, ik hoor alleen haar stem, ik kan niet helpen wat mijn lichaam doet als ik haar hoor; haar stem is net een reddingsvlot, zo normaal, zo effectief om de angst de baas te blijven.

'Wie is daar?'

'Volgens mij heb ik iets, Hal!' Haar ogen lichten op van opwinding, ze gloeien bijna.

'Kun jij in het donker zien?' vraag ik.

'Wat?'

'Je ogen, als je opgewonden bent gloeien je ogen op in het donker, net als bij een kat.'

'Ja ja.' Ze wuift het weg; dat vind ik zo leuk aan haar. Alle andere meisjes die ik ken, Charley ook, voorál Charley, zouden zeggen: 'Vind je?' en dan zouden ze er nog honderd dingen over vragen, maar Charley raast gewoon door.

'Moet je horen, ik heb Pete horen bellen met Am, ze hebben vandaag ergens afgesproken, ik weet alleen niet waar. Denk jij dat hij dat meende, dat Am hier weg moet?'

'Weet ik veel!' antwoord ik. Ze ziet er heel bezorgd en bleek uit, alsof ze heel hard haar best doet om de oude Jack te zijn, vrolijk en uitbundig, maar dat is alleen een huid waarin ze is gekropen, een oude huid waar ze niet meer goed in past.

'Hij heeft geen spullen ingepakt of zo,' zegt ze. Ze klampt zich aan me vast. 'Stel dat hij echt weggaat, Hal? Stel dat ze wél iets hebben gedaan?'

Ik voel me geweldig, het is vreselijk, maar toch voel ik me superfantastisch, want in elk geval richt ze zich nu op mij, niet op Pete, eindelijk ben ik degene die misschien een antwoord weet.

Ik glimlach, ik kan er niets aan doen.

'Kom, dan gaan we kijken of ze op het strand zijn!'

Hij is er. De golven zijn niet geweldig, maar hij maakt er het beste van. We kijken. Ik zie een schaduw naast hem op de golven, een magere, zwarte schaduw, met rood haar en natte slierten, en ogen die altijd de kleur hebben van de zee. Op haar gezicht zitten altijd zandkorreltjes, ze plakken aan haar wangen en haar neus. De wind is warm en sterk, de golven breken, ze zijn onrustig en strak, moeilijk om iets mee te doen.

Ik voel de wind over mijn gezicht waaien; ik sluit mijn ogen en hoor Charleys adem weer, zo eindeloos als de zee, maar zonder leven.

In. Uit. In. Uit.

'Wie is daar?' roept ze angstig.

Het geluid van haar stem lijkt zich te vermengen met de geluiden van haar adem, van de zee, en het gebons van haar bange hart – alles gaat samen op en neer. Het bloed bonst in mijn oren en stroomt dan weg uit mijn hoofd; het geluid van haar hart klopt in me, tot de zee en het zand en zelfs het meisje naast me verdwijnen.

'Wie is daar?' Ik hoor het opnieuw en dan glij ik weg in de diepe, donkere afgrond waarin Charley ligt, zo stil en levenloos als de spookpop in het verlaten huis. Ze roept me. Ze roept me vanuit het donker, met elke pompende hartslag.

'*Hal?*'

Ik probeer terug te roepen.

'*Charley!*' Maar mijn stem maakt geen geluid, wordt opgeslokt door het donker en verdwijnt spoorloos.

Ik voel de angst in haar bloed bonzen en prikken terwijl het door haar lichaam stroomt; dan, uit haar angst en verdriet, begint zich een beeld te vormen. Een beeld van ons huis in het bos, het is alleen donker, zo donker als een maanloze nacht. Ik doe een stap naar voren. Ik zie het zwarte, lege raam van het huis, ik steek mijn handen uit en probeer dichterbij te komen, maar er is geen licht, nergens is licht.

'*Pete!*' Zijn naam weerklinkt in me, slaat tegen mijn botten.

Ik zie geen hand voor ogen. Ik voel weer die ijzeren vuist in mijn maag, die zich balt en klaar is om uit te halen. Ik doe een stap vooruit, in het onbekende, en dan hoor ik haar gillen.

'*Nee! Pete!*'

En het is alsof mijn hele lichaam van glas is gemaakt en haar stem precies de juiste toonhoogte heeft. Ik voel me alsof ik over het strand geblazen word, in duizend stukjes.

'*Nee!*'

Haar stem galmt en rilt in mij; dan is het plotseling alsof de wereld in versneld tempo achteruit draait en alle stukjes weer op hun plaats vliegen en de gedachten vervagen... en ik ben weer op het strand, ik kijk naar Pete op de golven alsof er niets is gebeurd.

Behalve dat Jack me een beetje vreemd aankijkt.

'Nou, wil je het?' vraagt ze.

'Wat?'

'Leren surfen?'

'Nee,' zeg ik. Ik probeer wijs te worden uit alle stukjes in mijn binnenste.

'Vanwege Charley?'

'Wat?'

Ze kijkt naar me en knipt met haar vingers.

'Wakker worden, sufkop. Jij zei net zelf haar naam toen je naar Pete keek op de golven.'

'Nou en?'

'En toen vroeg ik of je vanwege haar wilt leren surfen.'

'Ja, en toen zei ik nee.'

'Nee, niet waar, Hal.' Ze kijkt me aan alsof ze dwars door me heen zou willen kijken, tot in mijn ruggenmerg. 'Dat heb je niet gezegd, Hal,' zegt ze.

'O nee?' Ik voel dat ik zit te trillen en ik merk dat zij dat ook ziet.

'Nee,' zegt ze langzaam. 'Je weet best dat dat niet zo is, dus waarom doe je dan alsof?'

'Ik weet het niet, Jack.'

Ze schudt haar hoofd, alsof ze het leeg wil maken.

'Je schreeuwde: "Nee! Pete!" Je schreeuwde het precies toen Pete op die golf af ging, maar je keek helemaal niet naar Pete, of wel?'

'Zeg, is dit een verhoor of zo?' Ik probeer haar aan het lachen te maken. 'Kom op, Jack.'

Maar ze kijkt me alleen maar aan. Ze ziet er bezorgd uit, alsof ze zich afvraagt of ze me wel kan vertrouwen, en ik weet precies wat ze voelt. Ik wil niet meer met haar praten over wat ik zie, of over Charley, want zij is en blijft de zus van Pete, en ik weet aan wiens kant ik sta, dus waarom zou dat voor haar niet gelden?

Ik kijk naar de zee. Ik zie geen schaduw-Charley naast Pete op de golven. Ik zie alleen de golven, de zee en de lucht.

Ik huiver.

Er loopt iemand over mijn graf.

'Het gebeurt weer, hè?' vraagt ze na een tijdje. Ik hoef niet te vragen wat ze bedoelt. Ik knik. Ik ben zo bang dat ze zal denken dat ik gek ben. Nee, ik ben zélf bang dat ik gek ben.

'Ik wil er niet aan denken, Jack.'

'Gaat het wel?' vraagt ze na een tijdje. Maar ze komt niet dichter bij me en ik weet dat zij ook bang is, bang en boos. We kunnen gewoon niet om Pete en Charley heen, maar ik vind hem een eersteklas eikel en zij vindt hem volmaakt.

'Ik mis haar gewoon, oké?' begin ik. 'Volgens mijn moeder is dat het. En toen ik Pete net op de golven zag, dacht ik even dat zij bij hem was, waar ze nu zou horen te zijn. Zo zit het.'

'Ja ja, oké. Zal wel.' Ze draait zich om.

'Jackie, niet doen!'

'Wat?' Ze kijkt me nog steeds niet aan. 'Wat doe ik dan?'

'Je doet alsof ik hier niet ben en alsof het jou niets interesseert,' zeg ik tegen haar.

'Hou dan ook op met die onzin dat het allemaal heel normaal is, oké?'

'Dat zeg ik helemaal niet!'

'En geef niet Pete overal de schuld van, hij is...'

'Nou, wat? Verliefd op mijn zus? Zit hij elke dag naast haar bed? Is hij er niet verantwoordelijk voor dat hij mijn zus zó hard heeft geslagen dat ze nu kapot is?' Ik stik bijna in mijn woorden, ik kan haast niet geloven dat ik het eindelijk heb gezegd, dat mijn woorden in de lucht hangen, tussen ons in. Maar Jack schudt alleen haar hoofd, ze verbijt haar tranen en houdt aan haar gezicht te zien ook haar vuisten onder controle.

'Dat kan me niet schelen!' schreeuwt ze. 'Het kan me geen zak schelen wat de mensen zeggen, hij heeft Am echt niks gedaan, hij is erin geluisd, volgens mij is het zo gegaan...'

'O ja, en door wie dan wel? Was Al Capone soms in Cornwall vorig jaar? Vakantie aan het vieren? Misschien heeft hij Charley wel in zee gegooid en is hij later teruggekomen om het beton van haar voeten te halen!' Iedereen staart ons aan, maar dat merken we niet.

'Pete zou zoiets nooit doen! Echt niet! Oké, hij wordt wel eens driftig, hij is wel eens betrokken geweest bij een vecht-partij, maar hij zou echt geen meisje slaan, Hal, dat is gewoon niks voor Pete!'

'Dus dan is het niet erg, zolang het maar geen meisjes zijn? Doe even normaal!'

'Hij heeft het niet gedaan!' Haar gezicht staat onbewogen en ze heeft haar armen over elkaar geslagen; ze geeft geen duim-breed toe. 'Hij heeft Am niet geslagen en hij heeft Charley niets gedaan!'

'En wie heeft het dan wel gedaan? Of ben ik weer de hoofd-verdachte?'

'Nee! Jullie hebben het geen van beiden gedaan!'

'Maar wie dan wel?'

'Dat weet ik niet, Hal, maar ik heb wel een idee, daar heb ik het hele jaar al over nagedacht... Ik dacht... ach, ik weet het niet, het is een beetje...'

'Wat dan?'

'Ken jij de vader van Am?'

'O, krijgen we dat weer!' Wat wil ze daar nou mee?

'Nou, die is echt gestoord. Als meisje kun je op het strand beter bij hem uit de buurt blijven, er wordt geroddeld over wat hij met zijn hand in zijn broekzak doet, over hoe hij met Am omgaat, dat hij haar van het strand sleurt, haar slaat om niks...'

'Wat heeft dat ermee te maken?'

'Nou, stel dat hij degene is die haar iets heeft gedaan?'

Ik begin te lachen. 'O, dus het is niet iemand die Charley echt kent, of die met haar omging, zoals Pete? Niet iemand met wie ze echt alleen wilde zijn in het donker, nee hoor, het is de plaatselijke mafkees die hier in de buurt toevallig een

slechte naam heeft! Dat is een goeie, Jack! Altijd op je voor-
oordelen afgaan, heel goed.'

Nu heeft ze het gehad. Ik ontwijk haar handpalm, hij
scheert langs mijn gezicht.

'Zo broer, zo zus!' zeg ik, terwijl ik haar arm vastpak, maar
dan gaat ze helemaal over de rooie.

'Niet waar!' Ze probeert met links uit te halen, maar ik ben
haar voor.

'Wel!' Ik hou haar polsen vast.

'Niet!' Ze wringt zich los.

'Wel!'

'Niet waar!'

'Wel waar!'

We beginnen te lachen – of misschien is het wel huilen?

'Welles!'

'Nietes!'

'Zo komen we nergens!'

'O, Hal!' zegt ze.

'O, Jack!'

We vallen elkaar in de armen en zakken neer in het zand.
Na een tijdje beginnen we te zoenen. Er is niets, echt niets wat
ik liever doe dan Jack zoenen, behalve misschien weten wat
er met mijn zus gebeurt. En dat is het probleem.

We kijken naar Am, die kilometers verderop staat te praten
met een jongen die eruitziet als een Australische strandwacht.
Ineens zie ik haar en Pete voor me. Het is bizar, alsof mensen
die mooi zijn voor elkaar bestemd zijn of zo.

'Zij en Pete waren vast een mooi stel.'

'Vond ik niet,' zegt ze peinzend. 'Het was altijd een beetje
alsof hij aan haar rokken hing, of als een staart aan een ko-
meet, zoiets. Ik weet niet...' Ze fluistert het bijna. 'Het was alsof hij haar speeltje was...'

'Ja, maar je snapt toch wel wat ik bedoel... als je naar hen kijkt, dan zie je gewoon dat ze... ze zijn allebei even mooi.'

'Ja, maar het is helemaal misgegaan tussen die twee, echt waar, Hal!' Ze kijkt naar me alsof ze het goed doordacht heeft en tot de juiste conclusie is gekomen. 'Als je het van de andere kant bekijkt, dan vallen alle stukjes op hun plaats, als het echt haar vader was... Ik bedoel: de mensen maken grappen, maar het gaat eigenlijk om de dingen die we nooit gezien hebben, snap je?'

Ik snap niet wat ze bedoelt. Ik wil het eigenlijk ook niet weten. Welke dingen hebben we nooit gezien?

'Oké, oké. Ik bedoelde alleen maar dat ik wel snap dat ze een stel waren. Zoals ze eruitzien, bedoel ik. Ik snap ook wel waarom ze nog steeds graag iets met hem wil.'

Ze kijkt me aan. 'Om mee te pronken,' zegt ze zacht, en dan beginnen we weer te lachen.

We kijken de hele dag naar Am. Ze rookt voortdurend, ze steekt de ene sigaret na de andere op en strijkt met trillende vingers lucifers af terwijl ze naar de golven kijkt, en naar Pete.

Waarom vertonen ze zich in het openbaar nooit samen? Wat hebben ze te verbergen?

Als Pete weg is, kijkt ze niet meer naar de golven, maar gaat ze achterover liggen in het zand, zo roerloos als een hagedis in de zon, ze staart naar de lucht; afgezien van de rook die vanaf haar hand omhoogkringelt, zou ze best dood kunnen zijn. Zo nu en dan probeert een jongen een praatje aan te knopen; als ze al de moeite neemt om antwoord te geven en rechtop te gaan zitten, beweegt haar lichaam krampachtig, ze tikt nerveus op het zand alsof ze altijd op de vlucht is.

'Am, Am, Am,' zegt Jack zacht. 'Ze dóét nooit eens iets.' Ze kreunt, pakt weer een handvol zand en begint er vorm in te brengen. Ze heeft al een hele rij schildpadden gemaakt die zandkuilen in en uit kruipen.

'Hoe doe je dat?' vraag ik. 'Hoe weet je wat je wilt maken?' Ze haalt haar schouders op. 'Het gaat gewoon vanzelf.' Ik kan uren naar haar kijken, het is ongelofelijk zoals ze graaft en bouwt en schept en dan het oppervlak gladstrijkt, welvingen en holtes vormt tot er een vorm opdoemt alsof die daar al in het zand verborgen lag te wachten op handen die hem konden ontdekken. Ze maakt een meisje dat in elkaar gedoken in het zand ligt. Ze is naakt, ze ligt op haar zij en haar haren wapperen in golven en krullen en gaan over in het zand.

'Wauw!' zeg ik, terwijl ik overeind kom. 'Ik wist helemaal niet dat je dat kon!' Ze glimlacht en slaat met haar vlakke hand op het zand om het stevig te maken, en ze vormt nog een lok haar en scherpt het profiel wat aan.

'Ik deed dat vroeger als kind al, toen kon ik er gewoon niet mee ophouden.'

'Hmm.' Haar handen zijn zo zelfverzekerd. Ik ga liggen en stel me voor dat ze vormen maakt van mij.

'De truc is om diep te graven, tot het zand vochtig is. Met mul zand kun je niks beginnen,' zegt ze, terwijl ze doorgaat met vormen en gladstrijken.

'Ben je klaar?' vraag ik. Ze kijkt op. Er zit zand op haar wang en haar voorhoofd. Ik verdring het beeld dat in me opkomt, van Charleys gezicht dat bedekt is met zand en sproeten. Jackie knikt.

'Cool. Het is fantastisch,' zeg ik, en dat is ook zo. Het heeft iets eenzaams en verdrietigs, dat kleine meisje dat verloren is in het zand.

'Vind je?' vraagt ze.

'Ja. Kun je overal vormen van maken?' vraag ik.

'Hoe bedoel je?'

'Nou, ik kan hier nog wel wat extra's gebruiken,' zeg ik, en ik wijs op mijn borst. Ze lacht en begint zand op mijn lijf te scheppen en glad te strijken op mijn huid. Haar handen voelen zanderig en vochtig. Haar rug is warm van de zon en heel glad. Ze kijkt zo nu en dan over haar schouder om te zien of Am nog niet weggaat van het strand.

'Stilliggen!' zegt ze lachend. Als ik mijn hoofd optil en naar mijn borst kijk, begin ik ook te lachen.

'Zo ben je net Daniël Craig!' Ze glimlacht, ik ook, en ik buig mijn armen. Mijn nieuwe borst is zo gespierd en strak als die van een bokser.

'Zou ik wel willen.'

'Ik niet, getver.' Ze veegt alles weg en ik ben weer terug.

'Veel beter zo,' zegt ze.

Als Am eindelijk opstaat, rekt de zon zich al uit in lange namiddagschaduwen. Jack heeft dan nog een dolfijn en een jongen aan haar verzameling toegevoegd. De zandschildpadden zijn al verzwolgen door de zee. Er blijven mensen staan om te kijken, kinderen proberen haar na te doen. Ik wou dat Sarz erbij was.

'Wil je een keer aan Sarz laten zien hoe je dat doet?'

'Ja, een andere keer, tuurlijk,' zegt ze.

Een andere keer, denk ik, en ik vraag me af of die andere keer echt komt en wanneer dat zal zijn.

We staan op en lopen een eind achter Am aan over het strand. We hebben nog maar een paar passen gezet of er komt een gigantische hond over het zand aanrennen. Iedereen kijkt op, moeders tillen hun kinderen van de grond. In de zomer mogen er geen honden op het strand komen en deze is ook nog eens heel groot: groot en zwart, en hij loopt los. De eigenares staat op het klif en schreeuwt tegen het beest: 'Pippy! Pippy!'

Jack en ik beginnen te lachen, want het is een idiote naam voor zo'n enorm beest. Maar het lachen vergaat ons al snel, want de hond rent recht op ons af. De eigenares schreeuwt nog steeds zo hard ze kan, maar daar let de hond totaal niet op. De riem wappert achter hem aan, hij is zo vrij als de lucht.

We blijven stokstijf staan en de hond rent vlak langs ons, recht op Am af. Het is alsof hij het speciaal op haar gemunt heeft; iedereen op het strand staat verstijfd te kijken. Het lijkt alsof alles in *slow motion* gaat. Am staat ook doodstil en kijkt naar de hond; het beest gaat nog steeds recht op haar af, en dan, net op het moment dat hij tegen haar op wil springen, gromt ze naar hem! Het is ongelooflijk, ze beweegt niet, ze knippert niet eens met haar ogen, ze steekt alleen haar armen in de lucht, springt opzij en gromt naar hem; de hond draait zich in de lucht om en scheert rakelings langs haar schouder.

Mijn hart gaat als een gek tekeer, de eigenares komt hijgend en vol verontschuldigingen aanrennen, maar Am klinkt uiterst koel.

'Dieren moeten onder controle worden gehouden,' zegt ze; ik word er koud van, die starre, ingehouden boze stem, alsof ze alles weet over dieren en controle.

Ze ziet ons en lacht. Het is geen aardige lach.

'Tot straks bij de barbecue,' zegt ze.

We lopen het strand af en gaan onder de eikenbomen zitten.

'Shit! Zag je dat?' fluister ik, maar Jack kijkt alleen maar erg van streek.

'Ze was helemaal niet bang!' zegt ze. 'Ze was niet bang, Hal!'

'Nee.'

'Misschien is er iets anders waar ze banger voor is,' zegt ze.

Ik zeg niet hardop wat ik denk: ja, en misschien is die iemand Pete wel.

Na een tijdje weten we niks meer om over te praten en dan

rest ons alleen nog maar zoenen, en aanraken, en in het gevlekte licht onder de eiken laten we ons strelen door de wind
en elkaars handen.

Dan is er een tijdje niemand behalve wij.

Charley: Ziekenhuis. Nu.

'Wie is daar?'

Er is iemand.

'Pete?'

Ik krijg geen antwoord, er is alleen die zwarte deken van duisternis.

Een schaduw beweegt.

'Wie is daar?'

Ik weet dat er iemand is, net buiten de rand van mijn blikveld;
maar als ik me omdraai, verdwijnt degene die daar is misschien,
of misschien kan ik hem dan zien...

'Pete, toe nou! Dit is niet grappig...'

En dan is hij er eindelijk, voor mijn geestesoog. Ik kan hem niet
zien, maar ik voel hem wel, hij houdt me vast, ik voel de verwondering, het deel van mij dat steeds heeft gewacht tot hij zou
zeggen: 'Ja, ja! Ik wil bij je zijn.' Mijn lichaam deint mee op de muziek op het strand... ik kon niet het donker zien dat toekeek en af-
wachtte, dat achter me omhoogkwam... ik was verblind door mijn
ogen... ik zag alleen maar... Pete...

Charley. Toen.

Mijn rug voelt heel warm als ik tegen zijn borst leun. Zijn
armen omhelzen me en wiegen me op de maat van de muziek
terwijl we kletsen.

'Oh please, don't you rock my boat!'

We moeten lachen als ik mijn tekst in zijn oor fluister: 'Oh
please, will you rock my bo-o-at?' Ik ben gelukkig. En Pete lijkt

dat geluk op te vangen, het stroomt door zijn handen en hij geeft het me meteen terug, hij strijkt mijn haar goed, houdt mijn handen vast en raakt elk deel van mijn lichaam aan dat hij met goed fatsoen hier tussen die grote groep mensen aan kan raken. Hij werpt me geheime blikken toe. Ik lach en ik voel de angst en opwinding in me opborrelen. We zijn hier, eindelijk op dezelfde plek, en we willen hetzelfde: elkaar. Dat is zo'n fijn gevoel dat ik naar hem lach, hij lacht terug.

Ik ben gelukkig.

We zijn allebei gelukkig.

Samen.

Ik kijk naar Am en verwacht weer die oude pijnscheut te voelen, maar het lijkt alsof ze geen macht meer over me heeft. Hij wordt van mij, denk ik, helemaal van mij; dan lijkt het ineens alsof ze me kan horen denken, want ze draait haar hoofd om en kijkt me aan. Ze blijft me heel strak aankijken, maar ik hou vol, ook al is dat moeilijk, ook al smeken mijn ogen om weg te mogen kijken. Ik hou vol. Ze lacht, met een plotselinge, verrassende lach, alsof ze kan zien waar ik aan denk. Alsof ze het van me af kan pakken en het zich eigen kan maken, wanneer ze maar wil.

Ik sla mijn ogen neer.

Ik huiver.

Er loopt iemand over mijn graf.

Als ik weer kijk, kijkt ze niet meer naar mij, maar naar Pete. Ik knijp zo hard in zijn hand dat hij zegt: 'Hé, kom op joh!'

'Straks,' fluister ik in zijn oor.

Om tien uur sta ik op en gaap. 'Ik ben bekaf,' zeg ik. 'Welterusten allemaal.'

'Meisjes in de groei moeten vroeg onder de wol!' zegt Am met een vreemde lach. Ik moet het rare gevoel onderdrukken dat ze precies weet wat er aan de hand is.

'Je staat op "repeat", Am,' zegt Pete.

'Het verbaast me dat je van je moeder nog zo laat buiten mag spelen!' Ze kijkt me met een scherpe blik aan en de moed zinkt me in de schoenen. Weet ze dat ik van mijn moeder op tijd naar huis moet? En als ze dat weet, wat gaat ze dan met die wetenschap doen?

'Ja, hoor.' Ik keur haar amper een blik waardig. 'Tot morgen, jongens.'

'Welterusten.' En Bella zegt: 'Tot morgen.'

Morgen is alles anders, denk ik stiekem; heel diep in mijn hart ben ik bang en opgewonden.

'Ja, je kunt wel een schoonheidsslaapje gebruiken,' lalt Em.

Pete kust me en fluistert in mijn oor. 'Tot straks.'

Ik omhels hem. 'Ik kan bijna niet wachten,' fluister ik.

En dat is ook zo.

Hal/Charley. Toen.

'Hé, Hal!'

'Hè?'

'Slaap je al?'

'Ja!'

We beginnen te giechelen. Ik ben zo blij en zo opgewonden, en dat voelt hij.

'Wat is er?' vraagt hij.

'Niks!'

Hij draait zich om, boos dat ik hem niet meer wil vertellen. Wat moet ik dan zeggen? 'Hé Hal, ik sluip vannacht stiekem weg en dan ga ik met een jongen naar bed?'

Ik ben bang. En opgewonden. Mijn lichaam trilt zo hard dat ik bang ben dat hij het kan horen. Ik luister naar zijn ademhaling die eerst nog boos klinkt, maar daarna zacht en regelmatig wordt. Hij slaapt.

'Shit!' Ik ben ook in slaap gevallen, maar ik schiet wakker. Mijn hart bonkt als een hamer. Ik heb gedroomd.

'Het geeft niet, nu ben ik wakker,' fluister ik tegen mezelf. Ik kijk op de klok. 00.16. Hal ademt langzaam en regelmatig. Ik word er rustig van als ik ernaar luister, het geluid vermengt zich met het geruis van de golven en het kraken van de houten vloer. Geleidelijk aan klinkt mijn ademhaling net zo regelmatig als de zijne. Dan ga ik zitten en kijk uit het raam. Ik zie Pete's gedaante op de steiger, onder de oranje straatlantaarn. Hij wacht.

Ik sta op. Als ik langs Hal loop, geef ik hem een kusje. Ik weet niet waarom, ik vind alleen dat hij net een engel lijkt zoals hij daar ligt, onschuldig en tevreden. Zijn armen uitgespreid met zijn handpalmen omhoog gericht: hij ziet eruit als een engel die zijn vleugels droogt.

Ik sluip langs de slaapkamer van mijn ouders. Ze verroeren zich, een van beide mompelt iets. Ik sluip verder, de trap af, over de derde tree die altijd kraakt, en dan de keuken door. Ik pak mijn surfpak van het haakje aan de deur zodat ik altijd kan zeggen dat ik vroeg wilde gaan surfen. Misschien gaan we dat zelfs wel doen, ik bedoel morgenochtend, wij met zijn tweeën. Als we voorgoed zijn veranderd.

De nacht voelt diep en warm als droomduister. De inktzwarte bladeren van de populier ritselen en bewegen in de warme, zilte bries, de bladeren zingen als een rivier in het voorjaar.

Mijn benen voelen loodzwaar.

'Hoi,' zegt hij.

'Hoi.' We omhelzen elkaar en lachen heimelijke lachjes in het donker.

'Alles goed?' vraagt hij.

'Heel goed,' antwoord ik. Dan gaan we samen op weg, alleen, de nacht in.

Hal. Nu.

Het is een lome, gouden avond; de wind is gaan liggen en iedereen gaat naar de rotsen. Het is nog vroeg, maar het zal een warme, zwoele avond worden. Er hangt een opgewonden sfeer in de lucht, die wordt meegevoerd op de wind. Een zwoele avond, dat betekent muziek, lijven die in het zand liggen, tegen elkaar, maar ik zie alleen maar het donker, ik voel alleen maar dat mijn hoofd soms omdraait naar de foto van Charley, en ik voel vanbinnen duisternis en gevaar... ik denk terug aan wat we voor het laatst tegen elkaar hebben gezegd, die avond waarop ze niet meer terugkwam.

'Wat is er?' vroeg ik.

'Niks,' antwoordde ze, maar ik geloofde haar niet, toen niet en nu nog steeds niet. Wat is er gebeurd?

Waarom is ze niet bij ons teruggekomen?

Ik zie Pete van de heuvel af komen. Hij heeft zijn plank niet bij zich en dat ziet er raar uit, heel raar, alsof je iemand ziet die ineens geen haar meer heeft. Pete heeft áltijd zijn plank bij zich, voor het geval dat. Hij loopt rechtstreeks naar de barbecue, waar iemand de kolen al aan de praat heeft. De geur zweeft over het strand.

'Hé, Pete!' roept iedereen, blij om hem te zien. Hij is hier de hele zomer bijna niet geweest, hij verdween altijd op de golven, alsof het hem te veel was om met anderen om te gaan.

Em loopt naar hem toe en omhelst hem, iemand anders slaat hem op de schouder. Ik kan vanaf hier niet verstaan wat ze zeggen, maar ik zie dat ze bij hem gaan staan, hem beschermen, blij zijn dat hij terug is.

Waarom vinden ze hem allemaal zo geweldig?

Ik huiver.

Er loopt iemand over mijn graf.

Dan voel ik dat Jack haar handen voor mijn ogen slaat.

'Hallo, een broer, geheel volgens bestelling.' Ze ziet er fantastisch uit. Haar haar zit naar achteren, onder een bandana die haar ogen nog groener doet lijken dan ze al zijn, en er zit een fantastisch bloot stuk tussen haar t-shirt en haar spijkerbroek. Hoe ik ook mijn best doe: ik kan niet boos op haar zijn, ik wil haar het liefste in mijn armen nemen en haar vasthouden.

'Hoi,' zeg ik, en dan kijken we weer naar de anderen.

'Hoe gaat het met hem?' vraag ik.

'Hij is zo nerveus als een kattenvlo,' zegt ze. 'Heb je gezien dat hij zijn plank niet bij zich heeft?'

'Ja.'

Ze komt naast me zitten en we kijken samen over het strand naar de anderen. Het is zo lekker om rustig zomaar wat te zitten kijken. Daardoor zien wij Am het eerst. Vanaf hier kunnen we het pad naar het strand zien, maar de anderen staan vlak bij de rotsen. Als ze dichterbij komt, is het alsof er een golfbeweging door de groep trekt. Ze draaien zich om, allemaal tegelijk als een school vissen; ze kijken naar haar terwijl ze over het strand loopt, en dan draaien ze zich allemaal weer om naar Pete.

De spanning is te snijden, net als de rook van de barbecue.

'Zullen we?' vraagt Jack. Ze staat op en binnen een paar tellen staat ze naast Pete.

'Biertje, Pete?' Mark houdt hem een flesje voor.

'Ja, lekker.' Hij neemt het flesje aan. Het geklets verdoezelt de heimelijke blikken. Hij heeft zijn hechte vriendenclubje om zich heen, Em, Bella en Mark, en ze omringen hem met hun geklets, maar Pete is er met zijn gedachten niet bij. Dat zie ik. Hij is net zoals Charley vorige zomer was, en zoals ik thuis ben. Hij zit met zijn gedachten elders en hij doet maar alsof hij oplet. Zijn ogen gaan steeds naar het strand, naar die eenzame figuur die daar op de rotsen ligt te roken.

Ik kijk op; het is alsof ik een stomp in mijn maag krijg als ik zie waar ze ligt. Am ligt vlak bij de plek waar ik Charley op de rotsen heb gevonden, dichterbij kan niet omdat het vloed is. Ineens dringt het tot me door dat iedereen hier – iedereen die Charley kende – dat stukje strand heeft gemeden. Alleen dagjesmensen en gezinnen, en mensen die het niet weten, komen op dat stukje strand, helemaal rechts, waar de rotsen zich vlak onder de golven verbergen en waar ik haar heb gevonden.

'Gaat het?' fluistert Jack, en ze knijpt in mijn hand.

'Jawel.'

Iedereen fluistert: 'Wat doet zíj hier?'

'Ze wil zeker een gokje wagen nu hij weer beschikbaar is.'

'Weinig kans.'

'Zou jij het niet proberen als je de kans had?'

'Misschien.'

'Die arme Pete.'

'Leuk om hem weer eens te zien.'

Ze worden stiller als ze zien dat ik dichterbij kom. Daar kunnen ze niets aan doen, het is alsof ik eindeloos verbonden ben met iets wat ik niet eens kan zien of begrijpen, maar alleen bij naam ken: Am, Pete, Charley. Het is alsof zij de punten van een driehoek vormen; dan krijg ik dat rare gevoel weer, het gevoel dat zij allemaal iets weten, iets waardoor die drie punten met elkaar worden verbonden zodat er echt een driehoek ontstaat. Maar ze zwijgen als ik in de buurt kom, wat me een verdrietig gevoel geeft, verdrietig en eenzaam.

'Ik ga zeggen dat ze op moet rotten!' Dat is Em, ik moet om haar lachen.

'Niet doen!' Bella pakt haar bij haar arm. 'Ze vindt het juist leuk als je haar aandacht geeft.'

'Ja, maar ze heeft zo lullig gedaan tegen Charley.' Ze draait zich om en ziet mij. 'Hoi!' Ze lacht poeslief naar me.

'Hoi!' reageer ik en ik zwaai vaag met mijn bierblikje.

'Hamburger?' vraagt ze. Ik schud mijn hoofd. Ik kijk naar Pete en al snel doet iedereen dat, want hij loopt over het strand. Hij loopt in het volle zicht van iedereen over het zand, dat een diepe, gouden kleur heeft in het laatste avondlicht.

En hij loopt recht op Am af.

Iedereen houdt op met praten en wacht af wat er gaat gebeuren. Zelfs de andere mensen op het strand lijken te voelen dat er iets aan de hand is als ze horen dat de gesprekken stilvallen; ze kijken naar ons, volgen onze blikken naar Pete en gaan dan door met wat ze aan het doen waren.

'Hup, Pete!' zegt Em. 'Het wordt tijd dat iemand zegt dat ze hier niet welkom is.'

'Shit,' zegt iemand anders. 'Wat doet ze hier ook?'

'Ik dacht dat ze het eindelijk opgegeven had,' zegt Bella terwijl ze Pete nakijkt.

'Ja!' zegt Mark. 'Veel te cool en te groot om met de kleintjes te spelen.'

'Wat dat betreft lijkt ze niet op haar vader,' zegt Si.

'Hou op!' snauwt Bella, en mijn maag draait zich om. Ik denk aan wat Jack zei: wat doet pappie als hij zijn handen niet in zijn broekzak heeft? Ik ben blij dat Bella heeft gezegd dat ze hun mond moeten houden, want het is niet grappig.

Ik kijk om me heen waar Jack is, maar ik zie haar nergens. Dan hoor ik haar stem. 'Waarom laten jullie hem niet gewoon met rust?' vraagt ze zacht en treurig. 'Als hij met Am wil praten, is dat toch zijn zaak?'

Wat? denk ik. Kom op, Jack, hij heeft ons net laten merken hoe hij erover denkt en wat hij voelt. En Charley dan?

'Bovendien heeft hij een rottijd achter de rug, dus laat hem nou gewoon maar even.'

'Ja, maar Am!' protesteert Em. 'Na alles waar zij hem toe

heeft aangezet. Ik dacht dat hij eindelijk een goede smaak kreeg wat meisjes betreft toen hij met Charley ging...' Ze draait zich om en kijkt naar mij, en lacht opnieuw poeslief naar me.

'Hindert niet, je mag best haar naam noemen,' zeg ik.

'Hé, Em!' zegt Si. 'Misschien heeft Am Pete helemaal nergens toe aangezet, misschien kan hij gewoon zijn handen niet thuishouden of is hij zijn humeur niet de baas.'

Bravo Simon!

'Vergeet het maar,' roept Em, terwijl ze mij recht aankijkt alsof ík het heb gezegd. 'Pete heeft Am echt met geen vinger aangeraakt... nou ja, ik bedoel...' voegt ze er een beetje aangeschoten aan toe, 'niet op die manier, hij heeft haar niet in elkaar geslagen. Het was doorgestoken kaart, hebben jullie dat dan niet door? Zij is een ordinaire slet en Pete is gewoon véél te...'

'Em, waarom ga je geen film zoeken om in te spelen!'

'Hé!' roept ze naar me. 'Ik mocht Charley heel graag!' Ik knik. Waarom hebben zoveel mensen de behoefte om dat tegen me te zeggen?

Jack loopt over het strand. Ik ga haar achterna en haal haar in. Pete en Am.

Ze zitten op de rotsen. Voor hen is de zon, een prachtige, perfecte cirkel van dieprood vuur, maar ze kijken er niet eens naar, ze hebben het veel te druk met naar elkaar kijken.

We horen het geroezemoes van hun stemmen, tussen de stiltes in. Zijn stem klinkt bezorgd, zacht en boos, die van haar helder en beslist, maar wat ze zeggen verstaan we niet. Het is om gek van te worden: de wind draagt alleen zo nu en dan een woord naar onze oren.

'Am, je moet weg... Als jij hier niet bent, kan er niets...'

'Niet voordat ik het heb opgeruimd...'

'Am, die plek hoeft niet...' en dan een gekweld gegrom van Pete, haar lach, en ze vraagt hem iets en hij buigt zich naar haar toe, steeds verder, tot zijn armen om haar schouders liggen en hun gezichten elkaar bijna raken; Jackie houdt mijn arm zo stevig vast dat ik bang ben dat die af zal knappen als ze hem niet loslaat. Vanaf hier lijken ze een gewoon stel, een doodnormaal stelletje op het strand.

'Trut,' van Jack.

'Klootzak,' van mij.

'Wat is er aan de hand? Het bestaat niet dat hij... dat kan gewoon niet...' mompelt Jack. Maar we zien het met eigen ogen, Am en Pete, ze kletsen, zitten elkaar te versieren, ze zien er fantastisch uit – eindelijk zijn ze weer samen.

'En Charley dan?' wil ik naar hem schreeuwen. Het antwoord volgt meteen: een fysieke pijn als ik hen samen zie, alsof er een brandend mes door de banden wordt gehaald die mijn hart verbinden met mijn pezen en aders. Ik snak naar adem, nu voel ik het vallen niet in mijn hoofd maar in mijn hart, alsof het uit mijn lichaam valt, helemaal naar mijn voeten, alsof ik niet meer verbonden ben met de aarde omdat mijn hart door de aardkorst valt en zich naar de kern stort. En dan begeven mijn voeten het en lig ik met mijn gezicht in het zand en vlieg ik in mijn hoofd terug naar Charley.

'Charley!'

Charley: Ziekenhuis. Nu.

'Ha!'

De pijn voelt alsof mijn hart uit mijn lijf gesneden wordt. Een afschuwelijk moment, vlak voordat het tot je doordringt dat het gebeurt, en dan een verzengende, stekende, snijdende pijn die opwelt voordat de leegte begint.

Pete en Am... ik wist het... ik wist het... ik zie de armband om mijn pols... Altijd, staat erop, Voor eeuwig... Die woorden waren alleen niet voor mij bedoeld... ze waren voor haar... zij heeft hem die armband gegeven! Hij heeft hem alleen doorgegeven... aan mij...

Hal. Nu.

'Charley!'

Het is haar pijn die ik voel, en die ligt buiten de macht van mijn eigen adem.

Ik zie haar lichaam, voor mij zo dood maar toch zo vervuld van deze brandende pijn.

'Waarom, Charley?'

Als antwoord zie ik Pete en Am voor me, samen op het strand, de armen om elkaar heen geslagen.

Maar hoe kan Charley dat zien? Waar is ze?

'Hier Hal, ik ben hier!'

Ik hoor haar stem in mijn binnenste en dan snap ik het. Ze kan Am en Pete niet zien, niet nu. Het is een herinnering die ze ziet, een herinnering die ons allebei met doodsangst vervult.

'Dolkstoot.'

'Waar ben je?' roep ik naar haar, maar ik voel alleen haar verbijsterde ademhaling, nu niet regelmatig maar hortend en bang.

'Pete!' Ze roept zijn naam in doodsangst, maar er komt geen antwoord; het geluid van zijn naam draait en warrelt en valt in de lege duisternis.

'Charley! Charley!' Ik fluister haar naam tegen mezelf in het donker. Ik steek mijn hand uit, en terwijl ik dat doe voel ik dat ze dichterbij komt... dichterbij... en met haar het donker... de angst... Ik verroer me niet, probeer me niet om te draaien...

'Hal!' Ze roept mijn naam... en dan... strekt ze zich uit... ze strekt zich uit... tot de angst en de kou me bijna overspoelen... en... ... onze handen raken elkaar... en haar vingers voelen zo fragiel als spinrag, bleek en koud, vragend om mijn warmte, maar ik blijf bewegingloos. Ik hou vol, want ik weet dat er

maar één manier is om de antwoorden te vinden: deze manier.

We kunnen het niet alleen.

We kunnen het alleen samen.

'Hal?' fluistert ze, vraagt ze, terwijl haar kou me bekruipt, als zeewater op mijn huid.

Ik ben zo bang. Stel dat ik gek word?

Maar ik fluister haar naam al als een 'ja' en ik voel al haar zucht van verlichting, haar gevoel van verwondering als haar geest in mij tot leven komt, en dan zijn we weer heel even samen, weer heel. En dan komt er uit al die angst en blindheid in ons een gevoel naar boven, een gevoel van een plek... een herinnering. Even is het alsof Charley echt bij me is, in mijn lichaam en geest.

Ik zie een plotselinge lichtflits. Am en Pete staan in dat licht tegen een muur geëtst; zijn hand verdwijnt in haar haar.

Waar zijn ze?

'Het huis,' zucht ze, 'dat huis!'

Ik hoor dat haar geest zich ontvouwt, van me weggaat. Ze wil niet loslaten.

Ik voel het in haar, het stroomt door me heen, haar verlangen naar de warmte van mijn levende lichaam. Ik zie het beeld dat dat in haar geest oproept: een diepe, rode bloem, levend en onbereikbaar.

En dan, ergens in de vage verte, hoor ik mijn eigen ik opgelucht zuchten omdat ze me loslaat, mijn geest bevrijdt.

Ik hoor nu weer mijn eigen ademhaling, hijgend, ik hoor mezelf heel snel in- en uitademen zoals vrouwen in films doen als ze een baby krijgen. 'Het huis.' Ik hou de woorden voor mezelf terwijl ik voel dat haar handen oplossen, dat de witte, harde vorst smelt en mijn lichaamswarmte terugkomt.

'Hal!' hoor ik Jack roepen. 'Ben je flauwgevallen? Hal, gaat het wel? Wat is er aan de hand?' Ze klinkt bang, doordringend.

'Jack?'

Als ik bijkom, lig ik met mijn hoofd in haar schoot en strelen haar handen mijn haar. Maar we zitten achter een rots. Hoe ben ik hier terechtgekomen?

'Hal, toe nou!' Ze klinkt zo bang dat ik mijn ogen opendoe, alleen om haar gerust te stellen.

'Ze zijn weg, Hal.'

Ik ga rechtop zitten. 'Ik weet waar ze zijn.'

'Dat huis?' vraagt ze.

'Hoe weet jij dat?'

'Omdat je dat zei, je vroeg: "Waar ben je?" en toen gaf je jezelf antwoord: "Dat huis." Je was heel bang.'

Haar ogen zijn groot, enorm, en dat komt niet alleen door het schemerdonker; we zijn nu allebei bang.

'Ik kan haar vóélen, Jack,' zeg ik. Ik zit nog steeds te trillen.

'Wie?' vraagt ze, maar we weten allebei wie.

'Charley. Ik voel haar alsof ze in mij zit.' Ze knikt.

'Wat is er gebeurd?'

'Dat weet ik niet, volgens mij was ze in het huis, een verlaten huis waar we vroeger kwamen, en daar zocht ze iets. Ik denk Pete. Of ze heeft iets gezien, Pete en Am. Ze was bang, Jackie, heel erg bang.' Ik voel dat mijn hart ook weer sneller begint te kloppen en dat mijn hele lichaam begint te beven.

Ze knikt weer.

'Gaat het wel, Jack?'

Ze knikt, trillend, en we houden ons aan elkaar vast. 'Het is zo griezelig Hal, als je zo doet, dan lijk je wel...'

'Wat?' Ik slik.

'Dan lijk je wel bezeten, halfdood, alsof... alsof je nooit meer terugkomt.'

Ik kan geen woord uitbrengen. Ik kan haar alleen nog steviger vasthouden, omdat ik precies weet wat ze bedoelt. Ze beschrijft wat ik voel als ik naar Charley kijk, die voor altijd weg is, op een plek waar wij niet kunnen komen, een plek waarvan ze nooit meer zal terugkeren.

'En dan wordt je ademhaling heel... zoals je zei, alsof het niet de jouwe is, zo mechanisch, en dan ben ik... ik ben dan...'

'Je bent bang dat ik nooit meer wakker zal worden,' vul ik aan. Ze knikt.

'Ik ken het.' Dan moet ik haar omhelzen, want ze is zo warm en levend en hier, net als ik, en daar ben ik blij om.

'Welke kant zijn ze opgegaan?' vraag ik na een tijdje.

'Het pad af, naar het bos.'

'Shit!'

Daar wil ik niet heen. Het idee om daar in het donker tussen de bomen te lopen maakt me doodsbang.

Er komt een vreemd beeld in mijn hoofd op, van mezelf in mijn bed, en Charleys stem spookt door mijn hoofd.

'Gespreid als een engel die zijn vleugels droogt.'

Zal ze me ooit loslaten? Zal ze altijd in mijn binnenste blijven?

Ik zou zo graag willen dat ik in mijn bed lag, diep in slaap, dat ik Charley hoorde snurken, en door het raam het eindeloze ritmische geluid van de golven hoorde dat me steeds weer in slaap wiegt als ik bijna wakker word.

Maar ik slaap niet. Ik sta.

'Kom op, Jack.' Ik steek mijn hand uit. Ik trek haar omhoog.

'Dat zeg je altijd,' reageert ze.

'Laten we naar huis gaan,' zeg ik. 'Vroeg naar bed. Ik ben kapot.' Ik vraag me af of ze erin trapt. Ik gaap, en het is niet moeilijk om dat overtuigend te doen, want ik ben echt bekaf.

Jackie loopt met me mee tot we bij de straatlantaarn komen, vlak bij het kampeerterrein. 'Bedoel je dat we niet achter ze aan gaan?' vraagt ze. 'Doe effe normaal, Hal.'

'Denk je dat het mij iets kan schelen of er iets met Am gebeurt?' vraag ik. En dan geef ik de vuistslag. 'Of met Pete? Vooral als zij inderdaad met zijn tweeën een heel pervers spelletje speelden met mijn zus. Ik vind dat ze elkaar verdiend hebben, en wat Charley en mij betreft, ja, wij hebben gewoon te veel fantasie, dat zegt mijn moeder altijd. Ze zal wel gelijk hebben.'

Ze kijkt me ongelovig aan.

'Ik heb het echt gehad, Jack. Trusten,' zeg ik. Ik sla mijn arm om haar heen, duw mijn neus in haar haar en snuif haar geur op, alsof ik die voor altijd in me kan bewaren, alsof die me zal beschermen.

'Ik hou van je,' zeg ik. Zodra die woorden eruit zijn, besef ik dat het waar is. Ik hou van haar steile haar. Ik hou van haar ogen, die nooit van kleur veranderen. Ik hou van de manier waarop ze aan haar arm krabt als ze nadenkt. Ik hou van de manier waarop ze kust. Ik hou van haar omdat ze dingen van zand kan maken en omdat ze er zo stoer uitziet, terwijl ze toch heel bang is.

Zo ziet ze er nu ook uit.

'Niet bang zijn!' fluister ik, maar ze kijkt me alleen maar aan, alsof ze wacht op iets wat ik nog niet heb gezegd. 'Jack?'

'Hmm?'

'Ik zei dat ik van je hou.'

'Is dat zo?' vraagt ze. Ze omhelst me op een vreemde, snelle manier. 'Doeg.' En ze verdwijnt snel, ze wordt opgeslokt door het donker. Ik blijf daar staan, verdrietig omdat ze boos is. Ik vraag me af of ze zal proberen me te volgen, maar ik ben zelf al zo bang, ik zou nog banger zijn als Jack erbij was. Ik kan nu niet aan haar denken, ik ben al bang genoeg als ik denk aan wat ik ga doen.

Ik loop over het parkeerterrein van de kroeg naar een pad dat over de brug naar het bos leidt. Ik zou graag willen fluiten, om te doen alsof ik dapper ben, net als Charley, maar dat kan nu niet. Ik zou mezelf verraden en bovendien weet ik dat ik niet dapper ben.

Charley: Ziekenhuis. Nu.

'Hal...' roep ik, roept mijn lichaam, we hebben nog steeds dat wonderlijke gevoel dat ik in zijn geest zit, dat ik weer leef... de warmte van de lucht op zijn huid fluistert een herinnering naar me... en daarmee komen andere herinneringen in me naar boven, niet meer zo stijf en onbeweeglijk als mijn lichaam. Niet meer onzichtbaar onder het donkere, maanverlichte water. Ze rillen en het wateroppervlak komt met ze omhoog... we worden wakker, Hal.

De herinneringen volgen hem terwijl hij ons meeneemt naar waar ze zijn begonnen, het pad af, het bos waar het donkerder wordt... waar het huis is...

Charley. Toen.

Het is zo'n onvoorstelbaar zwoele avond; zelfs de bries die zo nu en dan opsteekt en frisse lucht meevoert van zee, is vanavond warm. In het bos wordt de stilte alleen verbroken door de bomen die zingen in de bries, als glazen die met een verschillende hoeveelheid water zijn gevuld en elk een eigen lied zingen. Hun zwarte gedaantes wuiven in de lucht boven ons en steken dansend af tegen de sterren. Dieren ritselen in het struikgewas, een uil roept, en ver weg, aan de overkant van een donker veld, klinkt een schreeuw. Ik schrik en hou me aan Pete vast. Hij blijft staan, strijkt mijn haar naar achteren en stelt me gerust. 'Wil je terug?' vraagt hij. 'Zullen we even op het strand gaan zitten?'

Ik schud mijn hoofd, maar hij heeft gelijk: ik voel me opgesloten in het bos, claustrofobisch, alsof het me de adem beneemt, alsof er hier onder dat bladerdak niet genoeg lucht is om adem te halen.

'Het gaat wel weer als we er zijn.' Mijn stem klinkt zelfverzekerd, maar mijn lichaam kan niet ophouden met omdraaien, omkijken en luisteren of er nu echt geritsel achter ons klinkt. Het is een grote opluchting als we eindelijk bij het huis zijn. 'Kom op.' Pete hijst me door het raam omhoog. Hij steekt een kaars aan en doet zijn rugzak af. Als hij die begint uit te pakken, moeten we erg lachen in het flakkerende kaarslicht, want het is net de Tardis: er komt steeds meer uit tevoorschijn, tot we omringd worden door etenswaren: olijven, wijn, bier en chips, en chocola, en bovendien een grote deken en twee superhandige zelfopblazende luchtbedden. Als de rugzak eindelijk leeg is, grijnst Pete van oor tot oor en knikt alsof hij echt heel trots is op zichzelf.

'Dat heb je toch niet allemaal hier in het dorp gekocht?' vraag ik. Hij grijnst nog breder, blij dat ik het vraag omdat hij het dan kan vertellen.

'Nee joh! Ik heb Brooke van de Cabin gevraagd om het voor me mee te nemen, ze zei dat die wijn heel goed bij de olijven past.'

Ik glimlach, want ik hoor het Brooke in gedachten zeggen; blijkbaar is zij een van de vele vrouwen die alles voor Pete overheeft.

Hij pakt de fles wijn, maar dan betrekt zijn gezicht. 'O nee!'

'Geen kurkentrekker?' vraag ik. Wat is hij toch ontzettend leuk, ik word altijd zo vrolijk van hem. De nerveuze bibbers in mijn buik komen al een beetje tot bedaren.

'Aha, schroefdop.' Hij tikt op zijn hoofd.

'Heel slim!' zeg ik. Hij lacht en schenkt me een glas in, een echt glas, zorgvuldig verpakt in papier. Ik pak het aan en vraag me af hoe ik ooit aan hem heb kunnen twijfelen. Daarna trekt hij een blikje bier open, wat een hard geluid maakt in de stilte.

De wijn is Nieuw-Zeelands, net zoals Brooke. Withers Hills. 'Ik ben onder de indruk,' zeg ik.

'Bedank Brooke maar.' Hij lacht en proost met zijn blikje tegen mijn glas. 'Proost.'

'Waar drinken we op?' vraag ik.

'Op jou. Leuk je te ontmoeten, kom je hier wel vaker?' Hij neemt een megateug uit zijn blikje.

'Heel vaak,' zeg ik. 'Hoe heb je me gevonden?'

'Ik heb je nog niet gevonden,' fluistert hij. Ik huiver en hij lacht een raadselachtige lach, in zichzelf.

Ik zing als de bomen. We zijn hier, we zijn hier, we zijn eindelijk hier!

Alleen.

Samen!

Waarom houdt mijn lichaam niet op met bibberen?

'Olijf?' vraagt hij.

'Graag.' Hij pakt er een en houdt hem voor mijn lippen.

'Dank je,' zeg ik, en dan kust hij me tot de pit van mond verwisselt.

'Gatver, dat is smerig!'

'Ja,' zegt hij, 'maar ook fijn.'

Charley: Ziekenhuis. Nu.

De herinneringen komen te snel, ik kan er geen wijs meer uit worden, ik heb ze niet meer in de hand.

Charley. Toen.

O god! Het is alsof ik op een glijbaan zit en niet meer kan stoppen. Het gevoel van zijn handen die als golven over mijn huid glijden, me hoger en hoger tillen tot ik naar adem snak – en we in elkaar passen, alsof we dansen. Ik steek mijn hand naar hem uit en... ik stop.

Het is niet te geloven. De wereld is plotseling weer terug, boven zijn schouder, en mijn hoofd zit in de weg, zegt me dat het onmogelijk is wat we doen, dat het niet kan, dat het dood-eng is. Ik zie Am in de lucht boven me dansen en lachen. 'Het is heel gemakkelijk,' zegt ze.

Ik maak me los.

'Aarrgg!' Hij kreunt verschrikkelijk terwijl hij ineenkrimpt en van me weg draait.

'Sorry, sorry, sorry, Pete!' fluister ik.

'Charley?' vraagt hij. Zijn ogen zijn groot en zwart, alsof hij de nachtelijke hemel heeft verzwolgen. 'Wat is er?'

'Ik kan het niet,' fluister ik. 'Ik weet ook niet hoe het komt.'

Hij gaat rechtop zitten en slaat zijn handen voor zijn gezicht, zwijgend, en hij denkt heel lang na, lijkt het, voordat hij eindelijk weer iets zegt.

'Waarom niet?' vraagt hij dan. 'Ben je bang?'

'Ja.'

'Voor mij?'

'Een beetje.'

'Wat heb je gehoord?'

'Niks!'

'Ik bedoel over Am en mij.'

'Niks. Ik moet alleen steeds aan haar denken, Pete. Dat ze veel beter is dan ik, en dat zit me dan dwars. Het is zo raar, alsof ze hier echt is, alsof ze staat te kijken...'

Hij kijkt op, heel plotseling, maar dan begint hij te lachen.

'Over de stemming bederven gesproken! Ik weet niet, Charley, misschien moet je het toch maar weten... misschien kun je het wel voelen, misschien voel je dat het aan me vreet.' Het is alsof hij tegen zichzelf praat; mijn hart krimpt als hij mijn naam noemt, het begint sneller te kloppen, want ik weet dat ik gelijk heb, er is toch iets en hij gaat me eindelijk vertellen wat dat is, dat glanzende en glinsterende dat tussen hen oplicht als ze elkaar zien.

Am en Pete.

'Ik zou je nooit iets aandoen, wat je ook hebt gehoord.'

'Wat? Waar heb je het over?' vraag ik langzaam. Dit loopt helemaal verkeerd.

Hij pakt mijn arm vast en schudt eraan.

'Wat ze ook zeggen, ik zou je nooit iets doen, Charley, ik...'

'Waar heb je het over?' vraag ik weer, maar hij geeft geen antwoord. Het is alsof het laatste restje wijn uit me wegvloeit en ik krijg het koud. Ik ben bang, echt bang; waarom begint hij nou over zichzelf? Ik dacht dat het over Am zou gaan.

Ik besef dat ik heel ver van huis ben. Dat niemand weet waar ik ben. Als hij zijn hand uitsteekt naar mijn gezicht, deins ik onwillekeurig achteruit.

Dat had ik beter niet kunnen doen.

'Dus je hebt het wel gehoord!' zegt hij.

Ik schud mijn hoofd.

'Het is niet waar, Charley, ik heb haar niet geslagen, nooit.'

'Waar heb je het over?' Meer kan ik niet uitbrengen, het is alsof mijn hersens in een vreselijke draaikolk zitten waar ik niet uit kan ontsnappen, ik kan geen nieuwe informatie meer opnemen, ik kan niet meer begrijpen wat dit betekent.

Ik heb het heel koud, ik zit te bibberen van angst. Ik pak mijn T-shirt, bang dat hij me tegen zal houden, maar hij praat gewoon door.

'Ik was niet degene die haar heeft geslagen, Charley. Dat was haar vader, hij behandelt haar als een beest. O Charley...' En dan komt het er allemaal uit, als zaagsel uit een vogelverschrikker; de woorden vormen langzaam een geheel, ze beginnen een afschuwelijke betekenis te krijgen. Dat ze zich overal op het schiereiland moesten verbergen zodat haar vader niet zou ontdekken dat ze iets met elkaar hadden, dat Pete daardoor al die geheime plekjes kent.

'Getver, dus je bent met mij naar plekken geweest waar je ook met haar was,' kan ik niet laten om te zeggen.

'En toen kwam hij er toch achter, haar vader bedoel ik. Ik dacht dat ik met hem zou kunnen praten, dat ik iets kon doen, hem kon tegenhouden, maar het liep heel anders. Ze had me niet alles verteld, ik dacht dat hij alleen... agressief was... maar dat was niet zo... o Charley... zodra hij haar oud genoeg vond, heeft-ie... ze vindt het verschrikkelijk dat ze zo knap is... echt, het is...'

Hij kijkt me aan, met ogen vol afschuw en nare herinneringen, en het is heel anders dan ik dacht. Wat er tussen Am en Pete is, heeft niets te maken met schoonheid en puur verlangen en perfecte stelletjes en Brad en Angelina, maar met misbruik en gruwelijke dingen. Ik word niet goed. Ik voel dat mijn maag zich omdraait.

'Dat wil ik niet weten, Pete. Nee!' Hij keert zich van me af, alsof hij zelf gaat kotsen, maar hij praat verder, de woorden gaan maar door, hij vertelt dat hij dacht dat hij het voor haar kon oplossen... Ik hoor buiten de beek over de rotsen stromen, en ik wou dat ik in het water lag, onder de koude, donkere sterren, dat dat geluid zijn stem wegspoelde en mij schoonwaste.

'Volgens mij wisten de mensen hier in de omgeving ervan, Charley. Niet alleen dat hij haar sloeg, maar alles, dat hij haar...'

'Misbruikte.' Ik fluister het, want we kunnen het geen van beiden hardop zeggen.

'Ik denk dat de moeder van Simon het misschien ook wist, in elk geval heeft iemand hem uiteindelijk aangegeven. Hij ging helemaal over de rooie toen hij ons vond, Charley. Dat was de eerste keer dat hij haar sloeg op een plek die iedereen kon zien, en ik denk dat ze hem daardoor hebben aangegeven, maar toen heeft Am gezegd dat ik dat had gedaan... In haar gezicht nog wel, ik zou zoiets nooit kunnen... maar op een bepaalde manier voelde het wel alsof ik het echt had gedaan, want als ik haar niet had ontmoet, als ik niet met haar mee was gegaan...'

'Wat? Waarom heeft ze hem niet laten opsluiten?'

'Ze was bang. Ze zei...' Hij huilt nu bijna. 'Ze zei dat hij toch haar vader was, de enige die ze had. Dat is zo raar, Charley, ze houdt echt van hem, hij is haar vader; en dus zei ze dat ik het had gedaan, dat zei ze om hem te beschermen.'

'Maar dat is toch ziek!' schreeuw ik. 'Waarom heb je daaraan meegewerkt, Pete! Ik wist er niets van!' Ik ga verder, fluisterend, in mezelf. 'Ik dacht dat zij zo fantastisch was, zo fascinerend en mooi, ik was hartstikke jaloers op haar!' Maar terwijl ik dat zeg, begin ik alles te begrijpen, vallen de stukjes op hun plaats: dat onberekenbare, onverschillige gedrag van Am heeft niets te maken met Pete, het komt omdat ze zo beschadigd is. De afschuwelijke dingen, de pijn, het schuldgevoel en het verpeste verlangen tussen hen...

Maar geen liefde, het was geen liefde!

'Begrijp je het, Charley?' vraagt hij. 'Ik wilde niet dat je... dat je het gevoel had dat je moest... snap je dan niet hoe ontzettend graag ik bij je wil zijn? Het is zo'n opluchting om bij iemand te zijn die normaal is. En ik wilde niets overhaasten, dat wil ik nog steeds niet, het is niet...'

Ik hou zijn hand vast, zijn hoofd. We houden elkaar vast en wiegen een beetje heen en weer, we zuchten. We praten en praten en praten.

'Ik heb haar beloofd dat ik het aan niemand zou vertellen,' fluistert hij. 'Steeds als jij dacht dat Jack ons volgde, dacht ik dat zij het misschien was.'

Ik huiver en ik kijk op.

'Hier niet, deze plek kent ze niet,' zegt hij.

'Tenzij ze ons is gevolgd.'

'Ik heb dingen tegen haar gezegd, dat we samen weg konden lopen, dat ik haar wilde bevrijden... en dat ik het nooit, echt nooit aan iemand zou vertellen...'

Weglopen? Waarheen? Naar Mexico?

'Maak je geen zorgen,' zeg ik. 'Ik weet van niks.'

En ik wou dat dat waar was.

Pete staat op en pakt een zakmes. Ik kijk toe terwijl hij onze namen boven de schoorsteen uitkerft, en de datum. Hij doet dat langzaam, heel mooi, onze namen zijn in elkaar gevlochten; ik ga er met mijn vingers overheen. Daarna zitten we nog wat te kletsen en we drinken wat.

En dan zoenen we elkaar weer, we kunnen het niet helpen.

'Als ik iets zou kunnen maken,' zegt hij ineens, 'zoals Jack, in het zand, dan zou ik jou maken.'

Ik merk dat ik zit te rillen van de kou. Het is vast al bijna ochtend.

'Ben je nog steeds bang?' vraagt hij.

Ik knik. 'Maar niet voor jou.'

Er loopt nog steeds iemand over mijn graf, met langzame, zekere passen, ik voel ze, ze komen dichterbij... Ik hou me aan hem vast, ik ril en hou me vast alsof zelfs de tijd ons niet kan scheiden.

Hij lacht, heel even, en het is alsof hij mijn gedachten heeft gehoord.

'We hebben de tijd,' zegt hij. 'We kunnen met onze ouders praten, we kunnen elkaar bellen, we kunnen wachten.' Dan zegt hij lachend: 'Hé! Ik kan op de boerderij werken tot ik genoeg geld heb voor dat chique hotel!'

Ik kan niet ophouden met rillen.

'Je hebt het koud!' zegt hij. Hij houdt me nog steviger vast en wiegt me in zijn armen.

'Nee, dat is niet waar.' Ik hoor het mezelf zeggen. 'We hebben geen tijd meer, Pete.'

De voetstappen komen dichterbij... ik hoor ze... ik voel ze...

En we houden elkaar vast, we zoenen tot ik me wat meer ontspan, tot het verlangen naar hem me vanbinnen verwarmt, een vuur in me ontsteekt.

'Hoe is het eigenlijk?' vraag ik. 'Waarom is het zo eng?'

'Hoe moet ik dat nou weten!' zegt hij lachend.

'Vertel het me, Pete,' fluister ik. 'Vertel nou hoe het is.' Dat is wat ik zeg, maar wat ik niet kan zeggen is dat ik het koud heb en bang ben en een verhaal wil horen. Dat ik voel hoe de nacht zich ontvouwt en ons van elkaar losmaakt, en dat ik zijn stem wil horen, langzaam en rustig, als een verhaaltje voor het slapengaan, een verhaal dat steeds verdergaat en nooit ophoudt...

'Het is een beetje zoals surfen,' zegt hij. 'Eerst gaat het waardeloos, je krijgt je plank niet recht en het lukt alleen in het ondiepe.'

'Ja.'

'En dan blijf je hopen dat het beter gaat.'

'Ja.' Ik lach naar hem.

'En je blijft het maar proberen, je ziet precies voor je hoe het zou kunnen zijn, als je maar die ene golf pakt, weet je wel?'

Ik knik.

'Ja, zo is het ongeveer. Het duurt een tijdje voordat het goed lukt.' Hij lacht naar me, spreidt zijn mooie handen en haalt zijn schouders op. 'Als het goed gaat.' En dan lacht hij, die speciale lach die in zijn mondhoek begint, die lach die een beetje verlegen is, die zelf wilde dat hij er niet was, die lach waar ik zo dol op ben.

'Je moet dus wachten op de goede golf,' gaat hij verder, 'en je valt vaak van je plank. Zo denk ik tenminste dat het is.' Hij haalt zijn schouders op alsof hij eigenlijk niet wil weten dat hij zo lang kan praten, zo diep kan nadenken; ik vraag me af waar die gedachten ineens allemaal vandaan komen, waar ze zich verborgen hebben gehouden. Maar misschien was ik er tot nu toe nooit klaar voor om ernaar te luisteren.

'Dus zo heel geweldig is het niet, in het begin, bedoel ik?' vraag ik. 'Niet zoals in de film, met soft focus en kussens van ganzendons?'

'Nee.' Hij schudt zijn hoofd.

'Dus dat is jouw verhaal?' vraag ik.

'Ja, zo is het, alleen...'

'Ja?' vraag ik. De plotselinge hoop ligt als een harde, pijnlijke knoop in mijn hart.

'Misschien is het wel anders als je een beetje hebt geoefend... en als je... als je verliefd bent,' zegt hij.

Hal. Nu.

Ik sta op de brug over de beek. Ik wou dat Jackie bij me was. Als ik de brug over ben en het pad af loop, liggen de laatste huizen van het dorp links van me. Tegen de tijd dat ik daar ben, is er al een oranje gloed achter de gesloten gordijnen verschenen. De zon gaat vroeg onder achter het klif en dan wordt het snel donker in het dal.

Voorbij de huizen houdt het asfalt op en verandert de weg in een zandpad. Het dal lijkt hier dieper, dichter begroeid. De weg houdt op bij een hek, een roestig hek met vijf spijlen dat door niemand lijkt te worden gebruikt, alleen door Charley en mij. We hebben het nooit geopend; niet één keer. We klommen eroverheen of persten ons erdoor, maar we hebben het nooit opengedaan. Achter dat hek is het donker onder de bomen, er zijn geen straatlantaarns meer, alleen de wind in de bladeren en de eenzame, diepe duisternis.

'Ik wil niet,' hoor ik mezelf zacht zeggen bij de gedachte dat ik daarheen ga; dan hoor ik Charleys stem, alsof ze vanuit het verleden tegen me praat.

'Kom op, Hal,' zegt de herinnering aan haar stem. Ze klinkt geërgerd, zoals altijd, omdat ik zo langzaam loop. Ze wil dat ik opschiet. Ik loop een paar passen naar de weg.

'Schiet op,' zegt ze; het geluid van haar stem verdwijnt tussen de bomen, alsof ze voor me uit loopt, in beslag genomen door wat ze van plan is. Ik blijf opnieuw alleen achter. Ik wil haar zó graag achterna. Ik wil niet alleen zijn en bang, ik wil bij Charley zijn. Ik doe een stap naar voren...

'Nee!' Haar stem klinkt direct, vlakbij, aanwezig, angstaanjagend.

'Ze is hier niet!' fluister ik tegen mezelf. 'Ze ligt in bed, in Oxford.'

Er ritselt iets in het struikgewas, naast de beek; was ik maar een otter of een veldmuis, een uil of een hermelijn, in elk geval niet mezelf, Hal Ditton, die moed probeert te verzamelen om het bos in te gaan in het donker, alleen, zonder zijn grote zus.

Wat doen ze daar? vraag ik me af, want ik weet zeker dat Am en Pete daar zijn, en ik weet ook zeker dat ik er alleen achter kan komen als ik het donker in ga.

Ik ga op weg. De honden blaffen nog steeds als ik allang langs het erf van de boerderij ben en op het pad loop dat van de heuvel af loopt. Ik heb het gevoel dat ik word gevolgd, maar als ik omkijk, is het pad verlaten. Hier boven is het nog een beetje licht, maar het pad gaat steil naar beneden en al snel houden de bomen het laatste licht tegen. Ze zuchten in de avondbries, de takken kraken en knarsen alsof ze verdrietig zijn dat ze de warmte en het licht van de dag moeten missen, verdrietig dat ze zich moeten overgeven aan de kou en de vallende nacht.

Ik weet niet waar ik heen ga. Hoe dieper ik in het dal kom,

272

hoe moeilijker het pad te volgen is. Ik blijf staan en luister naar de beek, maar ik hoor alleen de wind in de bomen en onzichtbare dieren die ritselen en snuiven.

Een eindje verderop doemt een vos op uit de struiken om het pad over te steken. Mijn hart bonst hevig. Gele ogen draaien naar me toe, gloeien op en verdwijnen.

'Shit!' fluister ik.

Ik hoor de vogels en vleermuizen in de bomen boven me, die opvliegen en donkere, fladderende schaduwen vormen tegen het stukje lucht tussen de bomen dat nu snel donkerder wordt. Een vogel begint te zingen, met plotselinge, doordringende klanken. Het bos leidt zijn eigen leven, maar ik hoor hier niet; ik klauter over het pad en verstoor alles. Het duurt lang voordat de stilte achter me weer invalt, alsof mijn schaduw – of iets anders dat me volgt – zich uitrekt, alles in verwarring brengt, lang nadat ik al weg ben.

Eerst weet ik niet eens zeker of het wel een lichtje is. Het verschijnt en verdwijnt tussen de bomen op het kronkelige pad, maar het komt steeds terug, en hoewel ik er bang van word, omdat ik nu weet dat ik gelijk heb en dat er echt iemand in het huis daar beneden is, betekent het ook dat ik in de goede richting loop en dat ik weet waar ik ben.

Ik hoor de beek. Het kleine, flakkerende lichtje verdwijnt als ik het pad naast de beek bereik; het zicht erop wordt geblokkeerd door het huis.

Ik blijf staan.

Ik ben er.

Ik weet niet wat ik nu moet doen.

Wat zou Charley doen? Ze zou van spanning in mijn hand knijpen en ze zou over het pad lopen en me meetrekken.

Ik loop de andere kant op en baan me door de struiken een weg naar de tuin. Via deze route, mijn route, kom ik vlak bij de muur van het huis zonder dat iemand me ziet. Ik haal diep adem en zeg tegen mezelf dat ik ook in het donker minstens zes schuilplaatsen kan vinden, dat ik deze plek beter ken dan wie dan ook, behalve Charley.

Als ik tegen de warme bakstenen van het huis sta, hoor ik stemmen, stemmen die ver dragen in de nacht, door de stille avondlucht onder de bomen.

'Oké, Am,' zegt Pete. 'We zijn nu hier, dus zeg maar wat je nog wilde doen voordat je weggaat.'

Am mompelt iets, bijna alsof hij er niet bij is. 'Stel dat ze bijkomt en zich alles herinnert?' hoor ik haar zeggen. 'Dat gaat vast gebeuren, ze komt bij, ze herinnert zich alles, en dan komen ze hier en dan zien ze het! We moeten het hier schoonmaken, Pete, we moeten schrobben!' Het klinkt heel vreemd wat ze zegt, vreemd en onsamenhangend.

'Wie zal hier nou komen?' vraagt hij. 'En waarom zou het hier moeten worden schoongemaakt? Er is hier helemaal niets te zien!'

'Voor jou ook niet, Pete?' vraagt ze spottend. 'Zeg op, wat zie jij hier?'

Er valt een stilte. Ik hou mijn adem in en mijn hart staat stil. Wat gaat hij zeggen?

'Je weet best waarom ik hier vaak kom... omdat het de laatste plek is waar ik...' Hij zwijgt. 'Dat zijn jouw zaken niet, Am.' Hij klinkt moe, moe en verdrietig, maar Am niet, die klinkt juist heel levendig.

'Het is hier wel mooi, hè?' zegt ze ineens, alsof het een chic huis is, niet een verlaten krot midden in het bos. Ik word een beetje misselijk als ik die plotselinge verandering in haar stem hoor, ik krijg het gevoel dat er waanzin op de loer ligt en gevaar dreigt. Pete geeft niet eens antwoord. Ik probeer me die twee voor te stellen. Hij staat waarschijnlijk ergens bij het raam, want hij praat zacht maar is duidelijk verstaanbaar. Zij staat wat verder weg, maar ze praat veel harder.

'Hebben jullie hier vadertje en moedertje gespeeld? Dat kunnen wij ook doen, Pete, vadertje en moedertje spelen.' Ik snap niet goed wat er met haar stem is, ze klinkt plotseling zo plagerig, en tegelijk ook scherp en wanhopig.

Ik word er misselijk en treurig van en ik krijg een heel vreemd gevoel.

'Nee, Am,' zegt Pete. Ik snap niet waarom hij zo rustig klinkt, maar dan dringt het tot me door dat het niet zozeer rustig is maar eerder doods, alsof er niets is wat hem ooit nog kan interesseren.

'Waarom niet?' Nu praat ze weer zacht en ze klinkt oprecht.

'O, Am!' antwoordt hij alleen maar.

'Waarom?' jammert ze. 'Waarom heb je het haar verteld? Je had me beloofd dat je het nooit aan iemand zou vertellen, Pete. Je zei dat je er altijd voor me zou zijn...'

'Ik heb wel meer gezegd, Am, en ik meende alles wat ik zei, maar soms lopen de dingen nu eenmaal anders. Je weet best dat ik het wel aan Charley moest vertellen.'

Als ze antwoord geeft, klinkt haar stem koud en hard, en rancuneus. 'Dus daarom ga je hier soms naartoe?' vraagt ze. 'Voor de herinneringen? Zijn het mooie herinneringen, Pete? Geniet je ervan?'

Hij geeft geen antwoord, maar het lijkt alsof de lucht zelf naar adem hapt.

'We moeten gaan, Am,' zegt hij. 'Je zei dat je weg zou gaan als we hier nog één keer naartoe zouden gaan. Nou, dat hebben we nu gedaan.'

'Je gaat haar opzoeken als ik weg ben, hè?' zegt ze.

'Wat doet dat er nou toe?' vraagt hij. 'En wat maakt het uit of Charley zich herinnert wat er is gebeurd? Als jij er niet bent, dan...'

275

'Dit huis herinnert het zich!' zegt ze plotseling. 'We moeten het hier schoonmaken, Pete, we moeten schoonmaken voordat het huis alles kan vertellen.'

'Nee! Am, er zijn maar vier mensen die weten wat er is gebeurd en maar twee daarvan kunnen het navertellen, en dat zijn jij en ik, dus...'

'Help me nou! Help me om het huis schoon te maken, dan ga ik weg, waarheen je maar wilt, ik beloof het!' zegt ze. Maar haar stem klinkt nu sluw en geniepig.

'Am,' zegt hij. Hij klinkt wanhopig, alsof hij niet goed tot haar weet door te dringen. 'Je kunt hier de hele nacht gaan boenen en schrobben, maar je kunt niet wegpoetsen wat er is gebeurd. Kom, we gaan.'

'Wat is er dan gebeurd?' vraagt ze. 'Zeg het dan!'

Mijn hart begint sneller te kloppen. Nu zal ik het horen, nu zal ik eindelijk horen wat er is gebeurd.

'Denk je soms dat ik niet weet wat er is gebeurd, Pete? Denk je soms dat ik jullie niet kon zien?' vraagt ze.

'Je haalt je dingen in je hoofd, Am.'

'O ja?' zegt ze lachend. 'Haal ik me dingen in mijn hoofd? Net als Charley? Haalde die het zich ook alleen maar in haar hoofd?' Ze lacht weer, een lach waar ik koud van word, zó krankzinnig, zo volkomen gestoord. Pete's antwoord klinkt heel stil en droevig.

'Je weet dat dat niet waar is, Am. Jij bent ons achternagekomen, jij hebt ons gevolgd, en als je dat niet had gedaan...' Zijn stem breekt, alsof hij het niet kan verdragen om te denken aan hoe het dan had kunnen lopen. Het duurt een tijdje voordat hij weer verdergaat. 'Je beseft toch wel dat als jij ons niet had gevolgd, zij er nog was geweest?' Het klinkt raar, alsof hij het tegen een kind heeft, zoals ik tegen Sarz praat als ze iets verkeerd heeft gedaan en dat niet in de gaten heeft. Maar hij kan niet tot haar doordringen en Am ratelt maar door, alsof hij niets heeft gezegd.

'Jij bent degene die mij heeft verláten, Pete... jij bent degene die het haar heeft verteld! En je had het beloofd, je had het belóófd!' zegt ze, alsof ze die belofte zó belangrijk vindt en zich daar zó aan vasthoudt dat er verder niets meer tot haar kan doordringen.

'Het gaat er niet om dat ik het heb verteld, Am, het gaat erom dat het is gebeurd!' Ik snap niet hoe hij zo rustig tegen haar kan blijven praten terwijl zij zich in allerlei bochten wringt en van koers verandert.

'Lig je er 's nachts wakker van, Pete, van die herinneringen?'

'Hou op!' roept hij dan. Het woord klinkt als een zweepslag en wordt gevolgd door een zware, plotselinge stilte.

Dan voel ik dat de lucht in beweging komt, alsof er een trage kromming in de tijd voelbaar wordt die zich uitstrekt en een eeuwige cirkel beschrijft over het afgelopen jaar, en de beide uiteinden elkaar eindelijk raken.

Charley: Ziekenhuis. Nu.

Hal! Hij is daar... waar de herinneringen wachten... in het donker... waar Pete is. Pete... O, hij is vlak bij hem, vlak bij hem en mijn hart begint te zingen... mijn armen strekken zich uit naar waar Hal is... Ik wil zijn ogen en armen en vingers, zodat ik kan voelen en aanraken... en mijn vingers strekken zich uit...

'O, Hal!' Ik kronkel als rook om hem heen, ik smeek hem om mij adem te geven...

Hal. Nu.

'O, Hal!'

Ze is hier. Charley... ze noemt mijn naam, ze steekt haar handen naar me uit, ze raakt me aan met haar dunne, koude vingers en ze strijkt langs mijn hersens met haar herinneringen en haar verlangen.

'O, Pete!' fluistert ze; ik voel haar verlangen naar hem in me bonzen, en ik ben met stomheid geslagen.

'Nee, Charley!' schreeuw ik, maar de beelden tuimelen al van haar hoofd in het mijne, ook al probeer ik haar weg te duwen en me vast te houden aan het gevoel van die warme bakstenen in mijn rug... maar alles ontglipt me en allerlei beelden komen in mijn hoofd met elkaar in botsing. Ik zie Pete onder de eikenbomen, vorige zomer, ik zie hem in de golven, onder de sterren, in het warme zand... Ik voel dat haar verlangen in mijn botten fluistert... me streelt... ik raak verloren in de mistflarden die me plotseling omringen, die mijn longen vullen met koude, vochtige lucht... of is het water?

'O, Hal! Alsjeblieft... o, Pete...' fluistert Charley.

'Pete!' roep ik, alleen is dit niet mijn stem. Met een schok die zo plotseling en zo koud is als het zeewater, besef ik dat het Charleys stem is die uit mijn mond komt.

'Pete!' hoor ik mezelf roepen met Charleys stem. Dan staat hij daar, bij het raam, zijn geschrokken gezicht is spierwit en plotseling heel klein in het donker.

'Hal?' vraagt hij. 'Je klonk precies...' Hij steekt zijn hand uit en helpt me over de vensterbank. Am staat naast hem, stil en ook geschrokken. Ze staart me aan alsof zij ook iemand anders had verwacht en nu extra goed kijkt om het zeker te weten.

'O, toe nou, Hal!' fluistert Charley diep in mij. 'Laat me binnen,' smeekt ze. Ik voel dat mijn geest me ontglipt, een pas opzij doet om plaats voor haar te maken zoals ik vroeger ook plaatsmaakte voor haar; mijn lichaam glijdt ook weg, ik val...

'O, Hal!' fluistert ze, 'dank je,' en haar koude bloed rilt in me terwijl ze in mijn huid kruipt; het laatste wat ik voel is de

vreemde kracht van Pete's armen, zijn warmte als hij mij opvangt, ons opvangt, en mijn slappe lichaam voorzichtig op de
vloer legt.

Charley. Nu.

*Ik ben hier in Hals lichaam, en o, wat ben ik dicht bij Pete, zo
dichtbij dat ik zijn adem tegen mijn wang voel terwijl hij me mee
terug neemt naar vorig jaar, naar de herinneringen die hier in de
muren van het huis verborgen liggen. Ik rek me uit in Hal, ik reik
naar zijn geest die niet verdwaald en alleen is in het donker; naar
zijn lichaam dat niet onbeweeglijk is... zoals het mijne in dat ziekenhuisbed.*

Wat is zijn warmte heerlijk...

'O, Hal!'

Alsof ik in de Middellandse Zee drijf...

*'Dank je...' En Hals lichaam valt van hem af, het is van mij...
en zijn mond vormt zich naar mijn woorden. Ik voel zijn stem-
banden vibreren met mijn stem, mijn woorden... en eindelijk, eindelijk kan ik praten...*

'Ik zal je een verhaal vertellen...' *zeg ik, en ik hoor de woorden met Hals oren, maar de stem is van mij... mijn stem! Ik herinner me dat het dezelfde woorden zijn die ik tegen Pete heb ge-
fluisterd, hier, in dit huis, vorig jaar, toen ik dacht dat we alleen
waren, met zijn tweeën.*

*'Vertel me een verhaal, een verhaal zonder einde,' fluisterde ik
tegen hem, en ik weet nu dat ik het fluisterde omdat mijn einde zo
nabij voelde, al begreep ik niet waarom...*

*En nu ik eindelijk hier ben, terug bij hem, waar onze laatste,
lange nacht begon... komen de herinneringen, ze ontwarren, ze
komen tevoorschijn uit het sprakeloze duister...*

*Ik voel Pete's armen om me heen, trillend van verwarring over
mijn stem in Hals lichaam, maar hij blijft me vasthouden... ik*

word vastgehouden, in Hals lichaam, in Pete's armen, ik ben op
een veilige plek waar de herinneringen eindelijk kunnen worden
gedeeld... kunnen worden herinnerd.

Eindelijk beginnen de beelden zich achter mijn ogen te vormen,
eerst grillig, in rood en zwart achter mijn oogleden, fragmenten
van een leven... maar dan krijgen ze vastere vorm en beginnen te
vloeien, ze staan op zichzelf en zijn helder, ze gaan naar het
einde... ik was hier in dit huis en ik...

Ik glimlachte... dat deed ik!

Ik heb mijn stem... ik ben klaar om mijn verhaal te vertellen...
maar nu ben ik verloren in dat perfecte moment...

Pete!

Charley. Toen.

Ik glimlach. Ik glimlach en beef door de vreemde schok en het
genot van dit alles. Ik kijk in Pete's ogen, ze zijn vloeibaar en
licht. Ze komen dichterbij als hij me kust en dan trekken ze
zich weer terug zodat we verder dan het oppervlak kunnen
kijken, diep in elkaar.

'Anders?' vraag ik, en hij lacht, hij schenkt me zijn prachtige
glimlach en ik lach terug.

'Wat een golf,' fluistert hij.

Mijn ogen vallen dicht. Ik ben zo moe. *Game over.* Ik ben
thuis.

Zo was het dus.

'Charley.' Hij fluistert mijn naam in mijn haar, in mijn oren,
in mijn huid, steeds opnieuw tot het klinkt als mijn eigen hartslag, tot ik in slaap val in onze warmte.

Afwezigheid.

Lucht.

Dat is het eerste wat ik voel.

Ik heb het koud.

Ik ben alleen.

En hij is weg.

Mijn hart breekt en trekt als het tot me doordringt dat niet alle verhalen goed aflopen...

Ik tast in het donker, maar naast me is alleen de schaduw van zijn warmte en een snelbewegende stilte in het donker, een trilling in de lucht.

Gevaar.

Charley. Nu.

'Pete!' *Ik roep zijn naam, ik hou hem dicht tegen me aan, hij snakt naar adem als hij mijn stem hoort en houdt me stevig vast.*

'Charley?' *Hij kijkt in mijn ogen. Ik kijk in de zijne.*

'Charley!' *zegt hij na lange, lange tijd, alleen is het deze keer geen vraag, het is een antwoord. Zelfs in Hals lichaam herkent hij me.*

Ik glimlach.

'Wat is er gebeurd?' *vraagt hij.* 'Wat kun je je nog herinneren?'

Het is ontzettend moeilijk om mijn ogen van hem los te maken, om ze op het verleden te richten. Ik rek me uit in Hals lichaam, ik staar naar Pete, raak zijn gezicht aan, en ik wil verschrikkelijk graag dat dit korte ogenblik als een bevroren golf is, zonder verleden, zonder toekomst, alleen het heden – maar dat is het niet. Het verleden rolt op ons af, over ons heen, vraagt om te worden verteld.

'Vertel het me,' *gaat hij verder. Ik doe mijn ogen dicht en voel de vloed van herinneringen in me opkomen, en de noodzaak om ze te vertellen. Ik voel dat Pete en Am me aanstaren, ik voel dat Hal vol vragen zit. Hal, die zo zijn best heeft gedaan om ons allemaal hier te krijgen, hier, waar alles is begonnen, en die nog steeds op antwoorden wacht.*

Wat is er die nacht gebeurd?

Ik begin te vertellen.

Charleys verhaal.

Toen ik wakker werd, Pete, wist ik dat je weg was. Ik was alleen in het donker en toen hoorde ik je haar naam noemen...

'Am?' zei je. Ik voelde dat de moed me in de schoenen zonk, verder nog, diep in de aarde wegzakte.

Ik ging rechtop zitten in het donker. Ik bleef heel stil zitten, doodstil, en ik wachtte af.

Er kwam geen antwoord. Geen enkel geluid, alleen de wind in de bomen.

Ik luisterde.

Ik luisterde zoals ik de hele zomer heb geluisterd, alsof dat een oefening was voor dit moment, alsof ik al die tijd wist dat het ooit zou komen. De hele zomer had ik geluisterd naar krakende takken, geschuifel van schoenen, geluisterd naar de geluiden om me heen, en ik had zeker geweten dat er iemand was die ook naar mij luisterde.

Het was midden in de nacht. Weet je nog, Pete? En de wolken hadden de maan heel dicht ingepakt.

'Kom terug,' fluisterde ik naar je, maar ik hoorde alleen geritsel bij het raam, een gesmoord geluid. Mijn hart klopte zo snel dat ik wilde gaan gillen of wegrennen. Ik wilde lachen.

'Ik wil naar mama!' schreeuwde ik hardop. Ik riep dat om de stilte te verbreken, om degene die daar was aan het lachen te maken zodat alles weer gewoon zou zijn, maar op het moment dat ik het riep wist ik al dat ik dat niet had moeten doen. Het klonk zo hard in het stille duister. Het klonk helemaal niet grappig, het klonk als de waarheid.

Precies op het moment dat de maan achter de wolken tevoorschijn kwam, was je bij me. Ik zag dat je je hand naar me uitstak, je was veel dichterbij dan ik me in het donker had gerealiseerd... en achter je was een enorme schaduw, een schaduw die zich uitstrekte over de muur vanaf het lege raam. De wolk schoof weer voor de maan, maar niet voordat ik achter dat raam Ams gezicht had gezien.

Ik riep haar naam.

'Am!' riep ik.

En de maan verdween.

Het was donker.

Ik moet stoppen, mijn ogen opendoen en het tot me laten doordringen dat ik niet echt nog steeds in het verleden opgesloten zit. Als ik om me heen kijk, kan ik bijna niet geloven dat dit dezelfde kamer is. De kaarsen en zaklantaarns gloeien in het donker en lichten haar gezicht op. Ams gezicht, dat zo wit en koud is als de maan. Ze strijkt een lucifer af en steekt een sigaret op. Ze raapt een stukje papier op en begint dat met nerveuze vingers te verscheuren. Haar ogen zijn strak gericht op Hals lichaam, dat slap in Pete's armen ligt. Haar oren luisteren naar mijn stem, alsof ik gewoon een verhaal vertel... zomaar een verhaal, dat niets met haar te maken heeft, alsof het niets betekent dat ik haar naam uitspreek met mijn stem... Maar we weten allebei wel beter en ik vertel dat verhaal nu, ik vertel de waarheid. Am staart, ze wacht, ze kijkt, zoals ze altijd heeft gedaan, als een cobra die wacht tot ze kan toeslaan...

Ik wend mijn blik van haar af, ik kijk naar Pete en vertel verder.

Herinner je je het donker nog, Pete, en de angst?

'Ssst,' zei je en je hielp me overeind en liep met me om de tafel heen, schuifelend door het donker. Je wilde dat ik stil was. Dat begreep ik meteen: ik merkte het aan je handen en je armen, zelfs aan je adem, en hoewel ik heel bang was, vond ik het ook fantastisch dat we op die nieuwe manier met elkaar konden praten, met ons lichaam.

*Pete's hand spant zich in de mijne. Hij herinnert het zich... en zij
ook, Am... een roodgloeiende angst flakkert in me op en ebt weg. Ze
was erbij, al die tijd, ze keek, ze wachtte, ze volgde ons. We waren
nooit echt alleen... en bij het zwakke licht van de zaklantaarn herinner ik me de rest, en dan zwakt mijn woede af en verdwijnt.*

We stonden heel stil in het donker, toch, Pete?

Hij knikt.

We stonden samen te luisteren, we probeerden de lichtste beweging in de lucht te voelen. Het was me nooit eerder opgevallen hoe donker het 's nachts kon zijn, zo diep in het bos. Zo
donker dat ik letterlijk geen hand voor ogen kon zien.

Zwijgend drukte je me langzaam naar beneden. Je wilde me
onder de tafel hebben, veilig en verscholen. Ik wilde dat ook,
maar ik was bang, bang omdat jij zo bang was. Ik wilde de zaklantaarn pakken en overal op schijnen. Ik wist zeker dat dit
krankzinnige spelletje dan zou stoppen. Dan zouden we lachen
en we zouden ons schamen. Am zou zeggen: 'Ik had jullie mooi
te pakken!' en wij zouden verzuchten: 'Shit, wat zijn wij geschrokken!' en dan zou alles voorbij zijn.

En toen zat ik alleen onder de tafel, Pete. Jij was weg. Er was
een koud gat in het donker waar het even geleden nog warm
was geweest. Ik was alleen in het donker en de stilte. Ik
luisterde met al mijn zintuigen. Ik luisterde zó ingespannen
dat ik zelfs met mijn huid luisterde. Er was een beweging, er
bewoog iets bij de muur. Ik hoorde het niet, het was meer dat
ik het voelde, een verstoring in de lucht. Het was niet zo groot
dat jij het kon zijn, Pete, het was Am, ze stond bij de deur.

Bij de deur.

Ik stuurde je die woorden toe en hoopte vurig dat je ze kon
horen.

Ik voelde dat je een stap naar achteren deed.

O god, niet zacht genoeg.

De gedachten achtervolgden elkaar in mijn hoofd. Wat doet ze hier? Wat wil ze? Waarom zijn we zo bang? Mijn huid prikte van angst. Ik dacht aan de lege wijnfles met een kaars op de rand van de tafel. Ik luisterde en heel langzaam lukte het me om te bewegen in een duisternis die zo diep was dat het leek alsof er nooit meer iets zou kunnen bestaan. Ik reikte naar de tafelpoot, daarna omhoog en langs de rand van de tafel tot ik het koude glas in mijn handpalm voelde. Langzaam en geluidloos pakte ik de fles.

Ik slaakte een zucht van verlichting.

Ergens in de donkere kamer bewoog een lichaam naar het geluid dat ik mezelf niet had horen maken. Ik herinnerde me dat ik geen lucifers had om de kaars aan te steken. Ook geen aansteker.

Ik herinnerde me dat ik naakt was.

Pete houdt me nu vast alsof hij terug kan gaan in de tijd en me kan aankleden.

Ik raakte de armband aan die je mij had gegeven, Pete, ik sloot mijn hand eromheen en draaide hem om, ik voelde dat hij in mijn huid sneed, wat pijnlijk genoeg was om te voorkomen dat ik zou gaan schreeuwen.

Ik wacht even, ik moet hem eerst iets vragen. Ik doe mijn ogen open en kijk in de zijne.

'Waarom heb je me die gegeven, Pete?' *Maar hij schudt zijn hoofd. Dan weet ik dat Am het hem niet heeft verteld; hij weet nog steeds niet dat het stom van hem was om me die armband te geven.*

Am gaat verzitten op de tafel, ze steekt weer een sigaret op en kijkt door de rook heen naar ons.

'Die was van mij,' zegt ze.

We kijken elkaar aan. Haar handen beginnen te trillen. Ik doe

mijn ogen dicht, ik dwing mezelf om verder te vertellen, het vol-
gende stukje, wat ik deed...

Een stem schreeuwde een naam. Het klonk door het raam vanuit het bos, als de roep van een dier.

Dat is Pete niet, dacht ik, *ik weet zeker dat dat Pete niet is.* Mijn hart stond stil.

Er raasde iets tussen de bomen door. Een dier?

'Am! Am! Waar zit je, verdomme?' Het was een mannenstem.

De zaklantaarn die plotseling in mijn gezicht scheen, verblindde me. Ik hoorde dat mijn gegil de stilte overstemde. De lichtbundel zwaaide bij me vandaan en toen zag ik jullie beiden, gevangen tegen de muur, verblind door het licht. Am had zich om jouw lijf geklemd, Pete, en jij hield haar heel stevig vast. Op dat moment zag ik alles heel helder. Ik zag je lange vingers die zich diep in haar haren begroeven, ik zag het verlangen en de angst op haar gezicht.

Ik dacht dat jullie iets hadden samen.

Dat jullie nog steeds iets hadden samen.

En toen...

'Nee!' Pete begon te schreeuwen, hij hield Am achter zich en schermde zijn ogen af tegen de felle lichtbundel.

Waar kwam dat licht vandaan? Er stond een lange gedaante achter.

'Hier! Nu!' zei die gedaante, alsof hij een hond riep, maar jij was het, Am, die in beweging kwam. En het was jouw stem, Am, die zo klein en bang en spijtig klonk...

'Ik kom al, papa, niet doen alsjeblieft, papa, ik kom al...'

'Jij! Uit de weg jij!' Die man zei het alsof je een stuk stront was, Pete. Daar vergiste hij zich in.

'Nee!' riep Pete weer en hij hield je vast, Am, ook al bibberde hij van angst, ook al probeerde je langs hem heen naar die man te lopen.

'Jij! Hier! Nu!' Je probeerde je los te trekken van Pete, je praatte smekend tegen je vader, maar Pete bleef je vasthouden, ook al beefde hij net zo erg als die trillende, dronken lichtbundel van de zaklantaarn.

'Je hebt ons gered, Charley,' *zegt Pete.*
Echt? En waarvoor? Ik doe mijn ogen weer dicht, ik keer terug, langzaam, aarzelend. Ik zie het, ik vertel het, ik herinner me wat ik deed... het gruwelijke...

Heel even bleef het doodstil.
Patstelling.
Toen kwam Ams vader in beweging. Hij greep je vast, Pete, en schudde je door elkaar. De zaklantaarn viel op de grond en ik hoorde iets tegen de muur beuken, er keihard tegenaan smakken...
'Ik-heb-je-gezegd-dat-je-van-mijn-dochter-af-moest-blijven!' schreeuwde hij, en bij elk woord sloeg hij je hoofd tegen de muur.
Je stak afwerend je handen omhoog en Am begon nauwelijks hoorbaar te jammeren.
'Nee! Toe nou, papa, niet doen!'
Doodsangst.
En Pete, jij was totaal hulpeloos.
Ik voelde het koude glas in mijn handen, ik herinnerde me wat ik vasthield. Ik kwam onder de tafel vandaan en haalde zo hard ik kon uit met die fles. Ik sloeg ermee op het hoofd van die donkere gedaante en ik hoorde dat de fles werd verbrijzeld. Toen stond ik met lege handen en haalde ik uit naar niets.
'Papa!' schreeuwde Am.
'Am? Am?' riep hij, met een blinde, zoekende kreet, die leek op het bloed dat in mijn oren gonsde.

Ik doe mijn ogen open. Het is stil in de kamer. 'O mijn god,' fluistert Hal in me. 'Goed gedaan, Charley!' En dan is er, zelfs bij de herinnering aan die angst en afschuw, plaats voor een glimlach.

'En toen?' vraagt hij, precies zoals hij vroeger ook altijd deed.

Hal en ik draaien ons om naar Am, tegelijk, maar ze zwijgt. Ze zwijgt en zit te trillen. Ze steekt een sigaret aan met het peukje van een andere. Ze scheurt een reep van een krant en begint die in kleine stukjes te scheuren, alsof ze mijn woorden aan flarden wil scheuren, alsof ze het trage geluid dat over Hals lippen komt wil wurgen, maar ze luistert, ze hoort dat wij net zo bang voor hem waren als zij, dus ik vertel verder.

Pete hield me vast en mompelde iets onsamenhangends.

'O fuck, o shit, Charley!' We hielden elkaar vast in het donker en draaiden ons om, weg van de zaklantaarn die op de grond was gevallen en de plotseling roerloze gedaante die daarnaast lag.

'Leeft hij nog?' fluisterde ik. 'Ben je ongedeerd?'

'Ja, shit Charley!' En we klampten ons aan elkaar vast.

Ik weet niet hoe lang we elkaar zo bleven vasthouden. Tot ons hart niet meer zó hard bonsde dat het dreigde te exploderen. Tot we niet meer zo erg op onze benen stonden te trillen dat we elkaar wel moesten vasthouden.

Tot we zagen dat jouw vader uit het raam klom, vloekend en stommelend; toen hij weg was, begon ik te huilen, ik kon er niets aan doen. Ik hield me vast aan Pete en huilde, ik wist niet eens dat ik zo hard kon huilen; hij hield me vast en gaf me mijn kleren en hielp me met aankleden terwijl hij lieve, gekke dingen tegen me fluisterde.

'Het is al goed, Charley, het is voorbij,' zei hij. 'Hij is weg. Je hebt hem knock-out geslagen, wat een fantastische linkse heb jij, supervrouw!'

Ik doe mijn ogen open en kijk naar Pete.

Ik kijk naar hem, en naar Am.

'Je weet toch hoe dat voelt, Am?' *vraag ik aan haar.* 'Dat je je dankzij Pete beter voelt?' *Ze zucht zacht. Een zuchtje waarvan ze volgens mij niet eens heeft gemerkt dat het haar ontsnapt is.*

Een geluid van verlangen.

Hij houdt me nog steviger vast en ik lach, hij weet wat ik probeer te doen, ik probeer Am te helpen... hij begrijpt dat zonder woorden, zoals hij altijd iets kon begrijpen...

Ik tril. Ik voel mijn eigen verlangen weer opkomen. Kon ik maar wegzinken in Hals warme lippen en Pete daarmee kussen... kon ik maar de huid voelen van Pete's gezicht... dan zou Hal weg zijn, dan waren alleen Pete en ik er nog... Pete en ik, voor altijd... voor altijd... geen Hal, geen Am... dat is wat ik wil, dat is het verhaal dat ik wil vertellen, maar dat is niet zoals mijn verhaal gaat...

En toen zagen we dat je weg was, Am.

'Waar is Am?' vroegen we allebei. We doorzochten het hele huis, we liepen met de flakkerende kaars door alle kamers, fluisterden je naam... maar je was weg.

'Pete.' Ik huiverde. 'Ik moet er niet aan denken dat zij bij die man is, stel dat hij haar te pakken heeft gekregen?' Ik zag het al helemaal voor me, Am, dat hij jou de heuvel op sleurde, je achter hem aan zeulde, ik hoorde nog steeds jouw doodsbange gejammer.

'Pete, we moeten hulp gaan halen! Ik ga naar mijn vader, probeer jij dan vast te kijken waar ze zijn.'

Hij hield me stevig vast. 'Vergeet het maar, ik laat je niet alleen.'

'Hij wil mij toch niks doen, Pete, hij zit achter jou aan, achter jou en Am. Zorg dat hij je niet ziet, Pete, probeer er alleen achter te komen waar ze zijn en wacht dan op mijn vader en mij, oké?'

Ik doe mijn ogen open. Am kijkt me aan, huiverend, haar handen zijn eindelijk stil, haar hele lichaam is bevroren, verstard, omdat ze haar best doet niet opgemerkt te worden.

'Het was het enige wat ik kon bedenken, Am, mijn vader, mijn saaie, veilige vader met zijn stomme grapjes. Ik wilde dat hij er was, als een soort tegenwicht voor jouw vader. Ik wilde dat hij zijn armen om me heen zou slaan en alles weer goed zou maken, zoals hij altijd deed.' *Am kijkt me strak aan. Het enige leven zit tussen haar vingers, in de gloeiende punt van haar sigaret. Ik vertel verder.*

'Oké, oké,' zei Pete, 'ik ga ze wel zoeken, maar ik blijf bij je tot je thuis bent.'

We klommen door het raam en toen stonden we buiten in de donkere nacht, waar ik trillend tegen de muur van het huisje leunde. Ik stond zo hard te trillen dat het leek alsof mijn armen en benen niet bij mijn lichaam hoorden. We bleven daar staan tot onze ogen aan het donker gewend waren en we de bomen konden onderscheiden die zich als zwarte silhouetten aftekenden tegen de lucht. En toen gingen we op pad, hand in hand langs de beek, en onze vrije arm hielden we opzij om ons evenwicht te bewaren. We renden samen, we struikelden, we verwachtten elk moment te worden tegengehouden, ergens tegenaan te botsen of te vallen.

Toen we eindelijk in het dorp kwamen, konden we bijna niet bevatten dat de straatlantaarns nog aan waren, en dat het dorp rustig lag te slapen in het oranje licht en alles nog precies hetzelfde was als altijd.

Het was alsof je wakker werd uit een droom en tot de ontdekking kwam dat je hele leven een droom was geweest, een fijne droom, tot nu toe, tot deze nachtmerrie.

Ik had bijna iemand vermoord. Die woorden bleven maar door mijn hoofd spoken, onwerkelijk maar waar.

En toen zag ik de witte schuimkoppen oplichten in het donker. Als een belofte... een belofte aan een plek waar niets anders bestond dan de deining, de golven en het verlangen naar de volgende golf. Geen verleden, geen toekomst. Alleen het heden.

En ik dacht aan jou, Hal, ik dacht eraan dat je nog steeds lag te slapen als een engel die zijn vleugels droogt, aan de onmogelijke waarheid, dat we dezelfde nacht hadden doorgebracht, dezelfde uren, onder dezelfde hemel. Ik probeerde niet te denken aan het geluid van die fles die op dat hoofd kapot werd geslagen. Of aan jouw gezicht, Am, toen je je achter Pete verborg. En die witte schuimkoppen lonkten, als de belofte aan verandering, aan iets nieuws...

'Ik kijk je na tot jullie voordeur,' zei Pete.

Ik doe mijn ogen open.

'Dat zei je, Pete, en als ik de tijd kon terugdraaien, als ik dat moment kon overdoen, zou ik dat doen. Ik zou naar de oude, eiken deur van ons huis lopen en die openduwen... maar dat deed ik niet, hè?

Pete schudt zijn hoofd en houdt me zo stevig vast dat ik nauwelijks adem kan krijgen.

'Je wilde de golven in,' *fluistert hij met een lach in zijn stem.* 'Net zoals altijd.'

De golven riepen me, ze beloofden al die ellende van me af te spoelen, een paar minuten maar, dat was genoeg, ik dacht dat het maar heel even zou zijn, een paar minuten...

'Toe dan maar, mafkees!' lachte je, Pete. 'En zorg dat je niet in een gevecht verwikkeld raakt zonder mij!'

En we kusten elkaar, een snelle, korte kus, zo'n kus die je elkaar geeft als je denkt dat er nog een dag komt, nog een week, of misschien nog jaren...

Ik doe mijn ogen open. Nu ben ik hier, op het keerpunt in het verhaal. Straks gaat Pete weg, hij zal het klif op lopen. Hij gaat op zoek naar Am, zoals ik hem heb gevraagd, en dan zal ik hem niet meer terugzien, niet met mijn eigen ogen, tot dit moment.

'We hebben geen afscheid genomen,' *fluister ik.*

'En ik heb niet gezegd dat ik van je hou,' *zegt hij tegen me.*

'Dat hoefde ook niet.'

Ik vertel verder.

De golven glinsterden in de nacht, de fijne, witte lijnen tekenden zich af tegen het donker, waarin al de belofte van de dageraad lag. Ik hoorde dat ze me riepen zoals ze me altijd hadden geroepen, mijn naam fluisterden. Ik liep er langzaam naartoe. De zee was warm in de ochtendkilte, warm als een lach, warm als thuis. Ik liep door de branding en ging in de zee liggen. Die zee nam me in zijn armen, tilde me op en vleide me neer, tilde me op en vleide me neer, zonder me ooit te laten vallen. Zoals het altijd was geweest.

Tot nu toe.

In. Uit. In. Uit.

Op het ritme van de golven.

Zoals het ritme van jou en mij, Pete.

Van ons samen.

Ik bleef daar lange tijd liggen. Ik bleef liggen tot ik het tij voelde keren en het ritme van de golven voelde veranderen nu ze naar het land bewogen. Ze werden groot en grijs en bewogen op een vreemde manier; heel even werd ik bang, bang voor hun soepele kracht.

Op dat moment ging er in ons huis op het klif een licht aan, als een vuurtoren, een teken van veiligheid. Ik keek op. Toen zag ik jou.

Je stond onder de lantaarnpaal, Am, je stond naar me te kijken. En het licht ging uit.

Ik keek vanuit de golven naar je toen je wegliep bij die lantaarnpaal en in je eentje over het strand liep.

En ik dacht: je bent alleen! Je bent in veiligheid! Dat dacht ik toen, Am.

Je ging op het strand zitten en probeerde een sigaret op te steken; ik keek naar je terwijl je de lucifers afstreek. Ze vlamden steeds even op, maar wilden niet blijven branden. Ik liep het water uit en ging naar je toe. Het was koud uit het water. Je zag er zo klein uit op het strand, zo klein en eenzaam; ik wilde tegen je zeggen hoe erg ik het vond dat je zo'n rotleven had, maar toen ik bij je kwam, keek je me alleen maar aan. Ik pakte je sigaret, stak die voor je aan en gaf hem terug.

'Am?' vroeg ik. We bibberden allebei van de kou. 'Waar is Pete?'

'Weg.'

'En je vader?' Geen antwoord. 'Am, we zullen je helpen,' zei ik. 'Mijn vader en moeder kunnen je helpen. Je moet echt bij hem weg, hij is heel slecht voor je.'

Maar je keek me alleen maar aan, Am, weet je nog, zoals je mij nu aankijkt. Met een rustige, heldere blik nam je een trekje van je sigaret alsof die je kon redden, alsof die je niet vermoordde met elke ademteug, net zoals je vader.

'Wat?' *vraagt Pete.* 'Was jij daar ook, hebben jullie elkaar gesproken?'

We geven geen antwoord maar we kijken elkaar aan, net zoals toen, net zoals we zo vaak hebben gedaan, terwijl we ons afvragen wie er als eerste weg zal kijken. En ik herinner me wat ze toen zei.

'Wat weet jij er nou van, Charley?'

'Ik weet dat jouw vader een angstaanjagende schoft is.'

'Je snapt er niks van.'

'Je hebt hulp nodig.'

'Hoe weet jij dat nou? Wat weet jij van mij af, of van Pete, of van mijn vader? Hoe kan iemand ons helpen? Nu weet je het, maar je blijft toch bij Pete. En ik ben nog steeds alleen, zonder hem. En mijn vader blijft zich gedragen als een krankzinnige schoft, steeds opnieuw.'

Ik probeerde mijn armen om je heen te slaan.

'Ach, sodemieter op! Als jij het meldt, halen ze hem bij me weg, of mij bij hem. En dan heb ik niet alleen geen moeder meer, maar ook geen vader!'

En toen stond je op en liep je de zee in.

Oké, dacht ik, misschien is het goed als jij ook alles van je af probeert te spoelen.

Maar je had gelijk, Am, ik begreep er inderdaad niks van, want je probeerde niet eens te zwemmen, je bleef gewoon lopen, de golven in, alsof die er niet waren, tot je hoofd nog maar een vlek was, die ten slotte ook verdween. Ik zag je niet meer.

Ik rende in het grijze ochtendlicht de zee in en probeerde je te pakken, maar er was een enorm sterke stroming, een golf smeet me ergens tegenaan, tilde me op en gooide me neer. Ik raakte iets. Dat was jij. Ik greep je vast en bleef je stevig vasthouden. Toen we weer boven kwamen, hield ik je arm vast. Je leek dood in het halfduister, maar toen begon je te hoesten en te sputteren, je deed je ogen open en je zag mij.

Je was woest.

Maar ik had geen idee, Am! Ik kon me niet voorstellen dat iemand je dood zou willen!

Razend was je, en terwijl de golven ons verder in zee trokken, probeerde je je los te rukken. Ik wist niet meer of ik tegen jou vocht of tegen de golven, dat voelde hetzelfde, en toen was je boven me, je stak boven me uit en we werden door een golf omvergegooid en ik voelde dat ik met mijn nek tegen een rots sloeg.

Op het moment dat ik op die rots terechtkwam, wist ik dat het mis was.

'O, Charley, Charley, Charley!' *roept Pete, alsof hij daar samen met ons in zee worstelt. Dan buigt Am zich naar voren, ze drukt haar peuk uit, haar handen grijpen het tafelblad vast...*

'Charley, wat gebeurde er?' vroeg Pete.

'Ze zag die armband.'

Ik stak mijn arm naar haar uit voor hulp en de witte armband gloeide in de schemering wit op.

Altijd, stond erop. Voor eeuwig.

Mijn stukje van jou, Pete, alleen was dat niet echt van jou.

'Hij was van mij,' *zegt Am.* 'Ik heb die armband aan jou gegeven, Pete.'

Hij wendt zijn blik van haar af, naar mij.

'Vertel jij het maar, Charley,' *zegt hij weer.*

Ik was bezig te verdrinken in de zee. Ik greep naar Ams hand en ze pakte me bij mijn pols en probeerde me overeind te trekken, me te helpen, en samen vochten we tegen het getij en de golven.

En toen zag ze die armband.

Ze schreeuwde iets, maar dat kon ik niet verstaan door het lawaai van de golven en het gebonk in mijn oren. Ze liet mijn hand los en greep die armband, ze probeerde hem van mijn pols te trekken, maar dat lukte niet. Ze trok eraan tot de armband knapte en van mijn pols vloog, en ik weer terugviel, op die rots.

De armband verdween in zee.

In Am knapte ook iets, ze werd nog razender. Haar razernij

was een soort natuurkracht, als donder en bliksem, die overal om me heen denderde. Onstuitbaar.

En ik kon me niet bewegen, ik kon niet terugvechten. Ik had iets gebroken, ik kon niets meer beginnen, behalve haar naam roepen, proberen haar eraan te herinneren dat ik bestond, dat ik het was die ze pijn deed.

'Am! Am!'

Maar ze hoorde me niet.

Toen riep ik jou, Pete, en bij het horen van jouw naam hield ze op.

'Zijn naam,' *onderbreekt Am me.* 'Je noemde zijn naam!'

Ik vertel verder.

Ik voelde dat ze probeerde me op te tillen, nu probeerde ze me te helpen, me uit dat plotseling veel te koude water en van die harde rots te halen. Het was zwaar, ik kon me niet bewegen, ze sleurde me mee tegen de golven in, tot ik in het kille, grijze ochtendlicht uit haar armen gleed en met mijn hoofd tegen de rotsen sloeg.

'Ik kan het niet!' zei ze. 'Ik kan het niet!' en ze riep jouw naam: 'Pete', maar er kwam geen antwoord en het werd vloed, het water spoelde over ons heen.

'Pete!' schreeuwde ze tegen de golven en de keiharde branding. De tijd leek stil te staan. Ze verdween in de golven en kwam weer boven.

'Je enkel zit vast, Charley. Trek je los! Trekken!' Maar ik kon haar nauwelijks horen, haar woorden kwamen van heel ver en vervaagden terwijl de kou me in zijn greep kreeg. De witte schuimkoppen waren nu ver voorbij ons, ze raasden naar het strand en ik werd opgetild en neergesmeten door de deining. Ik keek op naar Am, naar haar gekwelde blauwe ogen. Haar gezicht vulde mijn hele wereld, en daarna werd alles donker.

Toen ik weer keek, was ik alleen.

Ik was alleen.

'Pete!'

Ik probeerde je naam te roepen, maar er kwam geen geluid. Ik kreeg alleen antwoord van de eerste zonnestralen. De stralen beschenen me alsof ze mij konden optillen. Alsof ze hun warmte met me konden delen, tot in mijn botten konden komen en me konden redden.

Ik keek naar het huis, dat daar zo schitterend wit oplichtte in de eerste zonnestralen, maar de ramen bleven donker en gesloten.

Ik was alleen.

Als ik mijn ogen weer opendoe, is het stil in de kamer.

'Is het waar?' vraagt Pete. Am knikt.

'Waarom ben je geen hulp gaan halen?' vraagt hij. Ik wacht op haar antwoord, het antwoord waarvoor ik van zo ver hierheen gekomen ben.

'Ik dacht dat je mij de schuld zou geven,' *zegt ze.*

Pete houdt me vast in zijn trillende armen.

'Het is voorbij, Pete,' fluister ik. Ik voel dat Hal weer in me begint te ademen, want het verhaal is uit en we zijn hier, waar verleden en heden elkaar ontmoeten en de toekomst nog onbekend is.

En ik ben bang.

'Ik ben er, Charley,' zegt Pete. 'Nu ben je niet alleen.'

En Hal spreekt weer met zijn eigen stem.

Hal. Nu.

Ze is zo bang, bang voor de kou en de gevoelloosheid die nu weer bezit van haar lichaam neemt, bang dat ze zal sterven met alleen de lucht en de zee om haar vast te houden. Bang voor wat ze zal ervaren als ze mijn lichaam verlaat.

'Je bent niet meer alleen, we zijn bij je, alles is nu goed,' zeg ik, en ik hoor mijn ouders in mijn gefluisterde woorden.

'Hal!' fluistert ze. 'Pete!' Ik voel haar adem sterk en regelmatig in mijn binnenste, ik voel dat hij zich vermengt met de wind in de bladeren buiten, in de donkere nacht. Ik voel dat haar adem naar de oever van het water vloeit en het eindeloze ritme van de golven volgt. Haar adem neemt ons mee naar het einde van haar verhaal, naar de rotsen, waar ik haar heb gevonden. Als ik mijn ogen sluit, komen de herinneringen, ze zijn duidelijk en scherp in ons hoofd, ze stijgen als de zee, wachten tot ze worden bevrijd. En dan, bij die laatste herinneringen, kijken we eindelijk allemaal samen door haar stervende ogen, die ze nauwelijks kan openen.

'Laat me niet alleen!' fluistert ze.

En we laten haar niet alleen, we houden haar vast. We kijken samen met Charley naar het ochtendgloren dat langs de hemel trekt. We kijken naar de beelden die razendsnel door haar vlug vervagende geest glijden. Ze ziet het gezicht van mama in de wolken, voelt de armen van papa om zich heen, zijn stoppels prikken tegen haar gezicht. Ze ziet mij, 'als een engel die zijn vleugels droogt'. En ze reikt naar een herinnering aan Sara. Ze ziet haar met een ingespannen gezichtje over een plas water gebogen staan en naar een rode anemoon kijken die langzaam zijn bloembladen opent en zich klaarmaakt om iets te verzwelgen.

De lucht is roze met goud en heel even vult die schoonheid haar geest, verdringt de pijn, tot er alleen nog maar de deining is van de golven die zich terugtrekken, die haar vasthouden en laten gaan, haar vasthouden en laten gaan.

Charley. Nu.

Ze zijn bij me in de golven, Hal en Pete, ze houden me vast, ze zorgen ervoor dat ik niet meer zo ril, ze zorgen dat ik niet meer wegzink in die donkere plek achter de herinnering.

Hal. Nu.

En nu we bij haar zijn, kan ze naar de zon reiken en de dieprode schoonheid voelen. Ze herinnert zich haar verlangen naar die felrode bloem waar ze niet bij kon, maar toch steekt ze haar hand uit, ze reikt steeds verder naar de wolken tot haar vingers de zon lijken te raken, en ergens in ons hoofd valt een dieprode bloem uit een boom, uit de lucht, precies in de palm van haar wachtende hand.

Charley. Nu.

Ik sterf, ik kijk naar de zon die opkomt en een nieuwe dag vult... ik haal adem... ik haal adem en reik ernaar, ik reik naar de zon, naar de warmte en het leven, ik reik naar de dieprode bloem die altijd buiten bereik is.

Het donker is weg, de deur is geopend, een pad van schitterend zonlicht zweeft onder mijn voeten, ver weg, over zee.

Ik stap naar voren.

Ik sta op een draad van licht.

Ze houden mijn handen vast.

Hal en Pete.

Ik doe nog een stap naar voren en langzaam, heel langzaam, laat ik hun handen los en spreid ik mijn armen naar de wachtende zee, de lucht, de zon.

Ik balanceer.

Tussen leven en dood.

In mijn linkerhand ligt de dieprode bloem. Ik hou hem tegen mijn lippen, zo dichtbij dat ik mijn verlangen naar de dieprode

warmte ervan kan ruiken... want alle verhalen die nog niet verteld
zijn en die in die strak opgekrulde bloembladeren liggen... dat is
een leven, maar niet het mijne – het is Hals leven.

Mijn leven, mijn verhaal, ligt in mijn andere hand.

Als ik opzij kijk, zie ik dat die hand leeg is. Of toch niet? Ik kijk
nog eens goed, de lijnen van mijn handpalm kijken me aan, ik doe
nog een stap... ... en ik zie dat ze vervuld zijn van het onbekende.

Een lang ogenblik blijf ik balanceren, met mijn gezicht naar de
warme lucht, totdat ik weet, en dan doe ik een stap, alleen...

... en eindelijk, eindelijk voel ik dat mijn lichaam in het zieken-
huisbed ademhaalt. Een echte adem, vol zoete lucht, vol gaten, vol
uitgeputte strijd.

En ik begin aan mijn val.

Elk verhaal kent een einde.

Hal. Nu.

Ik voel dat er iets tegen de lucht drukt, ruimte in beslag neemt.
Dat ben ik! Mijn lichaam. Ik weet dat het er is omdat Jack zich
tegen me aan drukt en me stompt en me vasthoudt alsof ze
dacht dat ze me nooit meer terug zou krijgen. Ze is me gevolgd!

Ik doe mijn ogen open. Pete helpt me overeind.

We grijnzen naar elkaar. Was dat even raar, hè.

En dan voel ik het, een lege plek in mijn binnenste.

Ze is er niet meer.

Ik huil. De tranen druppen uit mijn ogen en glijden over
mijn gezicht zonder ophouden, zonder gedachten.

Pete knikt, zijn eigen tranen zijn net zo verrassend als een
huilende rots zou zijn, het is alsof een blok graniet openbarst
en tranen voortbrengt.

Am kijkt zwijgend naar ons, op haar hoede.

'Waar is Charley?' vraagt ze, en ze kijkt om zich heen alsof
ze denkt dat ze door de muren zal komen.

'Ze is er niet meer,' zeg ik. Ik zie dat Ams ogen hun bevroren glazigheid kwijtraken en zich vullen met tranen. Ongelofelijk hoe blauw haar ogen zijn, en hoe ondefinieerbaar: een soort turkoois met saffierstof.

'Wat erg,' fluistert ze. 'Wat heb ik gedaan?'

Pete en Jackie kijken me allebei aan, alsof ze denken dat ik het antwoord weet. Maar als ik het al weet, kan ik het niet vinden.

'Ik weet het niet, Am,' zeg ik, 'maar ik weet wel dat je hebt geprobeerd haar te redden.' Dan hoor ik mezelf zeggen: 'Het was een ongeluk.'

Het dringt tot me door dat mijn moeder gelijk heeft, dat mensen soms gewoon zomaar sterven. We sterven om allerlei vreemde redenen, omdat iemand die ochtend kwaad was, omdat we op het verkeerde moment de zee in gingen, omdat we vlak voor een auto overstaken. Het is zinloos, dat is altijd al zo geweest en dat zal ook altijd zo blijven, zulke dingen gebeuren gewoon.

Het einde.

'Laten we gaan,' zegt Jack. Ze slaat haar arm om me heen.

Am gaat als laatste naar buiten. Ze kijkt door het raam, strijkt een lucifer af en gooit die naar binnen. De snippers papier die ze heeft verscheurd, gloeien rood op en vatten dan vlam. Ze draait zich naar ons om, en haar mooie gezicht gloeit door het vuur dat ze heeft aangestoken.

'Ik kom nooit meer terug, Pete,' zegt ze. 'Nooit meer,' fluistert ze tegen zichzelf, alsof ze het bijna niet kan geloven. 'En hij kan doodvallen.' Ze glimlacht plotseling. 'Zonder mij.'

Pete steekt zijn hand naar haar uit en ze pakt hem vast.

We lopen door het bos, over hetzelfde pad dat Charley vorig jaar heeft genomen, naar de zee. Als we daar komen, op het strand, onder de heldere sterrenhemel, zijn de golven enorm hoge, aanzwellende schaduwen.

We gaan op de rotsen zitten, geschokt en stil, en kijken voor ons uit.

Allemaal samen.

Allemaal alleen.

Misschien zien de anderen haar ook, dansend op de golven, of misschien zie ik dat alleen. Een donkerder schaduw, die onder de witte schuimkop hangt, een schaduw die zich lijkt om te draaien en nog zwaait voordat hij zich omdraait en verdwijnt in de duisternis van de zee en de lucht.

'Hal?'

De stem is heel zacht en vriendelijk, het lijkt alsof het geluid uit het donker zelf sijpelt, alsof het uit de wind en de golven komt en mij zoekt. Het lijkt te horen bij alles om me heen, zodat ik het eerst niet kan onderscheiden.

'Hal?' vraagt de stem nog eens, achter me. Ik bedenk dat het me nooit eerder is opgevallen dat de stem van mijn moeder heel erg op die van Charley lijkt.

'Mam?' fluister ik terug terwijl ik me wegdraai van de golven en de wind en de donkere, langs de maan jagende wolken, naar haar toe.

'Hal,' zegt ze opnieuw. Ik voel dat ze haar hand op mijn schouder legt, zacht en geruststellend, dat ze me vasthoudt en tot me spreekt voordat haar woorden dat doen.

'Het is tijd om naar huis te gaan, Hal.'

Ik knik en ik kom met moeite overeind.

Jack en Pete raken me zonder iets te zeggen aan als ik langs hen loop. Am kijkt zwijgend op naar mijn moeder en mij, met een soort verlangen in haar ogen.

Charleys oorbel schuurt langs mijn heup als ik opsta. Ik haal hem uit mijn broekzak en geef hem aan Pete. Hij legt hem in zijn handpalm, ik weet dat hij daar veilig is. Dan draai ik me om naar mijn moeder en loop met haar mee.

Epiloog

Ons huis is als een huis uit de jaren dertig; het doemt op uit het donker als een schip op de golven. Een schip dat deint en stevig in de wind ligt, een schip dat gebouwd is voor de eeuwigheid.

In de keuken hangen foto's, foto's van ons waarop we groter worden. Ik kijk naar de laatste foto van Charley, maar ik hoef daar niet meer naar te kijken, want ik heb zoveel beelden van haar in mij, diep in me, waar de herinneringen aan haar leven.

Mijn moeder slaat haar armen om me heen. Mijn vader knijpt zijn ogen dicht als hij zijn armen spreidt om ons beiden te omhelzen.

'Hal,' zeggen ze allebei. 'O, Hal.'

Dan voel ik dat er aan mijn pols getrokken wordt, en Sara wurmt zich tussen ons in, veilig in de onverbroken cirkel van mijn vaders armen.

'Ik weet het,' zeg ik, want ik wil de woorden niet horen, ik knijp mijn ogen dicht tegen wat nu komt.

'Hal.' Hun armen tillen me op, tillen me van de grond, tot ik voel dat ik zweef, in veiligheid, dat ik er klaar voor ben.

'Ze is dood, Hal,' zeggen ze. Ik voel dat mijn hoofd op mijn borst zakt van vermoeidheid en opluchting. Ze dragen me naar boven, naar mijn bed in het donker.

Ik voel dat mijn geest zich sluit, ik voel dat ik boven mijn slappe, levenloze lichaam zweef dat nu in bed ligt, uitgeput en opgelucht. Het is alsof ik tegelijk waak en slaap, en ik kijk naar mijn ouders die samen over me waken, ik probeer ze te vertellen wat er is gebeurd, maar ik weet niet zeker of ze dat wel kunnen horen.

'Het is goed,' fluister ik, 'ze kan nooit echt doodgaan want ze is in ons, en ik weet dat waar ze ook is, welke duisternis ze ook tegemoet gaat, zij nooit alleen zal zijn omdat wij ook in haar zijn.'

Ik kijk op hen neer, op mijn vader en moeder, terwijl zij over mijn lichaam heen elkaars hand vasthouden en de tranen van hun gezicht vegen, samen en alleen.

'Prachtjongen van me,' fluistert mijn moeder.

'Hij slaapt als een engel die zijn vleugels droogt,' zegt mijn vader, en ik voel dat ik glimlach en vraag me af of ze wel weten waar die woorden vandaan komen. Of zij ook de vage fluistering voelen van lucht en herinnering die van zee door het raam naar binnen komt en in hun oren weerklinkt.

Ik zie Charleys gezicht; haar ogen zijn zo groot en zo blauw als de zomerse hemel, haar lippen zo zacht als de wolken. Ze fluistert iets tegen me.

'Bedankt, dikbil,' zegt ze.

'Sayonara, zusje,' antwoord ik.

En ergens heel diep in me voel ik haar vervagen, steeds verder verdwijnen, ver weg in het onbekende, waar ik haar niet meer achterna kan gaan.